Karin B. Holmqvist
Villa mit Herz

Zu diesem Buch

Bonitas Alltag ist alles andere als aufregend: Mit ihrer alten Mutter lebt sie in der nach ihr benannten Villa Bonita am Stadtrand von Ystad. Finanzielle Sorgen haben sie nicht, aber Bonita fragt sich immer öfter, ob das schon alles gewesen sein kann. Da stirbt die alte Nachbarin Olga, und deren Tochter Doris will wieder einziehen – Bonitas ehemals beste Freundin, die irgendwann der Kleinstadt den Rücken gekehrt und in Malmö Karriere gemacht hat. Bonita sieht ihrer Rückkehr mit gemischten Gefühlen entgegen. Um so erstaunter ist sie, als sie die Wahrheit erfährt: Doris' Ehe ist in die Brüche gegangen, ihr ist gekündigt geworden, und nun hat sie per Internet einen Job gefunden, der nicht gerade Vertrauen erweckend wirkt. Wie Doris und Bonita den zwielichtigen Arbeitgebern auf die Spur kommen und darüber hinaus ganz neue Ideen für die Zukunft der alten Villa Bonita entwickeln, das erzählt Karin B. Holmqvist in diesem Roman – treffsicher, humorvoll und warmherzig.

Karin B. Holmqvist, geboren 1944 im südschwedischen Simrishamn, wollte eigentlich Model werden, machte eine kurze Karriere in der Kommunalpolitik und entschied sich schließlich für eine Ausbildung als Sozialarbeiterin. In ihrer Freizeit ist sie Zauberkünstlerin, Kabarettistin und Schriftstellerin und hat mehrere Romane und Gedichtsammlungen veröffentlicht. Nach dem Überraschungserfolg »Manneskraft per Postversand« ist »Villa mit Herz« ihr zweites Buch auf deutsch.

Karin B. Holmqvist

Villa mit Herz

Roman

Aus dem Schwedischen von
Holger Wolandt und Lotta Rüegger

Piper München Zürich

Von Karin B. Holmqvist liegen bei Piper im Taschenbuch vor:
Manneskraft per Postversand
Villa mit Herz

Mix
Produktgruppe aus vorbildlich bewirtschafteten Wäldern und anderen kontrollierten Herkünften
www.fsc.org Zert.-Nr. GFA-COC-1223
© 1996 Forest Stewardship Council
FSC

Deutsche Erstausgabe
Januar 2008

Titel der schwedischen Originalausgabe:
»Villa Bonita«, Kabusa Böcker, Göteborg 2006

Umschlag: Büro Hamburg, Heike Dehning, Stefanie Levers
Bildredaktion: Alke Bücking, Charlotte Wippermann, Daniel Barthmann
Umschlagfoto: plainpicture
Autorenfoto: Lars Söderbom
Satz: Filmsatz Schröter, München
Papier: Munken Print von Arctic Paper Munkedals AB, Schweden
Druck und Bindung: Clausen & Bosse, Leck
Printed in Germany ISBN 978-3-492-25045-0

www.piper.de

1. Kapitel

Die Fliederdolden hingen schwer über den ungestrichenen Holzzaun. Die Beete in dem großen Garten waren voller Unkraut. Vereinzelte Blumen bahnten sich unverdrossen zwischen Löwenzahn und Brennnesseln einen Weg zur Sonne. Im Beet vor der Veranda lagen eine Harke und eine Schaufel und verrieten, dass jemand zumindest die Absicht gehabt hatte, für Ordnung zu sorgen.

Der Sommerabend war ruhig, und man hatte den Eindruck, man könne die Schritte der Marienkäfer auf den Steinplatten hören, die zum Haus führten. Das Holzhaus war zweistöckig und hatte eine große Glasveranda. Die grüne Farbe blätterte schon ein wenig von den Häuserwänden, und über der Tür hing ein großes Schild mit dem Namen Villa Bonita. Die Tür war von Kletterrosen umrahmt, die sich ungezähmt einen Weg in den nach Blumen duftenden Juniabend suchten.

Das alte Villenviertel lag am Rande von Ystad. Hier hatten sich wohlhabende Bürger in den Dreißigerjahren ihre Häuser gebaut. Die meisten Anwesen besaßen prächtige, gepflasterte Auffahrten mit Buchsbaum in großen Terrakottatöpfen und blühenden Bonsais. Die Villa Bonita hingegen glich einem verzauberten Schloss, hinter dessen großen Sprossenfenstern man fast mit dem Anblick eines vorbeiflatternden Gespenstes gerechnet hätte. Es bestand jedoch kein Zweifel, dass das Haus mit seinen majestätischen Schnitzereien um Fenster und Veranda einst eines der prächtigsten des Viertels gewesen war.

Zwischen den Häusern zog vom Meer her ein Geruch nach Tang durch. Die Dämmerung erstickte den Sommerabend regelrecht und versuchte den Tag zu vertreiben, indem sie ihren dunklen Flor wie eine Persenning über die ganze Stadt legte. Der Schrei im Inneren des Hauses ließ die Scheiben erzittern.

»Ruhe!«

Bonita Larsson biss die Zähne zusammen. Sie ballte die Hände in den Taschen ihrer Schürze zu Fäusten und betrat das Wohnzimmer. Als sie eintrat, schrie sie erneut:

»Ruhe!«

In einem Bett an einer Längsseite des Zimmers lag Elvy Larsson. Sie wirkte verängstigt und zog mit ihren schmalen, sehnigen Händen, unter deren Haut sich blaulila Adern abzeichneten, vorsichtig die Decke über das Kinn.

»Sag Assar, dass er kommen soll«, sagte sie mit schwacher Stimme.

»Er ist tot, Mutter, er ist doch tot ...«

Bonita ging auf das Bett zu. Ihre Mutter zog die Decke weiter ins Gesicht, und ihr Blick suchte verängstigt im Zimmer herum.

»Stimmt das?«

»Das weißt du doch, Mutter. Vater ist schon lange tot.«

»Du lügst, Bonita. Er war eben noch hier. Hol ihn«, fuhr die Mutter jetzt ungeduldig fort, fuchtelte mit der Hand herum und stieß dabei das Wasserglas vom Tisch.

»Ruhe, Mutter!« Bonita hielt sich die Ohren zu und ging in die Küche.

»Ruf ihn, Bonita«, war die verzweifelte Stimme der Mutter zu vernehmen.

Bonita knallte die Tür zu und setzte sich an den Küchentisch. Sie legte den Kopf in die Hände, starrte auf das Wachstuch mit den roten Blumen und atmete tief durch.

»Ruf ihn, Bonita«, fuhr ihre Mutter mit immer schwächerer Stimme fort.

Bonita tat, als würde sie nichts hören. Sie ging zum Spülbecken und begann ein paar Kaffeetassen abzuwaschen.

In einem Käfig auf der Spüle lärmte ein Nymphensittich. Bonita schlug mit der flachen Hand fest auf den Käfig, und der Vogel flatterte verängstigt mit den Flügeln. Vogelsand wirbelte auf die frisch gespülten Tassen. Bonita nahm eine der Tassen und pfefferte sie auf den Käfig. Sie zersplitterte, und die Scherben regneten auf die Spüle.

»Ist Assar jetzt gekommen?«

Die Küche war groß und hatte ein hohes Fenster zum Garten. Die hohen Kastanien davor verhinderten jedoch, dass das Licht mit voller Kraft in die Küche drang. Sie wirkte kalt, dunkel und ungastlich.

Bonita trat ans Fenster. In den letzten zehn Jahren hatte sie jeden Abend am Küchenfenster gestanden, wenn der Pflegedienst seinen Abendbesuch bei der Nachbarin Olga Kvist machte. Letzte Woche waren sie zum letzten Mal gekommen. Bonita hatte wie immer an ihrem Platz gestanden, als die beiden Frauen vom Pflegedienst ihre Fahrräder an die Ligusterhecke vor Olgas Haus gelehnt hatten. Sie waren nur kurz im Haus gewesen und hatten es dann sofort wieder verlassen. Am folgenden Morgen hatte dann der Leichenwagen auf der Straße gehalten, und zwei unauffällig gekleidete Herren hatten einen Sarg ins Haus getragen. Wenig später hatte dann Olga ihre letzte Reise angetreten.

Als Bonita am Abend zu Bett gegangen war, hatte sie sich des Wunsches nicht erwehren können, sie hätten ihre Mutter abgeholt. Bonita wusste jedoch, dass diese bei aller Gebrechlichkeit ein starkes Herz besaß. Dr. Koch hatte bei seinem letzten Besuch freundlich und aufmunternd zu Bonita gesagt:

»Sie wird noch hundert, mindestens.«

Das Obergeschoss wurde seit dem Tod des Vaters nicht benutzt. Den beiden Frauen gelang es ja kaum, die Räumlichkeiten im Erdgeschoss mit Leben zu erfüllen. Das Elternschlafzimmer, Bonitas Mädchenzimmer, die Dienstmädchenkammer und die große Bibliothek im ersten Stock waren unverändert geblieben – wie eine versteinerte Erinnerung an eine Zeit, in der das Haus von Freude und Geselligkeit erfüllt gewesen war.

Bonita holte die Medikamentenschachteln aus dem Schrank, legte ein paar Pillen zusammen mit einem Glas Saft, einem Teelöffel und einem kleinen Glas Marmelade auf ein Tablett. Auf der Schwelle zum Wohnzimmer hielt sie inne, holte tief Luft und trat dann ein.

»Zeit für deine Tabletten, Mutter«, sagte sie übertrieben freundlich.

»Was würde ich nur ohne dich tun, mein Mädchen«, erwiderte ihre Mutter zärtlich.

Assar erwähnte sie nicht. Es war, als hätte das vorhergehende Gespräch nie stattgefunden. Bonita legte eine Tablette auf den Teelöffel, tat etwas Marmelade darauf und hielt ihn ihrer Mutter ihn. Diese riss den Mund auf wie ein Vogeljunges seinen Schnabel. Ihr dünnes, graues Haar klebte wie Watte am Schädel, vermochte aber kaum die weißrosa Kopfhaut zu verbergen.

»Wasser?« Bonita reichte ihr das Glas. Die Mutter nahm einen Schluck, behielt das Wasser aber im Mund, als hätte sie Angst vor dem Schlucken. Sie setzte mehrmals an, schluckte dann, wobei sie das Gesicht verzog, und hustete anschließend.

»Die hier gehen leichter. Die kannst du wie Süßigkeiten essen.« Bonita lachte krampfhaft.

»Die Marmelade ist gut. Ist das die, die du letzten Sommer gekocht hast?«

Bonita antwortete nicht, sondern seufzte. Das Haar fiel ihr in die Stirn. Sie warf den Kopf zurück und strich sich dann die Strähne mit der Hand hinters Ohr.

»Die Marmelade ist wirklich gut geworden, findest du nicht auch, Bonita?«, fuhr die Mutter fort, als sie nicht antwortete.

»Wir haben letztes Jahr keine Marmelade gekocht, das weißt du.«

»Unsinn, das siehst du doch, Mädchen.« Die Mutter deutete auf das Glas und sah ihre Tochter vorwurfsvoll an.

»Wir haben keine Marmelade gekocht, hörst du nicht?«, schrie Bonita. »Auf dem Glas steht Findus ... siehst du das denn nicht? Das ist die Marmeladenfirma!« Sie hielt ihrer verängstigten Mutter das Glas unter die Nase.

»Nun ja, dann haben wir vielleicht doch nicht Marmelade gekocht«, erwiderte sie kläglich. Sie lehnte sich zurück und schloss die Augen.

»Tut mir leid, Mutter. Ruh dich eine Weile aus, dann bist du zum Abendkaffee wieder bei Kräften.« Bonita stellte das Tablett weg, schüttelte das Kissen auf und strich ihrer Mutter behutsam über die Stirn.

»So, jetzt ruh dich aus. Vielleicht kochen wir ja dann nächsten Sommer Marmelade.«

Elvy Larssons schmächtiger Körper wirkte in dem großen Bett sehr zerbrechlich. Neben dem Bett standen ein Rollstuhl und ein Paar weiche Filzpantoffeln. Nach dem Tod ihres Mannes war im Erdgeschoss ein Schlafzimmer für Elvy eingerichtet worden. Ein paar große Ölgemälde zierten die Wände, und in einer Ecke stand eine schöne Sitzgruppe um einen runden Tisch aus Birkenholz mit Intarsien. Die große Alabasterlampe an der Decke verbreitete ein angenehmes, goldgelbes Licht. Ein hoher abgebeizter Schrank wirkte etwas deplatziert, war aber mit allen seinen Schubladen und seiner Abstellfläche für gerahmte Fotos sehr brauchbar.

Auch die folgenden Abende stand Bonita am Küchenfenster und schaute zu Olga Kvists Haus hinüber. Ihr fehlten die Frauen vom ambulanten Pflegedienst fast. Sie hatte das Gefühl, sie durchs Fenster geradezu kennengelernt zu haben. Natürlich fehlte ihr auch Olga, aber seit ihr Vater gestorben und ihre Mutter krank geworden war, hatten sie sich kaum mehr gesehen. In Bonitas Kindheit und Jugend hatten sich die Familien regelmäßig getroffen, und sie hatte häufig mit Doris, der einzigen Tochter der Kvists, gespielt. Sie waren gleich alt und waren unzertrennlich gewesen, bis Doris von zu Hause ausgezogen war. Dann war der Kontakt abgebrochen. Doris war nur selten nach Hause gekommen, um ihre Eltern zu besuchen. Es hieß, sie habe eine gute Arbeit als Sekretärin bei einem großen Unternehmen in Malmö und sei mit einem Lehrer verheiratet. Es hieß auch, Doris sei die Hochnäsigkeit in Person und wisse ihre alten Freunde nicht mehr zu schätzen. Doris und ihr Mann waren kinderlos geblieben, und als Olgas Mann Elon gestorben war, war Doris allein zur Beerdigung gekommen. In einem schwarzen Cape und einem Hut mit breiter Krempe war sie in die Kirche gerauscht. Sie hatte ausgesehen, als käme sie direkt aus einer Modezeitschrift. Während des gesamten Trauergottesdienstes hatte sie sehr gefasst gewirkt, und Bonita hatte sich regelrecht geschämt, mehr als Doris zu weinen. Beim anschließenden Beisammensein im Restaurant hatte Doris Bonita gefragt, ob sie sich immer noch um ihre alte Mutter kümmere. Als Bonita erzählt hatte, dass sie vorhabe, das so lange zu tun, wie sie die Kraft dazu habe, hatte Doris so verächtlich geschnaubt, dass ihre Hutbänder geflattert hatten.

»Dafür gibt es doch andere Leute«, hatte sie in herablassendem Ton gesagt.

Bonita erinnerte sich an die Enttäuschung ihrer Mutter, als Doris nicht zu Assars Begräbnis gekommen war. Schließlich hatten beide Familien viel Umgang gepflegt. Aber wie gesagt: Doris war in die große Stadt gezogen und fühlte sich dort laut eigener Aussage zu Hause.

Bonita senkte den Blick und betrachtete ihre Hände. Ihre Fingernägel waren abgekaut und die Haut schwielig und rissig. Sie dachte an Doris' gepflegte Hände. Bei der Beerdigung ihres Vaters hatten die Hände gewissermaßen die Hauptrolle gespielt. Doris hatte die Hände mit den langen, rot lackierten Nägeln auf den Tisch gelegt, und selbst die Krabbenbrote hatten daneben farblos gewirkt. Bonita erinnerte sich, wie sehr sie sich ihrer abgekauten Nägel geschämt hatte. Sie hatte ihre Hände geradezu unter der Serviette versteckt oder in den Schoß gelegt. Aber irgendwie war es auch unpassend gewesen, auf der Beerdigung des eigenen Vaters mit rot lackierten Fingernägeln zu erscheinen.

Bonita fehlten die vertraulichen Gespräche, die ihre Mutter und sie geführt hatten, ehe die Demenz ihr Gehirn zerrüttet und sie in eine andere Dimension transportiert hatte, die für Bonita so unzugänglich wie erschreckend war. Anfänglich hatte es noch Tage gegeben, an denen sie sich in Zeit und Raum hatte orientieren können, aber in den letzten Jahren hatte sie nur noch wirr und ohne den geringsten Wirklichkeitsbezug dahergeredet. Oft musste sich Bonita sehr zusammennehmen, damit ihre Verärgerung nicht in reine Wut überging. Gelang es ihr nicht, so wurde sie beim Anblick ihrer verängstigten Mutter von Reue und Verzweiflung heimgesucht. Manchmal zog diese sich ihre Decke über den Mund, als wolle sie Schutz suchen. Einmal hatte Bonita die Hände ihrer Mutter mit Gewalt losgemacht, als diese sich an ihr festgeklammert hatte, um sie am Bett zurückzuhalten. Die Mutter hatte vor Schmerzen geschrien und hatte am Tag darauf einen blauen Flecken am Handgelenk gehabt. An diesem Tag hatte die Reue wie ein Kloß in Bonitas Hals festgesessen. Sie hatte geschluckt und geschluckt, aber der Kloß war nicht verschwunden, und zeitweise war sie von dem panischen Gefühl heimgesucht worden, ersticken zu müssen. Sie war in die Konditorei gegangen und hatte zum Nachmittagskaffee für sie beide Torte gekauft.

»Richtig, heute hast du ja Geburtstag, Bonita ... Zum Zwanzigsten sollte man nicht auf die Geburtstagstorte verzichten.«

»Mein zwanzigster Geburtstag liegt schon viele Jahre zurück«, hatte Bonita lächelnd erwidert.

»Was du wieder redest.«

Gerade dies hatte Bonita so zu schaffen gemacht. Nie zu wissen, wann ihre Mutter scherzte und wann sie verwirrt war.

Bonita näherte sich dem Nymphensittich. Vorsichtig steckte sie einen Finger in den Käfig. Der Vogel pickte, und sie blieb eine Weile stehen und sprach mit ihm.

»Hallo, Schmutzfink«, schäkerte sie.

Bonita hatte den Vogel nach dem Tod ihres Vater bekommen.

»Schließlich brauchen wir einen Mann im Haus«, hatte ihre Mutter wehmütig gesagt.

Sie hatten keinen passenden Namen für den Vogel gefunden. Er machte wahnsinnig viel Schmutz, und eines Tages hatte Bonita gesagt: »Er soll Schmutzfink heißen.«

Am Ende ihrer Straße wohnte ein Mann, der Schmutzfink

genannt wurde, weil sein Grundstück voller Unrat und Gerümpel war.

»Möchtest du ein Stück Gurke, Schmutzfink?« Bonita ging zum Kühlschrank. Sie schnitt eine Gurkenscheibe ab und steckte sie zwischen die Gitterstäbe.

»Bonita ... Bonita! Beeil dich, das Taxi kommt ...«

Bonita seufzte, trocknete sich die Hände an der geblümten Schürze ab und öffnete die Tür zum Wohnzimmer.

»Wir fahren aber nirgendwo hin, Mutter.«

Es zog, und die Tür fiel hinter ihr zu.

»Knall nicht so mit den Türen, Mädchen! Sonst wacht Vater noch auf.«

Schmutzfink pickte eifrig an der Gurke. In den verwilderten Büschen vor dem Haus summten Insekten. Aus dem Nachbarhaus erklang Tanzmusik aus dem Radio, und aus dem offenen Fenster der Villa Bonita waren Elvys schwache, jämmerliche und danach Bonitas unwirsche Stimme zu vernehmen, dann knallte die Tür erneut zu, und alles war still.

2. Kapitel

Bonita ging ein paar Mal in der Woche einkaufen. Sie hatte sich einen Einkaufsroller geleistet, um die schweren Tüten nicht schleppen zu müssen. Beim ersten Mal war sie sich ziemlich doof vorgekommen. Schließlich war sie erst siebenundfünfzig, und sie assoziierte diese rollenden Ungetüme mit irgendeiner Art von Behinderung. Sie hatte jedoch in den Nachrichten gesehen, dass sogar junge Leute diese Wagen verwendeten, wenn sie zum Bierkaufen nach Dänemark fuhren. Mit der Zeit hatte sich Bonita an den Einkaufswagen gewöhnt und konnte sich mittlerweile gar nicht mehr vorstellen, ohne ihren rollenden Begleiter in den Supermarkt zu gehen. Bonitas Vater war Rechtsanwalt gewesen und hatte Wert darauf gelegt, dass die Familie in standesgemäßen Geschäften einkaufte. Die großen Supermarktketten waren nicht infrage gekommen, weshalb die Familie stets in kleineren Läden eingekauft hatte, die aber alle nicht mehr existierten.

Obwohl ihr Vater außer dem Haus noch ein recht stattliches Vermögen besessen hatte, waren die laufenden Ausgaben mit Elvys geringer Witwenpension und dem Geld, das Bonita für die häusliche Pflege ihrer Mutter bekam, nicht zu decken gewesen. Sie hatten jeden Monat etwas von dem Ersparten nehmen müssen, um ihren Lebensunterhalt zu bestreiten.

Nach einer beendeten Hauswirtschaftslehre hatte Bonita als Haushälterin in einer Kaserne in Ystad gearbeitet. Sie war erst neunzehn gewesen, als ihre Mutter erkrankte. Da ihr Vater damals bereits Rentner gewesen war, hatte er sich um die Mutter gekümmert. Ihre Gesundheit hatte sich immer weiter verschlechtert, und als Bonita siebenundzwanzig gewesen war, war der Vater gestorben. Sie hatte ihrem Vater auf dem Sterbebett versprochen, sich um die Mutter zu kümmern. Bonitas Erfahrungen mit dem Arbeitsleben waren also eher gering, und ihr hatten oft die Kollegen gefehlt, die man als Berufstätige hatte.

Die ersten Jahre nach dem Tod des Vaters war ihre Mutter immer noch bei klarem Verstand gewesen, und Bonita hatte sich nicht sonderlich viele Gedanken über soziale Kontakte außerhalb ihres Zuhauses gemacht, da ihr Beisammensein intellektuell, erfreulich und stimulierend gewesen war. Je mehr sich der Gesundheitszustand ihrer Mutter jedoch verschlechtert hatte, desto einsamer war Bonita geworden. Manchmal fand sie, dass sich ihre Unterhaltungen mit ihrer Mutter ungefähr auf demselben Niveau befanden wie die mit dem Nymphensittich. Zwar konnte der Vogel nicht sprechen, aber seine Augen verrieten zumindest eine gewisse geistige Anwesenheit.

Bonita schrieb die Einkaufslisten stets zusammen mit ihrer Mutter. So war es schon immer gewesen. Im letzten Jahr hatte sie bei Willys eingekauft, einem Discounter, der jede Woche einen Reklamezettel mit den Sonderangeboten verteilte.

»Schau mal, Mutter! Kotelettfleisch ohne Knochen für nur neunundfünfzig Kronen das Kilo. Das gibt doch einen guten Sonntagsbraten?«

»Ja, gute Idee … Nimm gleich fünf Kilo, dann reicht es bis Montag.«

Bonita seufzte und fuhr geduldig fort: »Hättest du gern Rosenkohl dazu oder lieber ein anderes Gemüse?«

»Keine Pupskugeln, Bonita«, lachte Elvy, und einen Augenblick lang hatten ihre Augen wieder den alten Glanz.

»Nein, Mutter, wir essen etwas Magenfreundlicheres.«

Bonitas Cousine, die manchmal mit ihren Eltern zu Besuch da gewesen war, als Bonita klein war, hatte Rosenkohl immer als Pupskugeln bezeichnet, da man davon Blähungen bekam.

»Wir essen stattdessen Erbsen und Möhrchen«, fuhr Elvy fort und tastete mit ihren weißen, mageren Fingern nach dem Zettel mit den Sonderangeboten. »Vergiss nicht, die Rabattcoupons auszuschneiden, Bonita.«

»Den Braten bekommt man auch ohne Rabattcoupon.«

»Immer diese Neuerungen.«

Bonita verließ das Zimmer mit nachdenklichem Gesichtsausdruck. Es war eigenartig, dass ihre Mutter manchmal vollkommen normal wirkte und sich an alle möglichen Dinge erinnerte, selbst solche, die weit zurücklagen. Aber gelegentlich kam es zu einem totalen Kurzschluss, als entbehre jedes Wort seines Inhalts.

Der Einkaufsroller quietschte, und Bonita lächelte mit der Sonne um die Wette. Die kurze Zeit, die sie zum Einkaufen benötigte, war ein Luxus. Allein ihr Zuhause zu verlassen war befreiend, und sie schämte sich ein wenig für dieses Gefühl. Auf dem Weg zu Willys ging sie eine Runde durch den Surbrunnsparken. Ihre Mutter konnte allein das Bett nicht verlassen, es konnte also nichts passieren.

Der Park war gepflegt und einladend. Sie setzte sich einen Augenblick auf eine Bank. Hier im Restaurant Cabinen hatte Bonita in ihrer Jugend des Öfteren auf Vereinsfesten getanzt. Sie erinnerte sich, wie sie einmal mit Doris hingegangen war, damals, als sie beide achtzehn waren. Sie hatten sich zu Hause bei Doris verabredet, weil deren Eltern verreist gewesen waren. Doris hatte sich die Haare toupiert, sodass sie wie ein Heiligenschein von ihrem Kopf abstanden.

Dann hatte sie Bonitas Haar mit einem Haarteil im Nacken eingerollt. Bonita hatte gezögert, als Doris sie aufgefordert hatte, doch Lippenstift und blauen Lidschatten aufzutragen. Schließlich hatte Doris Bonita mit Chanel No. 5 eingesprüht. Es hatte natürlich gut geduftet, war ihr aber ein bisschen peinlich gewesen. Nur mit Mühe hatte sich Bonita vom Spiegel losreißen können. Ja, sie hatte sich wirklich sehr gefallen.

Auf dem Weg zum Park hatte Doris ein schönes, glänzendes Zigarettenetui aus ihrer Handtasche gezogen.

»Nimm einen Glimmstängel, Bonita!« Doris hatte ihre Zigarette mit einem Streichholz aus einer ausländischen Streichholzschachtel angezündet.

»Nein, danke, ich rauche nicht.«

»Ich auch nicht, aber manchmal, da … komm schon, Bonita, sei kein Frosch.«

Zögernd hatte sie die Zigarette angenommen, und Doris hatte sie ihr angezündet.

»Man gewöhnt sich dran, Bonita. Man gewöhnt sich an alles, auch an die Jungs.«

Doris war einiges mehr als Bonita gewöhnt gewesen und hatte der Freundin allerhand von ihren Erfahrungen und Heldentaten berichtet. Bonita hatte Doris immer bewundert, als käme sie aus einer anderen Welt. So war es immer gewesen. Deswegen hatte sie sich auch nicht im Geringsten gewundert, als Doris nach Malmö gezogen war. Sie passte irgendwie nicht nach Ystad.

Doris war beim Tanzen immer sehr forsch gewesen. Wurde sie nicht aufgefordert, ging sie einfach selbst zu einem Jungen. Bonita hatte das mutig gefunden. Im Verlauf des Abends war Bonitas Frisur immer weiter in sich zusammengesackt. Sie hatte begonnen, sich Sorgen zu machen, ob ihre Eltern ihren Lippenstift und ihr Parfüm wohl bemerken würden. Sie hatte ein paarmal getanzt und war mit dem Abend recht zufrieden gewesen. Vor dem letzten Tanz hatte Doris einen Jungen aufgefordert und war dann ganz einfach verschwunden. Bonita war allein mit ihrer Hochfrisur und dem Duft von Chanel No. 5, den sie selbst nicht mehr wahrgenommen hatte, zurückgeblieben. Recht verunsichert war sie allein durch Ystad zum Haus ihrer Eltern gegangen. Zwischen den Gemüsebeeten hatte sie verweilt und etwas Schnittlauch gegessen, damit der Geruch der Zigarette, die sie geraucht hatte, verschwinden würde. Mit ihrem Konfirmationstaschentuch, das in der Tasche ihres schönen Sommerkleids gesteckt hatte, entfernte sie die letzten Spuren des Lippenstifts und des Lidschattens. Ihre Eltern hatten bereits geschlafen. Vor dem Einschlafen hatte sie sich noch gewünscht, so selbstbewusst und sicher wie Doris zu sein.

Bonita lachte und erhob sich von der Bank. In den letzten Tagen, seit dem Tod von Olga, hatte sie immer häufiger an Doris denken müssen. Vor dem Supermarkt klappte sie ihren Einkaufsroller zusammen und legte ihn unten auf den Einkaufswagen. Im Laden war es angenehm kühl. Sie ging die Gänge auf und ab, schaute ziellos in den Regalen herum und nahm hier und da etwas heraus.

Als Wirtschafterin in der Kaserne war sie für sämtliche Einkäufe verantwortlich gewesen. Sie hatte auf diesem Gebiet eine solche Selbstsicherheit besessen, wie sie sie sich auch im Privatleben wünschte. Heutzutage gab es so viele komische Sachen in den Läden: fertige Salatsoßen, Gewürze, tausend unterschiedliche Nudelsorten und anderes, was ihr fremd war. Einmal hatte sie ein Rezept in einer Illustrierten gelesen, das ihr interessant erschienen war. Als sie sich jedoch die nötigen Zutaten angesehen hatte, waren ihr Zweifel gekommen, und sie hatte doch wieder das Althergebrachte gekocht.

Bonita hielt sich an den Einkaufszettel. An der Kasse legte sie die Waren ordentlich auf das Fließband, mit dem Strichcode in die richtige Richtung. Sie lächelte die Kassiererin an, als sie zahlte, lud die Waren in ihren Einkaufsroller und machte sich quietschend auf den Weg. Als sie sich ihrem Haus näherte, sagte sie zu sich selbst: »Die Daumen, Bonita.«

Diesen Tipp hatte ihr ihr Vater gegeben. Immer wenn sie nervös oder angespannt war, ballte sie die Hände um ihre Daumen. Das half.

Bereits aus einiger Entfernung waren die Rufe ihrer Mutter zu vernehmen: »Bonita, wo bist du? Bonita, beeil dich!«

Sie ballte ihre Hände fest um ihre Daumen und ging schweren Schrittes auf das Haus zu.

Am nächsten Tag stand die Todesanzeige von Olga Kvist in der Zeitung. Bonita las sie mehrere Male, ehe sie das Zimmer ihrer Mutter betrat.

»Heute steht Olgas Todesanzeige in der Zeitung, Mutter. Am vierzehnten ist die Beerdigung.«

»Ja, die haben immer was zu feiern, ich begreife nicht, wie die sich das leisten können. Findest du, dass ich das grüne Kleid mit den Blumen anziehen soll?«

»Das ist kein Sommerfest, Mutter, das ist eine Beerdigung. Olga ist tot.«

»Ach, dann kommt Olga also nicht… Kommen denn Elon und Doris?«

»Elon und Olga sind tot, Mutter, aber vielleicht kommt ja Doris.«

Dann las Bonita ihrer Mutter die Todesanzeige vor. Unter dem Geburtsdatum und dem Sterbetag stand: »Meine liebe Mutter, Olga Kvist, hat mich verlassen. In Dankbarkeit,

Doris.« Es folgte eine schwer verständliche Gedichtzeile. Typisch Doris. Alles musste immer anders und irgendwie besonders sein. Warum nicht einer von den normalen Bibelsprüchen, die so schön waren?

Bonita wischte die Tränen weg, die ihr über die Wangen liefen. »Der Trauergottesdienst findet in der St. Mariakirche in Ystad am Samstag, den 30. Juli, um 14 Uhr statt. Nach dem Gottesdienst wird zu einer Gedenkzeremonie in den Saal der Siriusloge in Ystad eingeladen.«

Ihre Mutter stellte keine Fragen, sondern machte sich an der Häkelspitze des Lakens zu schaffen. Als Bonita in die Küche kam, sah sie zu Doris' Elternhaus hinüber. Ob das Haus wohl verkauft werden würde? Vielleicht würde Doris ja sogar nach Ystad zurückkehren. Oder würde sie es als Sommerhaus verwenden? Nein, das war unwahrscheinlich. Na ja, sie selbst hatte sowieso keinen Einfluss darauf.

Sie setzte sich an den Küchentisch und betrachtete die Todesanzeige. Die einzige Hinterbliebene, eine Tochter. Wenn ihre eigene Mutter starb, würde es genauso sein, andere Nachkommen gab es nicht. Und sie selbst würde keine Spuren hinterlassen, sondern einfach verschwinden.

Wenn ich sterbe, steht unter meiner Todesanzeige überhaupt kein Name, dachte sie, und es schauderte sie. Schmutzfink vielleicht, dachte sie und musste trotz der Tränen lächeln. Aber wer würde sich um eine Todesanzeige für sie kümmern? Sie bekam plötzlich Angst. Wenn die Rente ihrer Mutter wegfiel und sie kein Geld mehr für die Betreuung bekam, was dann? Vielleicht musste sich ja das Sozialamt um ihre Todesanzeige kümmern? Doch irgendwo, tief in Bonitas Innerem, ertönte eine Stimme, die ihr beruhigend zuredete, ihr Hoffnung machte und sagte, dass seltsame Erlebnisse auf sie warteten. Ihr ganzes bisheriges Leben war eigentlich ein ewiges Warten gewesen, aber vielleicht … Bonita schaute auf ihre Hände, die sie um ihre Daumen geballt hatte, und sagte laut:

»Die Daumen, Bonita, die Daumen.«

3. Kapitel

In der Kirche war es dunkel und kühl. Um den hübsch verzierten Sarg herum standen große Kerzen. Die schwachen, flackernden Flammen erleuchteten nur den Chorraum. Wie eine Kulisse im Theater, dachte Bonita. Heute die letzte Vorstellung ... Sie schämte sich ein bisschen. So war es immer gewesen. Wenn sie versuchte, ihre Tränen zu unterdrücken, dann zwang sie sich, an etwas Verrücktes oder Absurdes zu denken.

In den ersten beiden Bankreihen saßen die Trauergäste. Soweit Bonita wusste, hatte Doris keine weitere Verwandtschaft, bei den Anwesenden musste es sich also um ältere Bekannte aus Ystad handeln. Alle waren alt und gebrechlich. Für sie lohnte es sich kaum, anschließend nach Hause zu gehen, dachte Bonita. Sie würden doch bald denselben Weg gehen wie Olga.

Sie setzte sich als Einzige ganz außen in die dritte Reihe, damit der Rollstuhl ihrer Mutter neben ihr auf dem Mittelgang stehen konnte. Bonita erkannte ein paar Nachbarn aus ihrer Straße, nickte und lächelte ernst.

Dann hob das Orgelspiel an. Gerade als der Geistliche eingetreten war und mit gesenktem Kopf vor dem Sarg verweilte, betrat Doris die Kirche. Die Absätze ihrer hohen Pumps hallten in der Kirche wider. Sie nahm ganz vorne Platz, ohne den anderen auch nur einen Blick zuzuwerfen. Der Pfarrer wirkte ernst und gesammelt, aber vielleicht hatte er während des Orgelvorspiels auch nur darüber nachgedacht, was er zum Abendessen einkaufen sollte. Er konnte ja kaum beim Ableben jedes alten Menschen, den er nicht einmal gekannt hatte, etwas empfinden, vermutete Bonita.

»Wer ist das?«, fragte Elvy mit lauter Stimme und deutete auf den Pfarrer.

»Sei still, Mutter.«

»Ich kenne ihn doch irgendwoher«, fuhr ihre Mutter mit noch schrillerer Stimme fort.

Bonita warf ihrer Mutter einen wütenden Blick zu, und diese begann mit den Gurten zu spielen, die sie im Rollstuhl hielten.

Nach dem Trauergottesdienst lud der Pfarrer alle im Namen von Doris zum Beisammensein in die Siriusloge ein. Als sich Bonita erhob und nach den Griffen des Rollstuhls fasste, ertönte wieder die schrille Stimme ihrer Mutter.

»Spielt denn niemand Ziehharmonika? Die Lieder haben mir nicht gefallen, die waren alle so traurig. Mit etwas Akkordeonmusik wäre alles viel munterer gewesen.«

Bonita schob den Rollstuhl ihrer Mutter rasch aus der Kirche. Die Wärme und das Licht schlugen ihnen entgegen. Das Fachwerkhaus gegenüber der Kirche leuchtete in der Nachmittagssonne, und die Blumenkästen auf den Balkons waren voller prächtiger Sommerblumen. Da gutes Wetter herrschte, hatte Bonita nicht den Fahrdienst bestellt, sondern schob den Rollstuhl zum Saal der Siriusloge. Die Spiegel an den Fenstern der kleinen Fachwerkhäuser wachten über die Passanten. Manchmal sah Bonita, wie sich hinter den Gardinen etwas regte. Als kleines Mädchen hatte sie diesen Spiegeln manchmal zugewunken und dabei ein Gefühl von Ungehorsam verspürt.

Erst als sie im Saal waren, erhielt Bonita Gelegenheit, Doris aus der Nähe zu betrachten. Ein langes, knittriges schwarzes Leinenkleid und beigefarbene Pumps mit hohen Absätzen, die vorne offen waren. Lange, silberne Ohrringe baumelten an den Ohrläppchen, und der Mund leuchtete wie eine rote Ampel. Sie begrüßte höflich die Gäste und beugte sich auch freundlich zu Elvy vor, um dieser im Rollstuhl die Hand zu geben. Elvy schwieg.

Bonita hatte vorgehabt, Doris nach ihren Plänen für das Haus zu fragen, aber Doris wurde von den anderen Gästen so in Beschlag genommen, dass sich keine Gelegenheit ergab.

Der Tisch im Saal war hübsch gedeckt und mit Blumen und Kerzen geschmückt. Die Servietten waren von demselben Rosa wie die Blumen, und nachdem alle Platz genommen hatten, wurden Kassler, Erbsen und Spargel serviert. Dazu gab es neue Kartoffeln und eine kräftige kalte Soße, Weißwein, Wasser oder Bier.

Nachdem Bonita ihrer Mutter das Essen auf den Teller gelegt hatte, steckte sie ihr eine Serviette in den Kragen und begann sie zu füttern.

Ihre Mutter hatte kaum geschluckt, da öffnete sie ihren Mund schon wieder, und Bonita kam kaum dazu, selbst etwas zu essen. Es herrschte gefräßiges Schweigen. Alle nahmen ein zweites Mal, als die Platten und Schüsseln nochmals herumgingen.

»Gibt es auch Torte?«, fragte ihre Mutter, noch ehe das letzte Stück Kassler in ihrem Schnabel verschwunden war. An ihrem Kinn klebte ein wenig Soße, und einige Stückchen Kassler lagen in ihrem Schoß. Bonita beeilte sich, den eigenen Teller leer zu essen. Als sie wieder aufschaute, schlief ihre Mutter ruhig, den Kopf auf die Nackenstütze des Rollstuhls gelegt.

Bonita weckte ihre Mutter nicht, als es Kaffee und Kuchen gab, sondern genoss es, selbst ungestört essen zu dürfen. Die anderen Gäste spachtelten immer noch schweigend. Als der Pfarrer das Wort ergriff und eine schöne Rede auf Olga Kvist hielt, erwachte Elvy, und Bonita beeilte sich, ihrer Mutter eine Gabel voll Torte in den Mund zu stecken. Doris hatte alles dem Pfarrer überlassen. Dieser richtete nun ein paar Dankesworte an alle Anwesenden. Dann begaben sich alle satt und zufrieden nach Hause. Tränen waren nicht vergossen worden, was Bonita mit großer Wehmut erfüllte, denn irgendwie gehörten sie zu Beerdigungen dazu, fand sie. Olga war eine wohlmeinende und ehrliche Seele gewesen und hätte ein paar Tränen verdient. Aber vielleicht waren auch die anderen Teilnehmer irgendwelchen absurden Gedanken nachgehangen, um so die Tränen zurückzuhalten. Bei diesem Gedanken verspürte sie eine gewisse Erleichterung. Bonita hatte keine Gelegenheit gefunden, sich mit Doris zu unterhalten. Sie hatte während des Beisammenseins meist allein und schweigend dagesessen. Als die Gäste aufgebrochen waren, hatte sie allen an der Tür die Hand gegeben.

»Danke«, hatte Bonita gesagt.

»Bis bald, Nita«, hatte Doris lächelnd erwidert. In diesem Augenblick hatte Bonita weder ihr knittriges Leinenkleid noch ihre roten Lippen gesehen. Auf eine seltsame Art hatte sich ihr Gefühl der Einsamkeit verflüchtigt.

»Adal önnenkal irwal Weinespracheschal edenral«, meinte Bonita, ohne recht zu begreifen, warum sie sich ausgerechnet jetzt daran erinnerte.

»Ajal, asdal önnenkal irwal«, antwortete Doris kichernd.

»Was sagt ihr?«, fragte Elvy.

Bonita winkte Doris zu und schob dann den Rollstuhl durch die Stadt. Er bewegte sich fast wie von selbst, ja, ebenso leicht wie der Einkaufsroller.

Als Kind hatte Doris Bonita immer Nita genannt, und dass sich Doris daran erinnerte, erfüllte Bonita mit Stolz und Freude. Der Spitzname hatte so viele Erinnerungen in ihr wachgerufen, und wahrscheinlich war ihr deswegen ihre Geheimsprache, die Schweinesprache, unvermittelt über die

Lippen gekommen. Doris hatte sie verstanden und in derselben Sprache geantwortet. Sie versuchte sich daran zu erinnern, wie die Schweinesprache funktionierte. Man veränderte die Position gewisser Buchstaben und hängte die Silbe »al« an, daran erinnerte sie sich noch, aber es war ja auch egal.

Ein warmer Sommerregen fiel. Bonita wandte ihr Gesicht zum Himmel und ließ sich von den Tropfen benetzen. Der Regen auf dem heißen Asphalt erzeugte schwere, schwüle Luft. Im Westen erhob sich ein Regenbogen, und Bonita stellte sich vor, wie durch ein Portal durch ihn hindurchzuschreiten und auf der anderen Seite etwas Unbekanntes und Aufregendes zu finden.

Sie öffnete das Gartentor und sagte lächelnd zu ihrer Mutter: »Anndal ehengal irwal ohlwal einral, Uttermal.«

Nachdem Bonita ihre Mutter am Abend zu Bett gebracht hatte, begab sie sich ins Obergeschoss, was sie sonst nur tat, wenn sie etwas von dort oben holen musste. Da sich die meisten Dinge, die sie brauchten, im Erdgeschoss befanden, geschah das also äußerst selten. Die Begegnung mit Doris hatte gewissermaßen die Türen zur Vergangenheit aufgestoßen. Bonita fand, dass sich das Leben nicht in Vergangenheit, Gegenwart und Zukunft einteilen ließ. Irgendwie musste man die verschiedenen Perioden miteinander verknüpfen oder zumindest die Vergangenheit und die Gegenwart, über die Zukunft wusste man schließlich nicht so viel.

Energisch stieg sie die lange Steintreppe hinauf. Sie kam sich fast vor wie bei einer Hausbesichtigung. Langsam ging sie von einem Zimmer ins nächste. Das Schlafzimmer ihrer Eltern war nüchtern eingerichtet. Das breite Doppelbett bildete den Mittelpunkt. Kopf- und Fußende waren beige lackiert und oben vergoldet. Die Tagesdecke war aus Goldbrokat, und am Kopfende lagen ordentlich vier Zierkissen. Auf den passenden Nachttischen standen Lämpchen mit gefältelten Seidenschirmen. Auf dem einen Nachttisch befanden sich außerdem ein Wecker und ein Buch, das in der Mitte aufgeschlagen war. Man hatte fast den Eindruck, als hätte jemand das Zimmer gerade verlassen, obwohl es fast ein Jahr her war, dass sie den Raum zuletzt betreten hatte. Unter dem riesigen Fenster stand ein Frisiertisch mit einem großen, ovalen Spiegel und kleinen, flankierenden Lämpchen. An Messinghaken hingen unzählige funkelnde Halsketten.

Als kleines Mädchen hatte Bonita viel Zeit am Frisiertisch verbracht. Stundenlang saß sie davor und starrte in den Spiegel, bürstete ihr Haar oder sortierte die Schmuckstücke, die in Schächtelchen verwahrt wurden. Unter der Glasscheibe, die den Frisiertisch bedeckte, lag ein besticktes Hardangerkopftuch. Auf der Tischplatte stand eine Parfümflasche mit einem Zerstäuber, daneben lagen ein Handspiegel mit vergoldeter Kante und eine passende Haarbürste.

Vom Flur aus führten Türen zur Dienstmädchenkammer und zu Bonitas ehemaligem Kinderzimmer. Am Ende des Ganges gelangte man durch einen Bogen in die Bibliothek mit den deckenhohen Regalen. Zwei Sessel und ein riesiger Perserteppich machten das Zimmer wohnlich. Ganz hinten stand ein Billardtisch, über den zum Schutz ein Laken gebreitet lag. Auch über dem Kronleuchter hing zum Schutz ein Stück Stoff, das die Prismen jedoch nicht ganz verdeckte.

Bonita ging ins Schlafzimmer ihrer Eltern zurück, setzte sich an den Frisiertisch und betrachtete ihr Spiegelbild. Ihre Haut war weiß, obwohl Spätsommer war, und die Fältchen um ihren Mund verliehen ihrem Gesicht einen grimmigen, fast bösen Ausdruck. Ihr Haar, das eher farblos und an den Schläfen grau war, wurde von einer Haarspange seitlich aus der Stirn gehalten. Bonita nahm sie heraus und bürstete ihr Haar. Dann schüttelte sie den Kopf, sodass ihr Haar locker auf ihre Schultern fiel. Sie nickte zufrieden in den Spiegel, hob das Kinn, ließ die Spange liegen und ging beschwingten Schrittes die Treppe hinunter.

4. Kapitel

»Ja, ich schicke alle zwanzig«, sagte Doris und seufzte. »Nein, tue ich nicht ... Warum darf ich denn niemandem was davon erzählen? Ach so ... Wann kann ich dann meinen Lohn abheben? Aha ... na ja, gut.«

Sie legte auf und erhob sich vom Schreibtisch.

Fahles Spätsommerlicht drang durch die Jalousien in das Wohnzimmer des Einfamilienhauses in einem Vorort von Malmö. Es war in den Siebzigerjahren gebaut worden und sah aus wie alle anderen Häuser im Viertel. Der Garten war gepflegt, allerdings fehlten Blumen. Die hohen immergrünen Pflanzen verliehen dem Grundstück einen schattigen und unfreundlichen Charakter. Doris hatte ihren Exmann bei der Scheidung ausbezahlt. Fast zwanzig Jahre waren sie verheiratet gewesen, sie und Åke. Eine Ehe, in der es keine Liebe gegeben hatte und die zudem noch kinderlos geblieben war. Manchmal fand Doris es seltsam, dass sie kaum Erinnerungen an diese Zeit besaß. Sie war eines Rückblicks nicht wert. Doch, an etwas erinnerte sie sich, an Åkes ständig mürrische Stimme: »Misch dich da nicht ein ... frag nicht so viel ... da gibt es nichts zu erzählen.«

Sie fand es nicht abwegig, dass sie gefragt hatte, warum er allein in Urlaub fahren wollte oder wo er gewesen war, wenn er ein Wochenende nicht nach Hause gekommen war, ohne ihr das vorher mitzuteilen. Sie selbst hatte immer alles erzählt und Åke ausführlichst informiert.

»Deine Pläne interessieren mich nicht«, hatte er immer nur geantwortet.

Doris hatte in einem alten Familienbetrieb namens Ejlertssons gearbeitet, der die Buchführung und Korrespondenz für kleinere Firmen besorgte. Dort war es unmodern und konventionell zugegangen. Die Eigentümer waren wie Geister aus längst vergangenen Zeiten in den Büroräumen umhergegangen. Nie ein Lächeln, nie eine Aufmunterung. Ihr Mittagessen hatten die Angestellten in einer winzigen Küche eingenommen, in der sie ihr mitgebrachtes Essen aufgewärmt hatten. Zum Nachmittagskaffee hatten die Eigentümer ein Stück Hefekranz und ein paar Plätzchen in den Brotkorb mit dem geblümten Tuch gelegt. Diese Kaffeepausen gehörten zum Schlimmsten, was Doris hatte durchstehen müssen. Alle kauten ernst vor sich hin, und die Stille war so kompakt, dass jedes Essgeräusch zu hören war. Manchmal, wenn Doris geschluckt hatte, war ihr das so laut vorgekommen wie eine Klospülung. Nach dem Kaffeetrinken mussten alle zahlen. Die Plätzchen kosteten fünf Kronen, der Kaffee drei. Gab es zu wenig Wechselgeld, konnte man bis zum nächsten Tag anschreiben lassen.

Vor fast zwei Jahren hatte der Sohn der Eigentümer die Leitung übernommen. Alle Angestellten hatten einen Computer bekommen, und die alten Mahagonischreibtische waren durch moderne, schnittige aus hellem Eichenholz ersetzt worden. Doris hatte sich mit Computern nicht ausgekannt, und die Firma war nicht bereit gewesen, ihr einen Kurs zu bezahlen. Es war ihr immer schwerer gefallen, ihre Aufgaben zu bewältigen, und bei einer Sitzung der Geschäftsleitung, bei der Doris Protokoll geführt hatte, hatte Patrik, der neue Chef, mitgeteilt, dass es keine Arbeitsaufgaben mehr für sie gebe und dass sie somit entlassen sei. Diesen Augenblick würde sie nie vergessen. Sie war selbst gezwungen gewesen, den Beschluss ins Protokoll aufzunehmen: »Tagesordnungspunkt 8. Doris Strand wird zum Ende dieses Monats aufgrund von Arbeitsmangel gekündigt. Die Kündigungsfrist beträgt ein Jahr.«

Sie erinnerte sich daran, wie sie später an diesem Tag das Protokoll an dem neuen Computer ins Reine geschrieben hatte. Einer der Teilhaber hatte ihr beigebracht, wie man einen Computer an- und ausschaltete und wie man Dokumente speicherte. Gelegentlich waren jedoch seltsame Sachen auf dem Monitor aufgetaucht, die sie überhaupt nicht begriffen hatte. Die Kündigung war zwar unerwartet gekommen, es hatte sie aber erleichtert, das Unternehmen verlassen zu können. Ein Jahr zuvor hatte sie sich scheiden lassen und war froh gewesen, Åke nichts erzählen zu müssen. Er hätte vermutlich sowieso nur gesagt: »Du bist wirklich zu fast nichts zu gebrauchen, Doris …«

An dem Tag, als Åke die Scheidung verlangt hatte, war er wie immer spät nach Hause gekommen.

»Ich will mich scheiden lassen«, hatte er ohne weitere Umschweife gesagt und war dann vor den Fernseher verschwunden.

Doris war ihm gefolgt und hatte gefragt, warum, aber er hatte wie immer nur geantwortet: »Frag nicht so viel.«

Es war ein Schlag ins Gesicht gewesen, der durch ihre Haut gedrungen war und ihre Nerven bloß gelegt hatte. Immer noch empfand sie es als Kränkung, den Grund nicht erfahren zu haben, obwohl sie doch immer …

Aber meine Kraft und meinen Mut hat er mir nicht rauben können, dachte sie lächelnd. Sie war aufmüpfig gewesen und hatte ihn infrage gestellt, und er hatte sich deutlich darüber geärgert, dass es ihm nicht gelungen war, sie zu verletzen. Sie lachte leise. Einmal hatte er zu ihr gesagt: »Nicht einmal ein Kind hast du mir schenken können. Nicht einmal das.«

»Das wäre mir sicher gelungen, wenn ich nur die Pille abgesetzt hätte.«

Er hatte bestürzt ausgesehen und zum ersten Mal seit Langem versucht, die Unterhaltung fortzusetzen, und auf eine Erklärung gedrungen: »Aber ich dachte, wir hätten es versucht ... Haben wir das nicht getan, Doris?« Er hatte ausgesehen wie ein gekränkter und verängstigter kleiner Junge.

»Keineswegs«, hatte sie entgegnet. »Leute wie du dürfen sich nicht vermehren.«

Die Farbe war aus seinem Gesicht gewichen. Er war leichenblass geworden und hatte den Versuch unternommen, ein paar Worte über seine Lippen zu zwingen, aber aus seiner Kehle war nur ein röchelnder Laut gekommen. Doris hatte den Kopf zurückgeworfen, war hocherhobenen Hauptes ins Gästezimmer gegangen und hatte die Tür hinter sich geschlossen. Dort waren die Tränen gekommen, überbordend wie das Wasser eines Flusses im Frühling. Sie hatte ihn nicht nur angelogen, sie hatte ihn auch verletzt, zutiefst verletzt. Aber nicht darüber hatte Doris Tränen vergossen, nein, sie hatte ganz im Gegenteil zum ersten Mal das Gefühl gehabt, es ihm heimgezahlt zu haben, und zwar mit Aufschlag. Nein, die Tränen hatte sie wegen des Kindes vergossen, das sie nie geboren, nach dem sie sich aber so sehr gesehnt hatte.

Jetzt ließ es sich auch nicht ändern, es war zu spät. Für viele Dinge war es zu spät. Sie hätte ihre Eltern etwas häufiger besuchen sollen, besonders ihre Mutter während ihrer letzten einsamen Jahre. Åke war nie darauf erpicht gewesen, seine Schwiegereltern zu besuchen, ein Vorwand – wenn auch ein schlechter – für sie, es ebenfalls bleiben zu lassen. Bei der Beerdigung ihrer Mutter hatte sie fast so etwas wie Reue empfunden. Sie hatte immer ein gutes Verhältnis zu ihren Eltern gehabt. Eigentlich wusste sie gar nicht, warum alles so gekommen war.

Sie dachte an Bonita, die sich so geduldig um ihre Mutter kümmerte und fast gänzlich auf ein eigenes Leben verzichtete, um den letzten Wunsch ihres Vaters zu erfüllen. Und die

Schweinesprache ... Doris lachte leise. Sie hatten in jungen Jahren wirklich ihren Spaß gehabt, und im Lauf der Jahre hatte sie sich immer mal wieder nach Bonita gesehnt. Aber sie war stolz gewesen. Sie wollte es allen beweisen, dass sie in der großen Stadt Erfolg hatte und nicht auf die Menschen von früher angewiesen war.

Sie ging zum Schreibtisch, schaute einen Stoß adressierter Briefumschläge durch, frankierte sie, legte sie säuberlich aufeinander und schlang ein Gummiband darum. Dann nahm sie ein altes Fotoalbum aus dem Schrank und schlug eine Seite mit einem Foto auf, auf dem sie zusammen mit Bonita im Garten saß.

»Ielleichtval ehensal irwal nsual ajal iederwal, Onitabal«, sagte Doris.

Das letzte, schwache Tageslicht fiel auf die dänischen Porzellanfiguren auf der Fensterbank und erstarb schließlich ganz – wie ein verklingender Akkord.

5. Kapitel

Bengt Jarl und Kent Ohlin saßen auf einem weichen schwarzen Ledersofa in ihrem Büro, das in einer Zweizimmerwohnung eines Hauses in Angered bei Göteborg lag. Kein Schild an der Tür verriet, dass sich eine Firma in der Wohnung befand.

»Wir müssen heute Geld auf das Konto überweisen, sonst fängt sie noch an nachzudenken oder stellt Nachforschungen an«, meinte Kent, ein großer, magerer Typ mit Hochwasserhosen.

»Na, so eilig wird es ja wohl nicht sein«, gab Bengt zurück, ein aufgedunsener Mann mit bleicher Haut und dunklen Ringen um die Augen. Sah man ihn neben Kent, konnte man den Eindruck gewinnen, dass er diesem immer alles wegaß. »So ein altes Frauenzimmer, was kann die schon rauskriegen.« Er schnaubte.

»Mann soll die Weiber nie unterschätzen, Bengt, nicht alle sind beschränkt.«

»Die Sache ist bombensicher, Kent. Und was die Weiber angeht, die sind doch wohl kaum dein Spezialgebiet?« Er lachte unfreundlich. »Jedenfalls nicht privat«, fügte er noch hinzu.

»Sieh an, sind meine persönlichen Neigungen auf einmal von Bedeutung? Womöglich bist du selbst …«

»Nein, zum Teufel.« Bengt schüttelte sich und goss dann Kaffee in eine große Tasse mit blauem Blumenmuster. Kent zündete sich eine Zigarette an und inhalierte angestrengt.

Bengt stand auf, öffnete die Balkontür, hustete übertrieben und knöpfte sein Hemd ein wenig weiter auf. Auf seiner glänzenden, kahlen Brust standen kleine Schweißperlen.

»Wir sollten vielleicht expandieren und uns an mehreren Orten etablieren?«

Kent sah ihn entsetzt an.

»Verdammt, Bengt, mach nicht alles noch komplizierter.«

»Ach ja, und wer ist für das Chaos bislang verantwortlich? Ich jedenfalls nicht.«

»Nein. Man kann dir kaum den Vorwurf machen, dass du zum Unternehmer taugst.«

»Sollen wir uns weiter zanken oder endlich arbeiten?«

»Überall ist belegt, Werbung ist im Augenblick also nicht nötig, oder was meinst du? Die Briefe und die Rechnungen verschickt unsere kleine Lady ... und das Abkassieren besorgen wir selbst«, fuhr Kent fort, da Bengt schwieg.

»Ich hoffe, du hast alles im Griff, Kent, sonst kannst du schon mal anfangen, Sträflingskleider zu nähen.«

»Dass du immer gleich so übertreiben musst. In meiner Größe haben sie sicher was von der Stange.« Kent reckte seine schlaksigen Glieder. »In deinem Fall ist das natürlich wesentlich schwieriger, dafür garantiere ich.«

»Apropos Garantien«, meinte Bengt, »waren wir uns nicht einig, dass du dich um Stundung der Mieten für diesen Monat kümmern solltest? Jedenfalls mit einigen Vermietern?«

Kent antwortete nicht, sondern murmelte etwas Unverständliches. Verärgert blätterte er in einigen Papieren, die auf seinem übervollen Schreibtisch lagen.

Die Wohnung war kahl und unpersönlich. Ein paar Plakate mit Blumenmotiven hingen an den sonst leeren Wänden. Ein Ledersofa und ein niedriger Couchtisch mit Brand- und Wasserflecken. Ein Schreibtisch, ein Computer und zwei Küchenstühle. Der Zigarettenqualm nahm dafür umso mehr Platz ein. An den Fenstern hingen keine Gardinen, auch Topfpflanzen gab es keine. Vor dem Haus spielten Kinder, und ein älterer Mann führte seinen Hund aus. Das schmutzige Fenster war wie eine massive Wand, die die beiden Kompagnons und ihr Unternehmen von der Wirklichkeit abschirmte.

In der Villa Bonita war die Wirklichkeit umso greifbarer. Elvy benötigte immer mehr Pflege, und trotzdem ließ Bonitas Gewissen nicht einmal den Gedanken an ein Altersheim zu. Der Tod schien ihr die einzige Möglichkeit der Befreiung zu sein, aber dieser Gedanke machte ihr fast noch mehr Angst als die anstrengende Wirklichkeit.

Oft stand sie am Küchenfenster und schaute zu Doris' Elternhaus hinüber. Der Garten begann zu verwildern, und ihre Hoffnung, dass Doris dort einziehen würde, schwand immer mehr. Bonitas kurze Ausflüge in den Lebensmittelladen waren ihr einziger Kontakt mit der Außenwelt, stellten aber keine Entspannung mehr dar, denn ihre Mutter rief die ganze Zeit nach ihr. Sie meinte immer, die Rufe ihrer Mutter bereits auf der Straße zu hören, obwohl sie in letzter Zeit immer die Fenster geschlossen hatte, damit kein Laut zu den Leuten nach draußen drang. Aber Bonita hörte die Rufe. Sie schwirrten ständig in ihrem Kopf herum: »Bonita, Bonita, wo bist du? Beeil dich, komm her …«

Dr. Koch hatte bei ihrem letzten Besuch im Ärztehaus gesagt, Elvys Lungenvolumen habe abgenommen. Es bestehe jederzeit die Gefahr für sie, eine Lungenentzündung zu bekommen, da sie nicht mehr die Kraft habe, genug abzuhusten.

Bonita hatte das Gefühl, durch die Hölle zu stolpern, ohne sich irgendwo festhalten zu können. Sie spürte keinen festen Boden mehr unter den Füßen. Der Sommer neigte sich dem Ende zu, und Elvys Atemzüge waren ebenso kraftlos wie der letzte Sommerwind. Manchmal fragte sich Bonita, was wohl als Erstes zum Stillstand kommen würde.

Aus dem Sommer wurde Herbst, und Elvy lag weiter keuchend in ihrem Krankenhausbett, das das staatliche Gesundheitswesen Bonita zur Verfügung gestellt hatte, um ihr die Arbeit zu erleichtern. Elvy hatte kaum mehr die Kraft, nach ihrer Tochter zu rufen. Oft folgte sie ihr nur noch mit dem Blick. Flehend, manchmal panisch. Bisweilen wusste Bonita nicht, was schlimmer war – die schrillen Rufe von früher oder dieser verzweifelte Blick. Dabei liebte sie ihre Mutter oder besser gesagt die Person, die einst Elvy Larsson gewesen war, denn sie existierte schließlich nicht mehr.

Nicht einmal das Fernsehen bereitete Bonita noch Genuss. Sie hatte den Eindruck, als ob der Blick ihrer Mutter nie auf dem Bildschirm, sondern immer auf ihrer Tochter ruhte. Eines Abends war Elvys Stimme etwas klarer gewesen, und sie hatte mehrere deutliche Sätze gesprochen. Als ob das milde Herbstwetter ihrer Gesundheit aufgeholfen hätte. Sie hatte mit der Hand fest auf den Nachttisch geschlagen, um auf sich aufmerksam zu machen.

»Ist der Krieg gekommen, Bonita?«

»Das ist doch nur ein Film, Mutter.«

»Hörst du nicht, wie sie schießen, Mädchen?« Sie schlug fest auf den Nachttisch, und ein Wasserglas fiel zu Boden.

Bonita ballte ihre Hände um die Daumen und schloss die Augen.

»Au, au.« Bei Elvys schwachen Rufen ließ Bonita ihre Daumen los. Ihre Mutter versuchte gerade, aufzustehen, und Bonita eilte herbei, um ihr zu helfen.

»Bleib liegen, Mutter!«

»Du hast gut reden. Jetzt, wo Krieg ist. Hilf mir in den Luftschutzraum, Bonita.« Die schmalen Finger der Mutter verkrallten sich in der Decke. »Hilf mir auf.«

»Leg dich wieder hin, Mutter!«, schrie Bonita. Sie ging zum Fernseher und schaltete ihn aus.

»Vielleicht war das ja nur ein Manöver, Bonita ... glaubst du nicht auch?«

Bonita staunte über die starken Hände ihrer Mutter. Sie musste sich mit Gewalt aus ihrem Griff befreien, stieß sie dann unsanft ins Bett zurück und hakte das Gitter fest.

»Hör auf, mich so anzustarren ... Hör auf, Mutter!«

Elvy sah unglücklich aus. Sie zog die Decke übers Kinn und schloss die Augen. Bonita ging in die Küche und setzte sich an den Küchentisch. Sie wollte weinen, aber ihre Augen schienen vollkommen ausgetrocknet zu sein.

»Es duftet nach Kaffee«, war leise die Stimme ihrer Mutter aus dem Wohnzimmer zu vernehmen.

Bonita antwortete nicht, sondern füllte die Kaffeemaschine auf.

»Ich esse einen Mandelkeks dazu. Hörst du, Bonita, einen Mandelkeks.«

Bonita warf einen Blick auf das Nachbarhaus. Ein Fenster stand offen, aber es schien niemand zu Hause zu sein. Es konnte sich doch wohl nicht um Diebe handeln? Bonita hatte nichts gehört oder gesehen.

Als der Kaffee durchgelaufen war, stellte sie Tassen und Kanne auf ein Tablett. Im Wohnzimmer schlief ihre Mutter tief und fest, und wieder einmal wurde Bonita von Reue gepackt. Den ganzen Abend ging sie wie ein ruheloser Geist zwischen dem Küchenfenster und dem Bett der Mutter hin und her. Fast sehnte sie sich nach der Dunkelheit, damit sie sehen konnte, ob bei Doris das Licht anging.

Die Schatten des Abends kamen und lasteten schwer auf der Villa Bonita. Im Dämmerlicht waren das weiße Gesicht von Elvy Larsson und ihr geöffneter Mund zu sehen. Ihre Atemzüge zerschnitten die Dunkelheit. Der Fernseher flimmerte ohne Ton, eine Kaskade winzig kleiner Sterne auf der Mattscheibe. Auf der großen Pendeluhr über der Kommode war es bereits nach Mitternacht, als Bonita auf ihrem Sessel schlagartig erwachte. Rasch ging sie zum Bett der Mutter, zupfte die Decke zurecht, begab sich dann in die Küche und trat ans Fenster. Im Nachbarhaus war es dunkel, und das Fenster war geschlossen.

Bei ihrer Ankunft hatte Doris ihr altes Elternhaus stickig und schlecht gelüftet vorgefunden. Sie hatte das Fenster weit geöffnet und zu Bonitas Haus hinübergeschaut. Als sie klein gewesen waren, hatten sie sich abends manchmal durch die Fenster zugewinkt. Einmal hatten sie auch versucht, mit Hilfe eines Schlauchs und zweier Konservendosen eine Art Telefonverbindung herzustellen. Jedoch ohne Resultat.

Doris besaß kein Auto und hätte daher mit dem Zug nach Ystad fahren müssen, aber da sie den Computer brauchte, gönnte sie sich ein Taxi. Alles andere, was sie brauchte, würde in ein paar Tagen eine Lieferfirma bringen. Erst nach Verkauf des Hauses in Malmö würde der Möbelwagen kommen. Ihr kam es gar nicht so lange her vor, dass ihr Vater einen Lieferwagen gemietet hatte, um Doris' Habseligkeiten nach Malmö zu bringen. Damals war sie einundzwanzig Jahre alt gewesen, und das große Abenteuer hatte seinen Anfang nehmen sollen. Jetzt war sie siebenundfünfzig, es waren wirklich einige Jahre verstrichen, wie sie feststellte, doch das große Abenteuer war ausgeblieben. Man konnte ihr bisheriges Leben nicht als schlecht bezeichnen, aber etwas Besonderes war es wirklich nicht gewesen. Sie hatte in verschiedenen Büros gearbeitet und Åke geheiratet, als sie schon über dreißig gewesen war. Oft hatte sie darüber nachgedacht, wie ihr Leben wohl ausgesehen hätte, wenn sie jemand anderen geheiratet hätte.

An diesem Tag hatte sie mehrmals zur Villa Bonita hinübergeschaut, ohne eine Menschenseele zu sehen. Es hatte dort Licht gebrannt, als Doris kurz vor Mitternacht zu Bett gegangen war. Beim Einschlafen dachte sie, dass Bonitas und ihr Leben gar nicht so verschieden waren. Vermutlich genauso alltäglich und genauso weit von den Träumen entfernt, denen sie als kleine Mädchen in der Fliederlaube nachgehangen waren.

Ehe sie zu Bett gegangen war, hatte sie ihren Computer im Wohnzimmer aufgestellt. In diesem Haus, in dem es nur ältere Gegenstände gab, wirkte er deplatziert. Den Computer hatte Doris vor einigen Monaten gekauft, als sie in einer Firma, über die sie kaum etwas wusste, die Stellung einer Bürokraft übernommen hatte. Diese Firma hatte ihr nicht einmal eine Adresse oder eine Telefonnummer gegeben. Die beiden Unternehmer hießen Bengt Jarl und Kent Ohlin und wollten, dass alle Kontakte via E-Mail erfolgten. Ihre Telefonnummer wurde auf dem Display nicht angezeigt, wie Doris feststellen musste, als sie einmal wegen einer dringlichen Angelegenheit angerufen wurde. Die Stellenanzeige hatte sie in einer Zeitung entdeckt. Bereits zu jenem Zeitpunkt war es ihr spanisch vorgekommen, dass alles via E-Mail abgewickelt werden sollte und keine Vorkenntnisse erforderlich waren. Sie hatte sich gefreut, als sie die Stelle bekommen hatte, dann aber keine weiteren Gedanken darauf verschwendet. Die Arbeit war einfach gewesen, und sie hatte erkannt, dass wirklich keine Vorkenntnisse vonnöten waren. Ein Computer genügte.

Mit über fünfzig arbeitslos zu werden, war nicht leicht gewesen. Doris hatte ihre Arbeit und den Haushalt gehabt, darüber hinaus besaß sie wenig Lebenserfahrung. Als sie sich auf dem Arbeitsamt hatte melden müssen, war ihr wirklich elend zumute gewesen. Sie hatte es als Kränkung empfunden. Beim Betreten des Amtes wäre sie gern in eine Rolle geschlüpft, so wie damals, als sie als Kind mit ihren Cousinen Theater gespielt hatte. Damals hatte sie Prinzessin oder Elfe sein wollen. Das wollte sie jetzt natürlich nicht mehr. Wie hätte das auch ausgesehen, als Prinzessin das Arbeitsamt zu betreten? Nein, sie hatte aussehen wollen wie eine Arbeitgeberin, die sich mit einem Sachbearbeiter treffen will, und nicht wie Doris, siebenundfünfzig Jahre alt, arbeitslos, ohne größere Qualifikationen.

Sie hatte die Augen geschlossen und damit versucht, die Wirklichkeit auszuschließen. Als sie sie wieder geöffnet hatte, war sie sich vorgekommen wie beim Versteckspiel, wenn man gerade bis hundert gezählt hat. Mitten im Raum hing an einer Säule ein Automat, an dem man sich eine Nummer ziehen konnte. Die Broschüren auf den Tischen richteten sich an junge Leute: »Arbeitssuche oder Studium im Ausland«. Als sie an der Reihe gewesen war, hatte die Sachbearbeiterin sie angesehen, als hätte sie sich in der Tür geirrt. Als wäre sie eine verwirrte Alte, die nicht mehr ins Altersheim zurückfand. Die Sachbearbeiterin hatte sie nach ihren Qualifikationen und ihrer Lebenserfahrung gefragt, und ihr war recht bald klar gewesen, dass sich die Arbeitgeber nicht um sie prügeln würden. »Haben Sie sich denn schon eingeschrieben?«, hatte die Sachbearbeiterin barsch gefragt.

»Deswegen bin ich hier«, hatte sie höflich geantwortet.

»Draußen beim Kundenempfang steht ein Computer. Dort können Sie sich einschreiben.«

Wenn man herablassend behandelt wird, dann ist es richtig schlimm, hatte sie noch rasch gedacht, bevor sie die Sachbearbeiterin zum Kundenempfang begleitet hatte.

»Einfach nach Anweisung ausfüllen«, meinte die andere, deutete auf den Computer und machte sich auf den Weg in ihr Büro.

»Ich kenne mich mit Computern nicht so gut aus«, hatte Doris kläglich gesagt.

»Sie haben doch im Büro gearbeitet?«, fauchte die Sachbearbeiterin sie an. »Wenn Sie die Anmeldung ausgefüllt haben, können Sie sie ausdrucken. Dann erhalten Sie einen Termin für eine Einführungsveranstaltung in der Gruppe.«

Doris hatte das Gefühl gehabt, mit jeder Äußerung ihre Aussichten auf eine Arbeit zu verringern. Der Computer sah nicht so aus wie der an ihrem Arbeitsplatz. Es gab keine Maus, sondern nur eine merkwürdige, große Kugel, die man hin- und herbewegen und auf die man drücken sollte. Als Doris kurz zuvor das Arbeitsamt betreten hatte, hatte ein junger Mann in Lederjacke neben ihr gestanden, vor dem sie sich ein wenig gefürchtet hatte und dem sie fast ein wenig ausgewichen war. Er hatte einen rasierten Schädel und einen Ring in der Nase. Jetzt kam er auf sie zu.

»Ich kann Ihnen helfen«, sagte er. Mit einem Mal hatte sie sich in der Gesellschaft des jungen Mannes wohler gefühlt als bei der Sachbearbeiterin, deren Augen kalt wie Eiszapfen gewesen waren. Ihr Mund schien nur dazu gemacht gewesen zu sein, Bosheiten auszusprechen. Der junge Mann hatte dagegen eine Wärme ausgestrahlt, die in den unfreundlichen Räumlichkeiten fremdartig gewirkt hatte.

Ruhig und freundlich hatte er Doris geholfen. Er hatte ihr die Fragen vorgelesen und dann das Formular am Bildschirm ausgefüllt.

»Nicht sehr dienstbeflissen die Leute hier«, hatte er gescherzt.

»Ich habe damit nicht viel Erfahrung«, hatte Doris geflüstert und ihn angelächelt.

»Ich gewöhne mich langsam dran«, hatte der junge Mann erwidert, aber das hatte es ihr auch nicht leichter gemacht.

Doris hatte ihn von der Seite angesehen. Routiniert hatte

er alle Felder ausgefüllt und dann auf eine Taste gedrückt, woraufhin das ausgefüllte Formular ausgedruckt worden war.

»Vielen Dank, das war sehr nett von Ihnen.«

»Ich habe genug Zeit. Ich bin jetzt schon seit drei Jahren arbeitslos.« Er hatte wehmütig gelacht. »Ich wünsche Ihnen viel Glück.« Er hatte ihr zugezwinkert, ein paar Broschüren vom Tisch genommen und war dann gegangen.

Die Sachbearbeiterin hatte Doris' Antrag an sich gerissen, ihr einen Termin gegeben und sie dabei kaum angesehen, geschweige denn angelächelt.

Draußen auf der Straße hatte sie lachen müssen. Fast wie in ihrer Kindheit, als die Brause sie in der Nase gekitzelt hatte. Sie hatte nicht recht gewusst, ob das die Erleichterung darüber gewesen war, den Besuch beim Arbeitsamt hinter sich gebracht zu haben, oder ob es daran lag, dass ihr gerade eine verrückte Episode eingefallen war. An ihrem ehemaligen Arbeitsplatz, bei Ejlertssons, war eine schon ältere Frau zur Probe angestellt gewesen. Sie war wie ein frischer Wind gewesen und hatte sich keinen Autoritäten unterworfen. Nein, sie war geradeheraus und direkt gewesen. Die Eigentümerfamilie war natürlich über ihre gewagten Äußerungen und Kommentare entsetzt gewesen. Einmal hatte sie erzählt, wie sie ihre letzte Stelle verloren hatte und zum Arbeitsamt gegangen war. Sie hatte den Verlauf so eingehend beschrieben, dass Doris fast das Gefühl gehabt hatte, selbst dabei gewesen zu sein. Die Sachbearbeiterin hatte nach Qualifikationen und Ausbildungen gefragt und war sehr arrogant gewesen, als Elsa, so hatte die Frau geheißen, geantwortet hatte, sie besäße keine direkte Ausbildung.

»Ich habe natürlich meine HSdL-Ausbildung«, hatte sie plötzlich gesagt, und die Sachbearbeiterin hatte gelächelt. Sie hatte einige Papiere auf ihrem Schreibtisch beiseitegeschoben, sich vorgebeugt und sich mit erwartungsvoller Stimme erkundigt: »Wie interessant! Was ist denn das für eine Ausbildung?«

»Die harte Schule des Lebens«, hatte Elsa stolz geantwortet.

Die Sachbearbeiterin hatte ihre Mappe zugeknallt, sich erhoben und Elsa rausgeschmissen.

Doris lächelte, aber dann wurden ihre Schritte schwerer. Sie kam sich vor wie ein Waschlappen. Sie hatte auf dem Amt einfach immer nur genickt und ein freundliches Gesicht gemacht, obwohl sie sich eigentlich nichts anderes gewünscht hatte, als diesen Ort nie mehr aufsuchen zu müssen.

Zu Hause angelangt, hatte sie eine tiefe Wehmut empfunden. Nicht wegen der Arbeitslosigkeit, sondern weil sie jetzt wieder dem Arbeitsmarkt zur Verfügung stand. Wer zum Teufel würde schon über sie verfügen wollen? Sie wollte sich ihre Selbstachtung bewahren und beschloss, die neue Lage zu meistern. Als ihre Mutter kurz darauf starb und die Beerdigung anstand, hatte sie sich vorgenommen, niemandem von ihrer Arbeitslosigkeit zu erzählen. Vor Beginn des Gottesdienstes hatte sie lange auf der anderen Straßenseite verweilt. Dann war sie pünktlich mit raschen Schritten und aufrechten Hauptes in die Kirche gegangen. Dabei hatte sie unnötig laut mit den Absätzen geklappert.

6. Kapitel

Am dritten Tag hatte Bonita das Gefühl, mit ihren Pupillen an der Fensterscheibe festzukleben wie mit zwei Saugnäpfen, die sich nicht mehr lösen lassen. Erst gegen Abend sah sie, wie Doris die Gartenpforte schloss und die Straße hinunter verschwand. Sie hatte zur Villa Bonita hinübergeschaut, und das freute Bonita, obwohl sie ihren Kopf rasch hinter der Gardine versteckt hatte. Sie wollte nicht neugierig wirken, sie sehnte sich seit der Beerdigung nur so wahnsinnig nach Doris, und zwar in einem Ausmaß, das keine Grenzen kannte. Sie hatte lange darüber gegrübelt, woran das wohl lag. Schließlich hatte sie schon vorher von Doris gewusst, und auch früher hatten ihr manchmal die vertrauten Unterhaltungen ihrer Jugend gefehlt, aber woher diese brennende Sehnsucht nun kam, das konnte sich Bonita nicht erklären. Sie musste sich richtiggehend zusammennehmen, um Doris nicht hinterherzurennen.

Sie befürchtete, dass sich Doris nur vorübergehend in ihrem Elternhaus aufhielt, um sich nach dem Tod ihrer Mutter um praktische Dinge zu kümmern. Sogar Schmutzfink war an diesem Tag besonders ruhig, und Bonita hatte in Ruhe ihren Gedanken nachhängen können.

Ihre Mutter hatte so gut wie den ganzen Tag geschlafen. Bonita hatte in regelmäßigen Abständen bei ihr reingeschaut und Brei gekocht, von dem Elvy zögernd ein paar Löffel gegessen hatte, ehe sie wieder in ihre eigene Welt entschwunden war. Manchmal wünschte sich Bonita, Zutritt zu dieser Welt zu haben, die Vorhänge öffnen zu dürfen und sich mit den Gedanken ihrer Mutter vereinigen zu können. Oft hatte sie sich gefragt, was ihre Mutter eigentlich dachte. Enthielt ihr Kopf klare Gedanken, die sich erst unentwirrbar verknoteten, wenn sie ihn verließen?

Eine Woche nachdem Bonita Doris zum ersten Mal im Nachbarhaus gesehen hatte, begegneten sie sich. Doris fegte den Bürgersteig, und Bonita hatte sie vom Küchenfenster aus gesehen. Sie ging in den Garten, wo sie etwas zu erledigen hatte, und hoffte, dass Doris sie sehen würde. Vorher schaute sie noch in den Spiegel, fuhr sich mit einem Kamm durchs Haar und zog die Schürze aus. Sie entdeckte ein Loch in der Socke, zog die Sandale aus, zog den Strumpf nach vorne und klemmte ihn unter der Zehe fest. Draußen nahm sie Schaufel und Harke, die neben dem Beet lagen, zur Hand. Sie war auf dem Weg in den Schuppen, um beides wegzuräumen, als sie Doris' Stimme hörte: »Hallo, Nita.«

»Hallo, Doris.« Sie kam sich wie immer etwas dumm vor und wusste nicht recht, ob sie Doris die Hand geben sollte. Wie immer kam ihr Doris zuvor. Sie streckte die Hand über das Tor.

»Jetzt sind wir also wieder Nachbarinnen, Bonita.«

»Ach?« Sie hörte selbst, wie hilflos das klang, fast wie eine Frage, dabei hatte sie die Antwort bereits erhalten. Ihre alte Unsicherheit kehrte zurück. Sie wollte keine Fragen stellen, wollte nicht neugierig wirken, aber irgendwas musste sie schließlich sagen, und viele Fragen gingen ihr durch den Kopf.

»Ich verkaufe erst noch das Haus in Malmö, dann werde ich wieder eine richtige Ystaderin.«

»Wie nett ... und was wird mit der Arbeit?«

»Müssen wir uns wirklich über die Gartenpforte hinweg unterhalten? Komm doch morgen einfach rüber, dann können wir eine Kleinigkeit essen und einen Schluck Wein trinken. Bring deine Mutter mit.«

»Danke, gerne«, erwiderte Bonita zögernd. »Aber ich denke, ich lasse sie lieber hier … Ich kann ja ab und an zu ihr rüberschauen.«

»Dann sagen wir: um sieben.«

Ehe Bonita ins Haus zurückging, drehte sie noch eine Runde durch den Garten. An der Tür hob sie den Kopf und atmete den Duft einer der letzten Rosen ein, die sich trotzig an einem dornigen Zweig festklammerte.

Im Haus war es still und friedlich, und Bonita setzte sich an den Küchentisch. Sie bereute es bereits, die Einladung angenommen zu haben. Sie hatte nichts zu erzählen und war es nicht einmal mehr gewohnt, Small Talk zu machen. Doris hatte von Unterhalten gesprochen, und obwohl Bonita wusste, was das Wort bedeutete, kam es ihr jetzt ganz fremd vor. In den letzten Jahren hatte sie nur banale Unterhaltungen mit ihrer Mutter geführt, die man kaum als Unterhaltungen bezeichnen konnte. Bonita sprach, und ihre Mutter antwortete etwas ziemlich Sinnloses, falls sie überhaupt antwortete.

Als Bonita ihre Mutter abends bettfertig gemacht hatte, öffnete sie ihren Kleiderschrank. Ein muffiger Geruch gemischt mit Zitrone – von dem Weichspüler, den sie manchmal verwendete – schlug ihr entgegen. Die Auswahl war nicht groß. Sie konnte sich nicht erinnern, wann sie zuletzt etwas Neues gekauft hatte. Sie nahm ein kariertes und ein geblümtes Kleid heraus und hängte sie an die Schranktür. An der Innenseite der Tür hing ein Stoffbeutel mit verschiedenen Fächern zur Verwahrung von Strümpfen. Darauf war ein Spruch gestickt: »Leben heißt warten.« Bonita schloss die Schranktür und seufzte.

Sie konnte nicht einschlafen. Ihre Gedanken ließen ihr keine Ruhe, und sie fasste sich an die Schläfen. Plötzlich sprang sie aus dem Bett auf, lief die Treppe hoch zum Kleiderschrank. Sie nahm zwei Schuhkartons heraus und stellte die Schuhe dann vor die Kleider. Sie versuchte, barfuß in ihre dunkelblauen Pumps zu kommen, aber erst als sie eine dünne Baumwollsocke angezogen hatte, gelang es ihr, ihren Fuß in den Schuh zu zwängen.

Ehe sie zu Bett ging, schaute sie noch einmal bei ihrer Mutter hinein. Diese schlief tief, und in dem schwachen Licht der Straßenlaterne sah Bonita ihre Lider zucken.

Der Tag schleppte sich dahin. Bonita hatte sich für das karierte Kleid und die beigefarbenen Sandaletten entschieden. Außerdem beschloss sie, ihrer Mutter erst später von der Einladung zu erzählen. Sie wollte sie nicht beunruhigen. Zudem wusste sie, dass ihre Mutter es bis zum Abend ohnehin vergessen haben würde.

Bevor sich Bonita umzog, ging sie noch einmal in den Garten und pflückte ein paar Spätsommerblumen. Am Küchentisch band sie sie zu einem schönen, kleinen Strauß, nahm ein paar Blätter von dem Farn aus dem Wohnzimmer und legte sie um den Strauß. Sie lächelte.

»In deinem nächsten Leben musst du Floristin werden«, hatte ihr Vater immer gesagt. Ja, Blumen binden konnte sie, das musste sie selbst zugeben. Früher, wenn sie eingeladen gewesen waren, hatte sie immer diese Aufgabe übernommen. Man hatte sie für ihre Sträuße immer sehr gelobt, und sie war darüber stolz und glücklich gewesen.

Sie war mit ihrem Spiegelbild nicht zufrieden, aber es musste gehen. Ehe sie bei ihrer Mutter eintrat, holte sie noch einmal tief Luft, und ihr Kleid spannte am Rücken.

»Ich bin heute Abend bei Doris eingeladen, Mutter ... nur eine Weile.«

»Ach ja, du treibst dich auch nur rum, Mädchen«, sagte ihre Mutter und seufzte. »Amüsier dich ruhig, aber lass dir keine Kinder andrehen, lass es dir gesagt sein. Bekomme ich eigentlich nichts zum Abendessen?«

»Du hast dein Essen und deine Tabletten schon bekommen. Hier steht ein Glas Saft, falls du Durst bekommst.« Ehe Bonita durch die Küchentür das Haus verließ, hörte sie noch die jetzt etwas munterere Stimme ihrer Mutter: »Grüß Olga von mir. Sag ihr, dass ich demnächst mal bei ihr vorbeischaue.«

Bonita korrigierte sie nicht, aber sie empfand für einen kurzen Moment eine gewisse Wehmut und versuchte ihr schlechtes Gewissen herunterzuschlucken.

»Die Daumen, Bonita, die Daumen«, murmelte sie, als sie den Weg durch den Garten entlangging.

»Willkommen, Nita, wie nett.«

Bonita überreichte ihr den Blumenstrauß.

»Oh, deine Blumensträuße! Immer gleich schön, daran erinnere ich mich.«

Bonita fühlte Verlegenheit in sich aufsteigen, gleichzeitig wurde ihr aber auch warm ums Herz.

Sie hatte sich ganz umsonst Sorgen gemacht. Die Unterhaltung verlief unbeschwert und natürlich, und sie lachten wie in alten Zeiten.

Doris hatte im Esszimmer aufwendig gedeckt, Kerzen, Servietten und das gute Porzellan. Bonita konnte sich so gut erinnern. Die Teller besaßen eine Blumenborte, die sie als Kinder mit dem Finger nachgezeichnet hatten, immer im Kreis.

»Ich habe Coq au Vin gemacht. Willst du Rot- oder Weißwein?«

»Ich weiß nicht, ob ich …«

»Ein Glas kannst du doch wohl trinken? Du kannst ja ein Taxi nach Hause nehmen.« Und dann lachten sie beide.

»Was trinkst du?«

»Die Frage lautet nicht, was ich trinke, Bonita, sondern was du trinken willst. Aber ich trinke am liebsten Rotwein.«

»Dann trinke ich auch Rotwein.«

Bonita genoss das Essen, den Wein und ihre Unterhaltung. Erst um halb neun ging sie hinüber, um nach ihrer Mutter zu sehen.

»Sie schläft«, sagte sie erleichtert, als sie zurückkam.

Doris schenkte Wein nach, und Bonita lehnte sich bequem zurück. Die Schuhe waren zu eng, und sie zog sie vorsichtig unter dem Tisch aus. Sie schaute sich um. Es hatte sich nichts verändert. Die beiden niedrigen Rokokosamtsesselchen mit dem niedrigen, ovalen Tisch, die goldene Wanduhr und Onkel Elons Preise vom Schützenverein im Bücherregal. Ansonsten standen dort Bücher, darunter eine Enzyklopädie, in der Bonita früher manchmal etwas hatte nachschlagen dürfen.

Doris deutete zur Küche.

»Erinnerst du dich an Onkel Edvard und seine Erfindung?«

Doris hatte einen Onkel gehabt, der jedes Jahr zu Weihnachten ein paar Tage zu Besuch gekommen war. Er hatte ein wenig sonderbar ausgesehen. Fast wie ein Zwerg, und einen Buckel hatte er auch gehabt. Er habe einen magischen Schneebesen erfunden, pflegte er zu sagen, und Doris und Bonita waren begeistert gewesen. Alle mussten sich in der Küche versammeln. Onkel Edvard hatte einen altmodischen Schneebesen mit Handkurbel und zwei Rührhaken hervorgezogen. An diesen hatte er einige Wunderkerzen befestigt und angezündet. Dann hatte er gedreht. Die Funken hatten nur so gesprüht und waren anschließend wie Sternschnuppen zu Boden gefallen, wo er sicherheitshalber ein angefeuchtetes Stück Stoff ausgebreitet hatte. Es hatte wirklich eine ganz eigene Magie gehabt. Das Licht, der Duft und dazu der stolz kurbelnde Onkel Edvard mit seinem Buckel. Bonita konnte sich immer noch an das Quietschen des Schneebesens erinnern.

»Er war ein netter kleiner Mann. Furchtsam und gutherzig.«

»Stell dir vor, das war sein wichtigster Tag im Jahr. Sein Auftritt und der anschließende Applaus.«

»Willst du jeden Tag nach Malmö und zurück fahren?«, fragte Bonita plötzlich, als wollte sie sich wieder der Gegenwart zuwenden.

»Nein, ich habe eine Arbeit, die ich von zu Hause erledigen kann.« Als Doris Bonitas fragende Miene bemerkte, führte sie weiter aus: »Du weißt schon, mithilfe von Computern und so.«

»Ist es dasselbe Unternehmen, bei dem du auch früher gearbeitet hast?«

»Nein. Da habe ich aufgehört. Du weißt schon, der Reiz des Neuen.« Doris sah zu Boden.

»Was ist das für ein Unternehmen?« Bonita war der Wein zu Kopf gestiegen, aber gleichzeitig fiel es ihr leichter zu reden und Fragen zu stellen.

»Eigentlich weiß ich das gar nicht so genau. Ich bin meinem neuen Arbeitgeber nie begegnet und weiß auch nicht recht, was das für eine Firma ist, aber solange Geld auf meinem Konto ist …«

Doris' Verlegenheit war offensichtlich. Sie hatte sich selbst in letzter Zeit immer öfter gefragt, was eigentlich dahintersteckte.

»Und was machst du genau?«

»Ich buche verschiedene Wohnungen und schreibe Rechnungen. Es muss sich um eine Art Immobilienverwaltung handeln.«

»Eine Art?«, wagte sich Bonita vor. »Ich finde, das klingt merkwürdig.«

»Und du?«, gab Doris zurück.

»Ich weiß zumindest, was ich tue. Keine dramatischen Veränderungen, keine leitenden Posten, keine Auslandsreisen und so. Nein, ich ziehe meine Kreise in meiner kleinen Welt, zusammen mit Mutter und Schmutzfink.«

Doris hatte eine einfache und natürliche Art, gab nicht an und machte keine großen Worte. Bonita meinte manchmal eine tiefe Wehmut an ihr zu entdecken. Das werde ich noch früh genug erfahren, dachte sie. Als sie auf ihre Kindheit zu sprechen kamen, hellte sich die Stimmung sofort auf. Sie kicherten, und es war fast wie damals. Ehe Bonita nach Hause ging, vereinbarten sie, sich bald wiederzusehen. Bonita versuchte diskret, ihre Schuhe unterm Tisch wieder anzuziehen. Ihre Füße waren geschwollen, und es gelang ihr nur mit beträchtlicher Anstrengung, sie wieder in die Sandaletten zu zwängen. Als sie aufstand, musste sie sich am Tisch abstützen, nicht wegen der Schuhe, sondern weil ihr schwindlig und seltsam zumute war und ihr der Schweiß ausbrach. Doris stand in der Tür und winkte. Als Bonita bei sich zu Hause durch den Kücheneingang trat, stolperte sie über ihre Holzschuhe.

»Bist du das, Bonita? Hast du dich mit irgendwelchen Männern eingelassen, Mädchen? Du hast doch hoffentlich keinen mit nach Hause gebracht?«

Bonita antwortete nicht. Sie ging zu ihrer Mutter ins Zimmer, schüttelte ihr Kissen auf und gab ihr etwas Saft zu trinken.

»Schlaf jetzt, Mutter, dann unterhalten wir uns morgen weiter.« Ihre Mutter wirkte entspannt. Sie zog die Decke etwas weiter hoch und schloss die Augen mit einem Lächeln auf den Lippen, und das freute Bonita.

Doris saß am Küchentisch und blätterte in ihren Unterlagen. Als Bonita am Vorabend nach Hause gegangen war, hatte sie beschlossen, Nachforschungen über ihre neuen Arbeitgeber anzustellen. Es war ihr peinlich, wenn sie gefragt wurde und keine Antwort wusste. Doch nichts in den Papieren gab auch nur das Geringste über die Firma preis. Die Rechnungen und Bestätigungen, die sie verschickte, hatte sie auf einfaches, weißes Papier zu schreiben und in neutrale Umschläge zu stecken. Sie wusste nur, dass ihre Arbeitgeber Bengt Jarl und Kent Ohlin hießen und in Göteborg wohnten.

Sie hatte sich überlegt, weswegen die Wohnungen wohl nur tageweise vermietet wurden. Normalerweise wurde doch wochenweise oder zumindest für ein Wochenende vermietet. Bonitas Fragen hatten sie noch nachdenklicher gestimmt, und zum ersten Mal hatte sie versucht, Antworten darauf zu finden. Am nächsten Tag war sie zur Bank gegangen und hatte sich erkundigt, welche Firma sich hinter dem Konto verberge, von dem sie ihren Lohn abhebe. Die Dame am Schalter hatte etwas erstaunt ausgesehen, da Doris eine Vollmacht besaß und deswegen eigentlich die Kontoinhaber hätte kennen müssen. Dann hatte sie jedoch die Namen ihrer Arbeitgeber genannt, aber die hatte Doris ja bereits gekannt. Ein Firmenname war nicht erwähnt worden. Und auf den Kontoauszügen, die sie regelmäßig erhielt, stand nur ihr eigener Name.

Als sie sich abends hinlegte, schwirrten die Gedanken immer noch in ihrem Kopf herum. Sie beschloss, ihren Arbeitgebern am folgenden Tag eine E-Mail mit einigen Fragen zu schicken. Hatte sie denn nicht ein Anrecht darauf, zu erfahren, welcher Tätigkeit sie eigentlich nachging? Erleichtert über ihren Beschluss schlief sie ruhig ein. Die große, goldene Wanduhr schlug einmal, und draußen im Garten prasselte der Regen auf die grüne Plastikgießkanne, die auf dem Brunnendeckel stand. Die Küchenhandtücher auf der Wäscheleine flatterten wie Gespenster in der Dunkelheit, und das erste Herbstlaub raschelte, als ein kleiner Igel gemächlich durch den Garten spazierte.

7. Kapitel

Bengt Jarl hustete so sehr, dass die Papiere auf seinem übervollen Schreibtisch durcheinandergerieten. Er deutete auf den Computer.

»Was habe ich gesagt?«

Kent Ohlin drückte seine Zigarette aus und zündete sich sofort eine neue an. Sein Blick irrte hin und her und blieb dann auf dem Bildschirm hängen.

»Ich hätte gerne gewusst, was für eine Art Unternehmen Sie eigentlich betreiben.« Er schnaubte.

»Weiber. Fragen, nichts als Fragen.«

»Aber die Frage ist ja wohl berechtigt, oder?«

»Fang jetzt nicht auch noch damit an. Sollen wir sie etwa zu einem Studienbesuch einladen?«

»Ich würde auch gerne erfahren, welche Art von Mietverhältnissen ich vermittle, Doris.«

Kent hielt sein Gesicht so dicht an den Computer, dass der Bildschirm beschlug.

»Reiß dich zusammen, Kent!« Er grinste höhnisch. »Du wolltest doch unbedingt Doris Strand aus Ystad einstellen, wenn ich mich recht entsinne? Wir wären mit der Arbeit auch allein klargekommen. Wohnungen buchen und Rechnungen verschicken, das ist doch wohl nicht so schwer … oder?«

»Du kannst ja nicht mal deinen eigenen Namen buchstabieren. Nein. Der ganze Papierkram ist nichts für uns.«

Bengt Jarl antwortete nicht, sondern verschwand auf der Toilette. Er betrachtete sich im Spiegel und schob eine dunkle Strähne zurecht, die ihm in die Stirn gerutscht war. Sein Gesicht war bleich und aufgedunsen. Er zog eine Büroklammer aus der Tasche und entfernte einen Essensrest, der zwischen seinen Schneidezähnen hing. Seine Brücke glänzte golden, aber nicht einmal die Freude über die neuen Zähne konnte seine Laune spürbar verbessern. Er ärgerte sich immer mehr über Kent, der die treibende Kraft ihres Unternehmens gewesen war, aber auch als Erster geunkt hatte, als es Probleme gegeben hatte.

Die Toilette war genauso siffig wie Bengt selbst. Der Wasserhahn tropfte, und die Spülung lief dauernd, was das Porzellan des Klosetts braun verfärbt hatte. Im Badezimmer gab es keine Handtücher und keine Seife. Es war ersichtlich, dass die beiden Kompagnons nicht dort wohnten, sondern sich nur tagsüber dort aufhielten.

»Wir antworten ihr, vermeiden es aber, auf irgendwelche Details einzugehen«, meinte Bengt, als hätte ihm der Toilettenbesuch dabei geholfen, seine Gedanken zu ordnen.

Die beiden Kompagnons drängten sich vor dem Computer. Kent Ohlins knochige Zeigefinger hieben in die Tasten, während ihm Bengt Jarl den Brief diktierte.

»Liebe Doris Strand, wir dachten, es sei aus dem bisherigen Briefwechsel hervorgegangen, dass Sie Wohnungsbuchungen vornehmen und dann den Kunden die Rechnung stellen. Eine einfache und gute Ergänzung zu den teureren Hotels in Göteborg, die sich viele nicht leisten können.«

»Klingt das gut?«, fragte Bengt.

»Immerhin ist es eine Antwort. Wenn sie sich damit zufriedengibt, ist sie so dumm wie eine Maus auf dem Weg in die Falle.«

»Dann formulier es doch selbst«, meinte Bengt mürrisch und sprang auf. Dann lächelte er durchtrieben. »Ich dachte, es würde dir imprägnieren.«

Kents Lächeln erlosch. Er war es wahnsinnig leid, dass Bengt noch immer über jenes Mal witzelte, als Kent einen

Geschäftsbrief hatte schreiben wollen. Er hatte geschrieben, dass ihm ein gewisser Vorschlag imprägniere, statt imponiere. Er hatte nicht zugegeben, dass er wirklich geglaubt hatte, es heiße imprägnieren, aber Bengt hatte ihn durchschaut und schmierte es ihm ständig aufs Butterbrot.

»Jetzt mach mal halblang. Geh lieber eine Flasche Vakuum kaufen.« Bengt hatte Kent einmal von seiner ersten Arbeit erzählt. Er hatte im Lager gearbeitet, und der Vorarbeiter hatte ihn gebeten, in der Apotheke eine Flasche Vakuum zu kaufen. Er war tatsächlich losgegangen, und in der Apotheke hatte man sich halb totgelacht.

Die beiden Kompagnons hatten sich auf einer Sauftour nach Finnland kennengelernt. Sie hatten in der Bar der Fähre gesessen und einen Drink nach dem anderen konsumiert. Dabei hatten sie viele wahnsinnige Geschäftsideen diskutiert, angefangen von Spielhallen bis hin zu Kettenbriefen. Erst kurz vor Schließung der Bar hatten sie sich auf eine Geschäftsidee geeinigt. Einige weitere Finnlandreisen zur Planung der Details hatten stattgefunden. In den meisten Dingen waren sie sich einig. Nur wenn sie nervös wurden, äußerten sie Dinge, die besser ungesagt geblieben wären.

Wie die Kinder hatten sie sich gefreut, als das erste Geld auf dem Konto der Firma eingegangen war, und schon nach einem halben Jahr hatten sie das Büro angemietet. Sie waren beide alleinstehend und hatten das Geschäft anfänglich von ihren Wohnungen aus betrieben, aber als allmählich Geld zu fließen begann, hatten sie beschlossen, Büroräume zu suchen. Die Wohnung konnten sie allerdings nicht von der Steuer absetzen, denn sie versteuerten ihre Einnahmen nicht. Darin waren sie sich sehr einig gewesen.

Kent knallte ein Bündel Geldscheine auf den Couchtisch.

»Wir sollten etwas in Wellness investieren und uns eine Reise in den Süden gönnen«, meinte er, um die Stimmung zu heben.

»Was ist gegen die Kneipe am Hauptbahnhof einzuwenden? Ein rascher Spaziergang dorthin ist sicher prima für die Gesundheit, aber die Taxifahrer müssen natürlich auch von irgendwas leben.«

»Spaziergang? Du bist wohl nicht ganz bei Trost. Glaubst du, ich bin Langstreckenläufer? Schick jetzt die E-Mail ab, Bengt, dann gehen wir. Das mit dem Taxi ist eine gute Idee.« Kent legte Bengt einträchtig einen Arm um die Schultern. Sie schickten die E-Mail ab, und Bengt schaltete den Computer aus. Ihr Lachen hallte im Treppenhaus wider, als sie nach unten verschwanden.

Am Tag nach ihrem Besuch bei Doris war Bonita guter Dinge. Die Unterhaltung mit Doris hatte ihr gutgetan, und im Verlauf des Tages ging sie sie im Kopf immer wieder durch. Sie fand, dass Doris nach wie vor ziemlich gutgläubig war. Das war sie immer gewesen. Die Sache mit ihrem neuen Arbeitgeber kam Bonita seltsam vor. Ihr wollte nicht in den Kopf, dass Doris nichts Genaueres darüber wusste. Sie überlegte, weshalb Doris nichts von ihrem Exmann und von der Scheidung erzählt hatte, doch sie selbst hatte sie nicht fragen wollen.

Ihre Mutter hatte sich nicht nach ihrem Besuch bei Doris erkundigt, war aber am folgenden Tag besonders unruhig.

»Treibst du dich heute Abend wieder rum, Bonita?«, hatte sie mehrmals gefragt und die Hand fest auf den Nachttisch geschlagen.

Am Nachmittag verarbeitete Bonita die letzten Äpfel des Gartens zu einem Apfelkuchen, den ihre Mutter mit großem Appetit verspeiste.

»Kannst du mir das Rezept geben, Bonita? Das war ein guter Kuchen. Der hätte Assar auch geschmeckt.«

Nach dem Besuch bei Doris hatte Bonita beschlossen, ihr Leben wieder in den Griff zu kriegen, so gut es unter den gegenwärtigen Umständen eben ging. Sie wollte das Haus ausmisten, es lagen so viele unnütze Dinge darin herum. Sie spürte, dass etwas Neues auf sie wartete, und wollte sich befreien, zumindest materiell. Sie fing mit dem Kleiderschrank ihres ehemaligen Mädchenzimmers an. Aufmerksam ging sie alle Fächer durch. Sie hatte einen schwarzen Müllsack dabei, der aber immer noch leer war, nachdem sie alles sortiert hatte. Sie war nie von zu Hause ausgezogen, sie war überhaupt nie umgezogen. Bonita hatte von anderen gehört, wie schwierig es sei, alte Sachen wegzuwerfen. Viele hatten Kinder und Enkel, die sich über alte Bücher und Spielsachen freuten. Aber obwohl dies bei ihr nicht der Fall war, fiel es ihr schwer, sich von ihren Sachen zu trennen.

Sie konnte fast alle Geschichten in den alten Kinderbüchern der Reihe »Meine Schatzkammer« auswendig. Ihre Eltern hatten sie ihr immer wieder vorgelesen. Auf die Buchrücken hatte sie mit Buntstift etwas gekritzelt. Sie erinnerte sich noch an den Abend, an dem ihre Eltern sie deswegen ausgeschimpft und in ihrem Zimmer eingeschlossen hatten. Sie hatte das ungerecht gefunden, und deswegen die Buchrücken der zehn Bände erst recht vollgekritzelt. Das hatte es auch nicht besser gemacht.

Ihre Eltern waren meist sehr liebevoll gewesen, und sie hatte nur glückliche Erinnerungen an ihre Kindheit. Dass sie sich auch einmal ungerecht behandelt vorgekommen war, war nur natürlich.

Das Monopoly-Spiel. Sie hielt inne. Wie oft hatte sie sich nicht gewünscht, die Schlossstraße zu kaufen. Entweder war sie nicht rasch genug gewesen, oder sie war daran vorbeigezogen. So war es auch in ihrem Leben gewesen. Sie hatte Träume gehabt, hatte es aber nicht einmal bis in deren Reichweite geschafft. Vielleicht würde sie ja auch einmal über das Ziel hinausschießen.

Bonita nahm eine kleine Luftmatratze in die Hand, die sie beim Spielen mit ihren kleinen Puppen benutzt hatte. Sie war aus gelbem Plastik, das aber nicht so weich und schön war wie Plastik heutzutage, und enthielt noch etwas Luft. Sie hielt die Matratze an ihre Wange. Darin befand sich Luft, die sie als kleines Mädchen einmal hineingeblasen hatte. Ein Teil ihrer Kindheit befand sich darin, lebte dort weiter. Dieses Gefühl verursachte ihr Schwindel. Sie zog den Plastikstöpsel heraus und hielt die Matratze an den Mund. Die Luft verschwand in ihr und vereinigte sich mit ihr. Plötzlich sah Goldlöckchen sie an, eine Puppe aus Zelluloid. Sie hatte ein Loch neben dem Auge, das ihr Cousin Arne einmal mit einer Schere hineingebohrt hatte. Sie lachte. Arne hatte immer so verrückte Sachen gesagt. Einmal hatte er sich Bonitas schwarze Puppe ausgeliehen. Er hatte auf dem Küchenfußboden gesessen und versucht, der Puppe ein Kleid anzuziehen. Er war recht ungestüm, und als es ihm nicht gleich gelungen war, hatte er die Puppe quer durch die Küche geschleudert.

»Zum Teufel mit dieser braunen Puppe! Die kommt sicher aus England, und da sprechen sie Dänisch, und das kann ich nicht.«

Bonita betrachtete den schwarzen Müllsack, der immer noch leer war, und die ganzen Sachen, die wild durcheinander vor ihr lagen. Dann schluckte sie und stopfte alles mit energischer Miene in den Plastiksack. Sie warf ihn die Treppe hinunter und ging mit leichten, wenn auch zögernden Schritten hinterher. Dann stellte sie den Sack zum

Gerümpel in den Schuppen, wischte sich die Hände an der Schürze ab und setzte sich auf die Gartenbank.

Sie atmete einige Male tief ein und aus, als wolle sie sich vergewissern, dass die gesamte Luft aus der Luftmatratze aus ihrer Lunge vertrieben sei. Sie verspürte eine große Erleichterung. Doch auch wenn sie sich von den Gegenständen getrennt hatte, wollte sie die Kindheitserinnerungen festhalten.

Als Doris die Antwort ihrer Arbeitgeber erhielt, war sie ebenso verärgert wie ratlos. Sie hatten ihre Fragen nicht beantwortet, und sie sah nun ein, was sie bereits geahnt hatte, nämlich dass es sich um eine dubiose Firma handelte. Diese neutralen Umschläge, das Fehlen der Adresse des Arbeitgebers und diese merkwürdigen E-Mails. Die Erklärung mit den Hotelpreisen war einfach lächerlich. Sie stellte den Kunden Kosten in Rechnung, die sich auf das Doppelte der teuersten Hotels in Göteborg beliefen. An der Sache war etwas faul. Warum konnten sich interessierte Kunden nicht direkt an sie wenden? Sie erhielt die Namen der Kunden von ihren Arbeitgebern per E-Mail. Dann musste sie eine freie Wohnung reservieren und den Kunden mitteilen, dass sie den Schlüssel in einer Kneipe namens Rote Laterne in der Bohusgatan abholen und abgeben konnten.

Neben den Buchungen und dem Erstellen der Rechnungen erledigte Doris einfachere Buchhaltungsaufgaben. Eine Buchhaltung, die kaum der gängigen Buchführung entsprach. Sie listete Einnahmen und Ausgaben auf und schickte einmal im Monat diese Angaben an die Firma. Es handelte sich dabei um die Einnahmen aus der Vermietung sowie die Kosten für die Wohnungen, einen hohen Posten über Werbungskosten und dann natürlich ihren eigenen Lohn. Normalerweise hatte eine Firma doch auch andere Unkosten wie Telefon und Büromaterial. Wer putzte die Wohnungen, und wer zahlte dafür? Gewisse Transaktionen durfte sie vornehmen, warum aber nicht alle? Aus den Kontoauszügen ließ sich ersehen, dass sie größere Summen abhoben, aber nie etwas einzahlten. Vielleicht beglichen sie ja einige Rechnungen in bar, aber auch das wäre seltsam. Obwohl größere Summen eingingen, erhielt sie manchmal die Anweisung, mit dem Zahlen der Miete für einige der Wohnungen noch zu warten. Das war Doris unangenehm, da sie selbst stets darauf achtete, alles pünktlich zu bezahlen.

Doris gefiel es in Ystad. Sie fühlte sich entspannt und gelassen und freute sich über den erneuten Kontakt zu Bonita, der irgendwie befreiend auf sie wirkte. Trotz ihres Alters sah Doris noch jugendlich aus. Ihre Figur war perfekt, und ihr Haar besaß immer noch seinen dunklen Glanz. Ihr Gesicht war rund, und ihre Augen waren braun gesprenkelt. Sie tuschte ihre hübsch geschwungenen Wimpern. Es war ihr immer wichtig gewesen, sich jeden Morgen zu schminken, und sie hatte ihre Fingernägel stets rot lackiert. Obwohl ihr das in Ystad nicht mehr so wichtig war wie in der Großstadt. Sie hatte angefangen, die Beete zu jäten, und einige Nägel waren abgebrochen. Die kurze Zeit in ihrer Heimatstadt hatte sie verändert, das spürte sie deutlich.

Es wurde immer herbstlicher. Die Bäume verloren ihre Blätter, und die Herbststürme brachen von der Ostsee herein. Die Sommergäste waren nach Hause gefahren, und viele kleine Häuser standen leer. Die bunten Sonnenschirme und Markisen waren eingerollt und hochgezogen. Die Parkplätze waren gähnend leer, und herbstmüde Ystader schleppten begleitet von dicken Möpsen ihre Einkaufstüten über den Marktplatz. An den hübschen Fachwerkhäusern hingen immer noch ein paar Blumenkästen mit wuchernden Sommerblumen. In der Fußgängerzone veranstalteten die Sportvereine Tombolas und verkauften Lose fürs Bingospiel. Die Biertrinker vom Rathausplatz trafen sich woanders, und die Stadt glich immer mehr einem gefrorenen Stillleben.

8. Kapitel

Nachdem Doris ein paar Monate in Ystad gewohnt hatte, gelang es ihr, ihr Haus in Malmö zu verkaufen. Eine Möbelspedition besorgte den Umzug, und sie hatte sich eine Putzfirma für die Endreinigung geleistet. Natürlich war sie noch ein paar Male hingefahren, um auszumisten und Sachen zur Auktion und zum Flohmarkt zu geben. Seit der Scheidung hatte sie keinen Kontakt mehr zu Åke gehabt. Als sie im Keller gestanden und seine Werkzeuge sortiert hatte, um sie zu verkaufen, war es ihr zum ersten Mal endgültig vorgekommen. Alle Spuren waren ausgelöscht.

Es war wirklich lächerlich, dass das letzte Überbleibsel von Åke ein Hammer war. Häufig war sie so wütend gewesen, dass sie sich gewünscht hatte, ihm den Schädel mit einem Hammer einschlagen zu können. Mit aller Kraft schlug sie mit dem Hammer auf eine Holzkiste. Das war ein befreiendes Gefühl. Sie empfand nicht die geringste Wehmut, als sie die Tür des Hauses zum letzten Mal hinter sich schloss. Nicht viele ihrer Habseligkeiten würden im Möbelwagen die Fahrt nach Ystad antreten: die Waschmaschine, zwei Sessel, ein Bett, etwas Nippes und Bücher. Erstaunlicherweise war es ihr schwerer gefallen, sich von Dingen in ihrem Elternhaus zu trennen, um Platz für die Dinge zu schaffen, die sie mitbrachte.

Nachdem Doris das Haus in Malmö verkauft hatte, lud sie Bonita ein, um darauf anzustoßen. Sie tranken den Champagner, den Doris für einen besonderen Anlass aufgehoben hatte.

Seit Doris' Rückkehr nach Ystad hatten sie und Bonita sich regelmäßig getroffen. Anfänglich hatten sie meist in

Kindheitserinnerungen geschwelgt, allmählich waren sie aber auch auf die Zukunft zu sprechen gekommen. An diesem Abend schien Doris die Vergangenheit hinter sich gelassen zu haben.

»Skål, Bonita!«

»Skål, Doris, und willkommen in Ystad … für immer.«

Doris erzählte das wenige, was sie über die Firma, für die sie arbeitete, wusste. Sie berichtete von den E-Mails und von ihren Nachforschungen.

»Gestern, als ich die Mieten für die Wohnungen überwiesen habe, ist mir aufgefallen, dass eine der Adressen nicht auf der Liste der Wohnungen auftaucht, die wir vermieten. Ich glaube, dass die Firma dort ihren Sitz hat.«

Bonita hörte interessiert zu, und beide stellten Mutmaßungen an.

»Wir fahren hin, Bonita«, meinte Doris plötzlich.

»Was sollen wir da? Bist du verrückt?« Bonita lachte.

»Wir müssen beide mal hier raus. Wir betrachten es einfach als Kurzurlaub, und wenn wir ohnehin schon mal da sind, können wir uns auch ein bisschen umsehen. Wir gehen ins Theater und ins Museum«, schlug sie vor, noch ehe Bonita etwas sagen konnte.

»Ich muss mich doch um Mutter kümmern.« Bonita seufzte und trank einen Schluck Champagner.

»Manche Altersheime stellen Plätze zur Verfügung, um die Angehörigen kurzfristig zu entlasten. Ich meine natürlich nur, solange wir weg sind«, fügte sie noch rasch hinzu. Da sie jedoch keine Antwort erhielt, wechselte sie das Thema.

Die Küche in Doris' Haus war altmodisch eingerichtet. Die Schranktüren waren beige lackiert und hatten kleine, vernickelte Knöpfe. Über dem Küchentisch hing eine Lampe mit kariertem Stoffschirm, die höhenverstellbar war. Das hatte Bonita schon als Kind immer fasziniert. Zu Weihnachten hatten am Griff unter der Lampe immer Wichtel gehangen.

Plötzlich sagte Doris: »Wir haben beide keine Kinder, Bonita, obwohl wir uns doch je drei Stück gewünscht haben.«

»Stimmt.« Bonita lachte.

Sie sahen sich mit einem wehmütigen Lächeln an.

Bonita fand, dass sich Doris verändert hatte. Sie war alles andere als das Großmaul, für das sie immer alle gehalten hatten. Sie kleidete sich schlicht und zweckmäßig und benutzte statt des roten Nagellacks inzwischen einen hellen, fast farblosen.

»Denk noch mal über die Reise nach Göteborg nach, Bonita«, sagte Doris, als sie sie zur Küchentür begleitete. »Stell dir vor, im Hotel zu wohnen, Bonita ... nur wir zwei.«

»Mal sehen.« Bonita zog ihre Strickjacke enger um sich und verschwand in der kühlen Abendluft.

Als sie ihre Mutter bettfertig machte, dachte sie an die kurzzeitige Betreuungsmöglichkeit im Altersheim. Das wäre natürlich eine feine Sache. Mit Ausnahme kurzer Besorgungen hatte sie ihr Zuhause schon seit Jahren nicht mehr verlassen.

Bonita zog das Gummituch gerade, das unter dem Laken ihrer Mutter lag. Sie wusch sie vorsichtig und zog ihr ein neues Nachthemd an.

»Gehen wir auf ein Fest, Bonita, oder warum machst du mich so fein? Es ist lange her, dass mich jemand gewaschen hat.«

»Ich wasche dich jeden Morgen, Mutter«, erwiderte sie mürrisch.

»Nicht in diesem Ton, Mädchen. Ich kann mich auch selbst waschen, wenn es dir nicht passt. Aua, nicht so fest.«

»Gute Nacht, Mutter.« Bonita beugte sich vor und tätschelte ihr den Kopf. Dann löschte sie die Deckenlampe und ließ nur ein kleines Lämpchen im Fenster brennen. Auf dem Weg in die Küche hörte sie ihre Mutter rufen: »Bonita! Meine Tabletten.«

»Die hast du schon geschluckt, Mutter.«

»Bonita! Beeil dich, das Fenster steht offen.«

Sie stand auf, knallte mit aller Kraft die Tür zu und setzte sich dann wieder an den Küchentisch. Dabei ballte sie die Hände fest um die Daumen.

Später im Bett schwirrten Bonita die Gedanken im Kopf herum. Ihr Vater hätte sicher nichts dagegen gehabt, wenn sie ein paar Tage wegführe. Man würde sich im Heim sicher sehr gut um ihre Mutter kümmern. Falls sie sie dort überhaupt aufnahmen. Sie hatte das Gefühl, als scheuerte jemand mit Stahlwolle in ihrem Inneren herum. Es war nicht nur die Sache mit ihrer Mutter. Die ganze Situation beunruhigte sie. Die Kosten, das Gepäck und ihre Furcht vor Neuem. Die Sache mit Doris' Arbeitgebern war ihr nicht ganz geheuer. Sie war nicht gerade Sherlock Holmes und Doris auch nicht. Aber vielleicht lässt sich da ja noch was machen, dachte sie und lächelte.

Bonita schlief schlecht, und als das Morgenlicht durchs Fenster drang, kam es ihr so vor, als hätte sie kein Auge zugemacht. Ihren Schlafplatz hatte sie sich im ehemaligen Wohnzimmer im Erdgeschoss eingerichtet, um jederzeit für ihre Mutter zur Verfügung zu stehen. Der ovale Tisch mit den vier Sesseln stand immer noch dort und die kleine, schnörkelige, mit Brokat bezogene Couch ebenfalls. Ein großer, goldgerahmter Spiegel hing an der Wand, und wenn das Licht ins Zimmer fiel, wirkte er vor der dunklen, geprägten Tapete fast wie ein zusätzliches Fenster. Den Boden bedeckte ein hellbrauner Teppichboden, der magnetisch alle Fäden und jeglichen Staub anzuziehen schien. Wenn sie Staub saugte, kam es ihr so vor, als würde sie den Schmutz nur umschichten.

Bonitas Bett stand an der einen Wand, ein Küchenhocker diente ihr als Nachttisch. Sie hatte mehrmals erwogen, einen Nachttisch aus dem unbenutzten Obergeschoss herunterzutragen, aber daraus war nie etwas geworden. Auf dem Hocker lag ein Buch über Demenz, das sie zur Hälfte gelesen hatte. Sie hatte es vom Arzt bekommen. Alles, was in dem Buch stand, kannte sie nur zu gut. Sie hätte das Buch fast selber schreiben können.

Als Bonita gerade in der Küche frühstückte, klopfte es an der Tür, und Doris trat ein.

»Hast du schon gepackt?«

»Ach was.« Bonita nahm noch eine Tasse aus dem Schrank und goss Doris einen Kaffee ein.

»Wer ist das, Bonita?«, war Elvys Stimme zu hören.

»Das ist nur Doris.«

»Was für eine Doris?«

»Ich habe mich telefonisch nach Hotels erkundigt. Es gibt eines in zentraler Lage mit einem Sonderpreis für Wochenenden. Von Freitag bis Sonntag.« Doris musterte Bonita.

Im Garten waren die Äste fast kahl. Es hatte schon den ersten Nachtfrost gegeben, und unter dem Küchenfenster standen ein Korb, eine Harke und ein Rechen. Der Gartentisch und die beiden Stühle waren noch nicht in den Schuppen verschwunden, ganz so, als wollten sie nicht begreifen, dass der Sommer vorüber war.

9. Kapitel

Trotz ihres schlechten Gewissens rief Bonita bei der Gemeindeverwaltung an und erkundigte sich nach einer Kurzzeitunterbringung im Altersheim. Sie war wie immer unentschlossen gewesen und hatte lange mit sich gehadert, ehe sie eingewilligt hatte, mit Doris nach Göteborg zu fahren.

Bonita stellte ihre Frage gleich an der Telefonzentrale und wurde etwas verlegen, als ihr aufging, dass sie sich mit einem Anrufbeantworter unterhielt: »Die Telefonzentrale der Gemeinde ist zwischen 8 und 17 Uhr zu sprechen. Mittagspause ist zwischen 12 und 13 Uhr.« Bonita schaute auf die Uhr: 13.05 Uhr. Eigentlich müsste die Zentrale besetzt sein. Ihre Handflächen waren verschwitzt, und sie bereute fast, angerufen zu haben. Nach fünf Minuten wählte sie die Nummer erneut. Als sich jemand meldete, brachte sie ihr Anliegen vor, wurde aber recht bald unterbrochen: »Ich stelle Sie zu einer Sachbearbeiterin durch.«

Schließlich hatte sie eine Frau am Apparat, die ihr eine Menge seltsamer Fragen stellte. Bonita hatte das Gefühl, man ziehe ihren Anspruch auf ein freies Wochenende in Zweifel, was ihre Gewissensbisse nicht gerade verringerte. Die Sachbearbeiterin wollte zuerst einen Hausbesuch machen, konnte jedoch nicht versprechen, dass es sich so rasch einrichten lassen würde, wie Bonita es wünschte.

»Ich rufe an, bevor ich komme, damit Sie auch ganz bestimmt zu Hause sind.«

»Ich bin immer zu Hause …«

Bonita hatte gehört, dass alte Leute sich nur schwer an eine neue Umgebung gewöhnten, insbesondere wenn sie dement waren. Sie bat Doris, mit der Buchung des Hotels zu warten, bis sie wusste, ob es mit dem Platz im Altersheim klappen würde. Doch bereits in der folgenden Woche kam die Sachbearbeiterin, eine junge Frau mit langem Haar, die sehr freundlich und korrekt war. Die Entscheidung fiel sofort. Elvy Larsson würde einen sogenannten Entlastungsplatz im Bellevue-Altersheim bekommen. Die Sachbearbeiterin versprach Bonita, dass sie diesen Platz regelmäßig in Anspruch nehmen könne. Außerdem würde man ihr Hilfe bei der täglichen Pflege der Mutter zur Verfügung stellen. Dazu musste allerdings noch eine weitere Person Elvy besuchen. Ziemlich aufwendig, fand Bonita und war erleichtert, als die Frau wieder gegangen war. Richtig freuen konnte sie sich jedoch nicht.

»Wer war diese fesche Person?«, fragte ihre Mutter.

»Sie wollte nur sehen, wie es uns so geht. Vielleicht bekommst du jetzt eine Schnabeltasse, aus der du selbst trinken kannst, und einen Haltegriff über dem Bett, damit du dich leichter aufrichten kannst.«

»So ein Rollstuhl, der von alleine fährt, wäre besser gewesen. Dann hätte ich dir im Haushalt und im Garten helfen können.«

»Ist schon in Ordnung, Mutter.«

»Schnabeltasse«, schnaubte Elvy empört.

Abends, als ihre Mutter eingeschlafen war, setzte sich Bonita neben sie. Sie strich ihr immer wieder über die Stirn und flüsterte: »Ich werde dich wieder aus dem Heim abholen, das verspreche ich dir, Mutter.«

An diesem Abend klammerte sie sich förmlich an ihren Daumen fest. Sie war rastlos und nervös. Schließlich holte sie auf dem Speicher ihren Koffer, der groß, sperrig und unmodern war. Er war mit kleinen Aufklebern von verschiedenen Orten übersät, die sie zusammen mit ihren Eltern in ihrer Jugend besucht hatte: Hamburg, Kopenhagen, Wien und Stockholm. Wenn sie zurückdachte, waren die Tränen nicht fern. Sie nahm den Koffer mit nach unten und stellte ihn auf den Küchentisch. Dann versuchte sie die Aufkleber mit einem nassen Lappen zu entfernen. Sie hinterließen helle Flecken, aber das spielte keine Rolle.

Sie brachte den Koffer in ihr Schlafzimmer. Es wäre ihr peinlich gewesen, wenn Doris ihn gesehen hätte. Schließlich waren es noch etliche Tage bis zur Abreise. Doris war mit ihrem Mann mehrfach verreist und hatte an mehreren Konferenzen teilgenommen. Sie war das Reisen mehr gewohnt als Bonita.

Ehe sie sich hinlegte, ging sie hinauf und öffnete die Tür zu ihrem Kleiderschrank. Sie las den Spruch auf dem Stoffbeutel: »Leben heißt warten.« Und sie fand, dass die Worte an diesem Tag etwas anderes verhießen als sonst. Etwas Aufregenderes. Sie wartete darauf, dass etwas passieren würde, und es ging nicht um irgendwelche Wunschträume, sondern um etwas Wirkliches.

Sie betrachtete ihre Kleider und beschloss, ein Kleid, eine Hose und einen Pullover zu kaufen. Sie konnte die Seifenschale und den Zahnputzbehälter nicht finden, es gab vor der Reise also noch einiges zu besorgen. Vielleicht konnte sie ja Doris bitten, auf ihre Mutter aufzupassen, während sie ihre Besorgungen erledigte. Die Frau von der Gemeindeverwaltung hatte ihr zwar versprochen, dass Elvy bereits Donnerstagmittag ins Heim käme, aber wenn Bonita ihre neuen Kleider ändern lassen musste, dann wurde die Zeit knapp, da sie am Freitag schon früh loswollten.

Am Donnerstag wurde Elvy wie vereinbart von einem Taxi abgeholt. Bonita hatte ihre Habseligkeiten und ihre Tabletten in eine kleine, karierte Tasche gepackt. Man empfing sie freundlich in dem Heim, und Elvy schien sich fast über den kleinen Ausflug zu freuen. Bonita bekam fast ein schlechtes Gewissen, als sie daran dachte, wie selten sie mit ihrer Mutter spazieren ging. Aber die Vorbereitungen für den kleinsten Spaziergang waren beschwerlich, und Bonita musste jedes Mal, wenn sie mit ihrer Mutter im Rollstuhl das Haus verlassen wollte, ein großes Holzbrett als Rampe auf die Küchentreppe legen. Die Sachbearbeiterin hatte versprochen, sich darum zu kümmern, dass Bonitas Mutter eine richtige Rampe in die Freiheit erhielt.

»Hier wird es uns doch gefallen, nicht wahr, Bonita?«, fragte ihre Mutter erwartungsvoll.

»Ich bleibe nicht hier, Mutter, das habe ich dir doch erzählt. Ich hole dich in ein paar Tagen wieder ab.«

Elvy schnaubte verächtlich.

»Wie soll ich denn in den Schränken etwas finden, und wer macht dann den Fernseher aus?«

»Du brauchst dir keine Sorgen zu machen, Mutter. Man wird sich ganz rührend um dich kümmern. Du bekommst hier auch dein Essen und alles, was du sonst brauchst. Der Fernseher steht im Aufenthaltsraum, und dort sind auch noch andere Leute, mit denen du dich unterhalten kannst.«

»Warum kann ich dann nicht zu Hause bleiben? Dort gibt es doch auch Essen und einen Fernseher?«

»In ein paar Tagen hole ich dich wieder ab, Mutter. Versprochen.«

Beim Abschied wollte ihre Mutter ihre Hand nicht loslassen, und sie musste ihre Finger mit Gewalt lösen.

Bonita ging zu Fuß nach Hause zurück. Das wird schon gut gehen, versuchte sie sich zu beruhigen. Die Pflegerinnen hatten ihr erzählt, dass es nie irgendwelche Probleme gab.

»Allerhöchstens in den ersten paar Stunden, aber dann fühlt sie sich wie zu Hause.«

Bonita konnte sich noch nicht auf die bevorstehende Reise freuen. Sie hatte Kleider und ein paar Kleinigkeiten eingekauft, und alles war bereits gepackt. Trotzdem hätte sie die Reise nach Göteborg gerne abgeblasen. Aber wegen Doris ging das natürlich nicht.

Sie fror. Der Wind vom Meer war kalt, und sie hatte weder an einen Schal noch an Handschuhe gedacht, so durcheinander war sie den ganzen Morgen gewesen. Nur der fragende Blick ihrer Mutter wollte ihr nicht aus dem Kopf gehen.

Am Freitagmorgen stand Bonita pünktlich um sieben Uhr vor ihrer Gartenpforte. Doris kam wenig später mit einem praktischen Koffer auf Rollen. Sie trug einen eleganten Kamelhaarmantel und Schuhe mit halbhohen Absätzen. Bonita fiel auf, dass ihre Fingernägel rot lackiert waren, und plötzlich fühlte sie sich wieder unsicher.

Doris erkundigte sich, wie es mit der Mutter gegangen sei, aber im Übrigen schwiegen sie auf dem Weg zum Bahnhof. Doris trippelte unbeschwert die Straße entlang, und Bonita fühlte sich wie ein Brauereipferd, wie sie in ihrem alten, wattierten Popelinemantel und ihren schweren Schuhen hinter der Freundin hertrottete.

Auf dem Bahnhof ging Doris ganz selbstverständlich auf einen Fahrkartenautomaten zu, schob eine Karte in einen Schlitz und drückte ein paar Knöpfe. Dann winkte sie Bonita herbei, damit sie sich ebenfalls eine Fahrkarte kaufte.

»Braucht man dazu eine Karte?«

»Es geht auch in bar.« Doris deutete auf den Schlitz, in den man die Geldscheine schob. Bonita waren sämtliche Knöpfe und Wahlmöglichkeiten vollkommen fremd. Einfache Fahrt, Fahrrad, einmal um den Öresund.

»Erst einmal müssen wir nach Malmö, Bonita«, scherzte Doris. Sie half ihr, das richtige Fahrtziel auszuwählen, und die Fahrkarte fiel zusammen mit dem Wechselgeld in ein Fach.

»Brauchen wir keine Rückfahrkarte?«, wollte Bonita entsetzt wissen, als sie sah, dass auf der Fahrkarte »einfache Fahrt« stand.

»Die kaufen wir auf dem Rückweg. Komm jetzt!«

Doris eilte zum Zug, und Bonita hatte Mühe, mit ihr Schritt zu halten. Ihre Nase lief nach dem schnellen Spaziergang, aber sie hatte keine Hand frei, um ihr Taschentuch hervorzuholen. In der einen Hand hielt sie ihren großen, schweren Koffer, in der anderen ihre kleine, schwarze Handtasche aus Kunstleder, die sie bei Åhléns gekauft hatte.

Der Zug war voll. Berufsverkehr. Alles war auf dem Weg zur Schule oder zur Arbeit. Geschickt bahnte sich Doris einen Weg zu zwei freien Plätzen. Mit einer eleganten Bewegung hob sie ihren kleinen Rollkoffer auf die Hutablage. Bonita war klar, dass ihr Koffer dort keinen Platz finden würde, und versuchte, ihn sich vor die Füße zu stellen.

»Stell den Koffer hinter deinen Platz, Bonita!«

Erleichtert sah sie den Spalt zwischen den Rückenlehnen der Sitze und schob ihren Koffer hinein. So ganz überzeugte sie das jedoch nicht. Sie hätte den Koffer lieber näher bei sich gehabt. Schwer ließ sie sich auf das lila Polster des Nahverkehrszugs fallen. Bequem waren die Sitze nicht, stellte sie rasch fest. Man saß fast wie auf einem Schlitten, und zwar vornübergebeugt, da die Kopfstützen nach vorne geneigt waren.

»Jetzt sind wir also auf dem Weg, Bonita! Alles okay?«

»Nein … ich meine, klar, Doris. Es wird sicher sehr schön.«

»Willkommen im Zug nach Malmö. Bitte halten Sie Ihre Fahrkarten bereit. Wir wünschen eine gute Reise.«

Doris zog ein Buch aus der Tasche und begann zu lesen. Es war ein Buch von Elsie Johansson, »Das Leben ein Fest«. Das klang hübsch. Bonita hatte sich überlegt, ob sie auf die Reise etwas zu lesen mitnehmen sollte, hatte aber das Buch über Demenz als geeignete Lektüre für den Zug verworfen. Wenn wir in Malmö umsteigen, kaufe ich eine Illustrierte, dachte sie.

Sie betrachtete die anderen Reisenden. Fast nur Jugendliche. Alle hatten Kopfhörer auf dem Kopf und ein kleines Gerät umhängen, das Bonita für ein Radio hielt. Plötzlich war ein schriller Ton zu hören, und sie zuckte zusammen. Bei einem jungen Mann schräg gegenüber klingelte das Handy. Schon bald telefonierten viele Leute um sie herum. Auf Bonita wirkte das lächerlich. Die Leute kamen doch alle gerade von zu Hause und mussten doch wohl kaum jetzt schon ein wichtiges Gespräch führen ... noch dazu in der Bahn. Missbilligend verzog sie den Mund.

Es waren sicher dreißig Jahre vergangen, seit sie zuletzt Zug gefahren war. Sie war es nicht gewohnt, Ystad aus dieser Perspektive zu sehen. Schon bald schaute Bonita über das vollkommen glatte Meer. Das warme Licht Österlens war von einem kalten, grauen und eisigen Zwielicht abgelöst worden. Der Nebel drückte richtiggehend aufs Wasser. Das Geräusch der Schienen war einschläfernd, und da sie in der Nacht zuvor schlecht geschlafen hatte, kippte ihr Kopf immer wieder nach vorne. »Nächster Halt Skurup«, rief die Schaffnerin, und sie zuckte zusammen, ehe sie erneut einschlief. Sie erwachte abrupt, als Doris sie anstieß.

»Ich glaube, der Zug fährt nach Kopenhagen weiter. Beeil dich, falls du nicht nach Dänemark willst.« Erschreckt schaute Bonita auf. Die anderen Fahrgäste hatten sich alle erhoben, im Mittelgang war es eng, und sie hatte Mühe, ihren großen Koffer hervorzuziehen. Als sie auf dem Bahnsteig stand, verlor sie Doris für einen Augenblick aus den Augen. Sie spürte, wie die Panik sie ergriff.

»Beeil dich! Wir haben nur sechs Minuten Zeit zum Umsteigen!« Bonita kämpfte sich mit dem schweren Koffer ab, aber in Doris' Gesellschaft fühlte sie sich geborgen. Doris kam mit allem so gut klar, ohne auch nur im Geringsten nervös zu werden. Der Zug nach Göteborg war viel luxuriöser. Man hatte Platz für die Beine und konnte sich bequem zurücklehnen. Bonita hängte ihren Mantel auf und bekam sofort bessere Laune. Sie unterhielten sich ein wenig, ehe Doris erneut ihr Buch hervorzog und zu lesen anfing. Nach einer halben Stunde kam eine Dame mit einer Minibar vorbei, und Bonita kaufte sich eine Zeitung und eine Tafel Schokolade. Doris nahm einen Kaffee.

Die Zeitung half Bonita, nicht mehr an ihre Mutter zu denken. Die Zeit verging wie im Flug, und plötzlich standen sie auf dem Göteborger Hauptbahnhof. Lautsprecher gaben Abfahrtszeiten und Verspätungen bekannt. Menschen eilten mit starrem Blick auf die Bahnsteige und durch die Glastüren.

Sie beschlossen, mit dem Taxi zum Hotel fahren. Der dunkelhäutige Fahrer half ihnen mit ihrem Gepäck.

»Hotel Opalen«, sagte Doris, der Fahrer schaltete das Taxameter ein und fuhr in rasendem Tempo durch die Stadt. Bonita schlug das Herz bis zum Hals.

»Ist es vom Hotel aus weit bis zum Rappedalsvägen?«, erkundigte sich Doris.

»Liegt in Angered, am besten nix zu Fuß gehen, mehrere viele Kilometer«, antwortete der Taxifahrer.

»Vielleicht gibt es ja einen Bus?«

»Busse nicht gut. Schütteln ganz viel.« Er hüpfte auf seinem Fahrersitz auf und ab und lächelte sie im Rückspiegel an.

»Im Hotel Opalen samstags Tanz für schöne ältere Herrschaften. Sie tanzen, oder?« Er fuchtelte mit den Armen und hielt dann vor dem Hotelentree.

Bonita suchte in ihrer Tasche nach ihrem Portemonnaie.

»Ich zahle«, sagte Doris. »Wir regeln das nachher.«

Das Foyer war hell und vornehm. Die freundliche Dame am Empfang hieß sie willkommen, und sie erhielten ihren Zimmerschlüssel. Doris ging auf den Fahrstuhl zu.

»Ich fahre nicht so gerne Aufzug«, meinte Bonita. »Außerdem ist das Zimmer im zweiten Stock, und es ist doch ganz angenehm, sich die Beine zu vertreten, wenn man den ganzen Tag gesessen hat.« Sie schleppte ihren Koffer auf die Treppe zu.

»Aber dein Koffer traut sich bestimmt in den Lift«, scherzte Doris und nahm ihn Bonita aus der Hand.

Bonita hatte schon immer Angst vor Aufzügen gehabt. In Ystad gab es nicht viele Aufzüge, abgesehen vom Warenhaus Åhléns und vom Krankenhaus. Einmal hatte sie mit ihrer Mutter einen Facharzt im Krankenhaus in Lund aufgesucht. Dieser hatte sein Sprechzimmer im zweiten Stock gehabt, und da ihre Mutter im Rollstuhl saß, war ihr nichts anderes übrig geblieben, als den Lift zu nehmen. Sie erinnerte sich, dass sie sich erst lange hatte Mut machen müssen. Dann war eine Schwester gekommen und hatte den Aufzug betreten, und Bonita hatte den Rollstuhl eilig hinter ihr hergeschoben. In Gesellschaft einer medizinisch geschulten Person war ihr wohler gewesen. Schließlich hätte sie einen Herzschlag erleiden können, so rasend schnell pochte ihr Herz.

Auf der Treppe zum Hotelzimmer lag ein dicker, roter Teppich, und an der Wand hingen hübsche Glaslampen. Als

Bonita zu Fuß oben ankam, war Doris schon da und hatte die Tür des Zimmers offen gelassen.

»Das ist doch gar nicht so übel, nicht wahr, Bonita?«

Ja, es war wirklich schick. Breite Betten mit schönen Tagesdecken. Zwei kleine Sessel und dazwischen ein runder Tisch. Ein Schreibtisch mit allen möglichen Broschüren. Vier Pralinen und eine Karte, die ihnen einen angenehmen Aufenthalt wünschte. Das Badezimmer war hübsch gefliest, die Handtücher waren weiß und flauschig. Auf dem Bord unter dem Spiegel lagen zwei Shampoofläschchen und zwei winzig kleine Seifen.

Doris entdeckte zwischen den Broschüren auf dem Schreibtisch einen Göteborger Stadtplan. »Nach Angered ist es weit«, meinte sie und deutete auf die Karte.

»Was ist in Angered?«, fragte Bonita erstaunt.

»Ich glaube, dass dort der Sitz der Firma ist.«

»Du meinst doch nicht etwa, dass wir …«

»Wenn ich schon in der Stadt bin, will ich mir das auch ansehen. Wir ruhen uns einen Moment aus, findest du nicht auch, Bonita? Dann gehen wir runter ins Restaurant und essen etwas.«

Bonita zog ihre festen Schuhe aus. Aus Angst, dass sie vielleicht nach Schweiß riechen könnten, schob sie sie ein Stück unter den Schreibtisch.

»Das ist wirklich eine Wohltat für die Füße«, sagte sie.

»Für die Füße? Für den ganzen Körper, würde ich sagen!«

Doris schlief sofort ein. Bonita dachte an ihre Mutter. Sie war so weit weg, falls etwas passieren sollte. Ihr fiel ein, dass sie vergessen hatte, den Altenpflegerinnen zu sagen, dass ihre Mutter ihre Tabletten immer zusammen mit einem Löffel Marmelade nahm. Und Schmutzfink …

Als Bonita ihre Füße unter die Decke schob, hatte sie fast das Gefühl, mit der Hornhaut ihrer Fersen am Laken hängen zu bleiben. Sie hatte Doris einmal dabei zugeschaut, wie sie ihre Füße mit einer Salbe eingecremt hatte. Sie hatte wunderbar geduftet, und sie hatte beschlossen, sich das bei Gelegenheit ebenfalls zu gönnen.

Bald fiel auch Bonita in einen tiefen Schlummer. Der Verkehr donnerte vorbei, und die Sirene eines Streifenwagens hallte zwischen den Häusern wider. Im Hotel rauschte die Klimaanlage. Die kirschroten Stoffblumen in der Vase auf dem Tisch reckten sich zur Decke, und unter dem Schreibtisch standen Bonitas Schuhe neben der kleinen, schwarzen Kunstlederhandtasche.

Das hoteleigene Restaurant war kaum halb voll, als sie nach unten kamen. Der Oberkellner führte sie zu einem Tisch und rückte ihnen die Stühle zurecht. Er reichte ihnen die Speisekarten und zog sich dann diskret zurück. Man hörte gedämpfte Musik, Besteck klirrte, und hin und wieder wurde gelacht. Bonita hatte ihre neuen schwarzen Hosen angezogen. Der Pullover, den sie gekauft hatte, war etwas zu warm, weshalb sie eine ihrer alten Blusen trug, hellgrün mit einer Schleife am Hals.

»Was meinst du?«, fragte Doris, nachdem sie die Speisekarte überflogen hatte.

»Ein Cordon bleu wäre gar nicht so übel, aber ich kann auch etwas anderes nehmen, falls du lieber etwas anderes hättest.«

»Willst du ein Cordon bleu, dann nimmst du auch eines, egal, was ich nehme«, erwiderte Doris energisch.

Der Oberkellner trat an ihren Tisch.

»Haben die Damen gewählt?«

»Ich nehme ein Schollenfilet, und meine Freundin nimmt ein Cordon bleu. Oder, Bonita?« Sie sah Bonita an, und diese nickte.

»Was wünschen Sie zu trinken?«

»Ich nehme ein Glas Weißwein«, erwiderte Doris.

»Ich auch«, beeilte sich Bonita.

»Auch weißen?«, fragte der Oberkellner.

»Nein, roten.« Sie hatte schließlich in einer Kasernenküche gearbeitet und wusste, dass man zu Fleisch Rotwein trank. Allerdings schmeckte ihr Weißwein besser.

Sie genoss es sehr, in Göteborg im Restaurant zu sitzen, Wein zu trinken und sich das Essen servieren zu lassen. Nur an sich zu denken. Nein, das stimmte natürlich nicht, die Gedanken an ihre Mutter verließen sie nie. Noch vor einem halben Jahr hätte sie sich gar nicht vorstellen können, ihre Mutter auch nur für einen Tag allein zu lassen. Ja, vieles hatte sich geändert, seit Doris nach Ystad gezogen war. Sie lächelte ihre Freundin an.

»Ein Glück, dass du so stur warst, Doris. Sonst säßen wir jetzt nicht hier.«

»Skål, Bonita! Danke, dass du mich auf der Studienreise zu meinem Arbeitsplatz begleitest.«

»Ich habe dir nur versprochen, mit dir nach Göteborg zu fahren, mehr nicht. Denk daran.« Sie hatte im Zug lange über Doris' Vorschlag nachgedacht, und es war ihr nicht wohl dabei.

Das Essen schmeckte ausgezeichnet, und sie blieben, nachdem sie fertig gegessen hatten, noch eine Weile sitzen. Als sie wieder auf ihrem Zimmer waren, machte Doris den Fernseher an. Sie setzten sich aufs Bett und unterhielten sich.

»Ich habe ein schlechtes Gewissen, weil ich meine Eltern so selten besucht habe«, sagte Doris plötzlich.

»Du hattest doch dein eigenes Leben in Malmö«, meinte Bonita verständnisvoll.

»Da gab es aber nicht viel. Abgesehen von der Arbeit.« Dann erzählte sie von der Arbeit und von der Kündigung.

»Und dein Mann?«

Doris schnaubte verächtlich.

»Åke? Wirklich ein Prachtkerl.« Ihr Gesicht sah plötzlich viel älter aus. »Åke Strand, Lehrer und ein übles Schwein.«

Bonita lachte verlegen.

»Aber Doris …«

»Ja, er war ein übles Schwein. Wir hatten auch nicht viele Freunde. Mir war es immer wichtig, den Schein zu wahren. Ich wollte allen beweisen, dass es mir gut ging und dass ich viel zu tun hatte. Dabei war ich einsam, Bonita, fürchterlich einsam. Ich schäme mich, wenn ich an dich denke … wie du dich all diese Jahre um deine Mutter gekümmert hast. Du hast nie ein eigenes Leben gehabt.«

»Ich finde, doch.«

»Nein, Bonita, das hast du nicht, und das weißt du. Aber ich bewundere dich dafür, dass du die Kraft aufbringst.«

Bonita hätte sich am liebsten die Ohren zugehalten, um Doris' Bewunderung darin festzuhalten. Sie war stolz auf ihr Lob. Auch wenn es ihr manchmal so vorkam, als würde ihr Leben verrinnen wie der Sand in einem Stundenglas, das man nicht umdrehen konnte, um wieder von vorne zu beginnen.

»Nein, Bonita Larsson. Jetzt wollen wir dafür sorgen, dass in unserem Leben endlich etwas passiert. Wir können morgen damit anfangen, indem wir nach Angered fahren.«

Doris öffnete ihren Rollkoffer und machte sich für die Nacht fertig. Als sie in ein weißes Badelaken gehüllt aus der Dusche kam, zog sie ein gewagtes, kurzes Nachthemd an. Bonita nahm ihr Nachthemd mit ins Badezimmer. Sie kam sich so unmodern vor und bereute es, nicht ein neues Nachthemd gekauft zu haben. Das sonnengelbe, lange Nylonnachthemd klebte an ihrem Körper, und sie fand, dass die kleine Rosette an ihrem Busen einfach nur lächerlich aussah.

Sie glich einem Propeller. Sie war froh, dass Doris die Deckenlampe bereits gelöscht hatte. Rasch schlüpfte sie ins Bett.

»Kann ich die Nachttischlampe ausmachen?«, fragte Doris.

»Klar.«

»Ich bin gern mit dir zusammen, Bonita. Ich habe in all den Jahren oft an dich gedacht. Aber das ist so typisch für mich. Lauter Gedanken ohne Taten. Aber das soll jetzt anders werden, Bonita, glaub mir.« Zufrieden kuschelte sich Doris in die weiche Decke.

»Ajal asdal timmtsal ohlwal.«

»Utegal achtnal, Orisdal.«

Sie lachten.

Die Atemzüge, die sie neben sich vernahm, erfüllten Bonita mit einem Gefühl der Geborgenheit. Sie spürte Doris' Wärme durch die Decke. Beinahe hätte sie einen Fuß in die andere Betthälfte hinübergestreckt, um Doris näher zu kommen, aber dann dachte sie an die Hornhaut an ihren Fersen. Sie dachte auch an ihre Mutter, aber ihre Gewissensqualen hatten sich ein bisschen gelegt – jetzt, wo sie wusste, wie Doris sie dafür bewunderte, dass sie sich all die Jahre um ihre Mutter gekümmert hatte. Ein paar freie Tage, fand sie, hatte sie durchaus verdient.

Sie hatten die Gardinen nicht vorgezogen. Auf der gegenüberliegenden Straßenseite ging eine rote Neonreklame an und wieder aus. Der Verkehr wurde schwächer, und in dem Doppelbett lagen die beiden Frauen einander zugewandt und schliefen fest.

10. Kapitel

»Verdammtes Frauenzimmer! Weshalb beantwortet sie meine E-Mail nicht?«

»Vielleicht ist das an einem Samstagvormittag etwas viel verlangt«, erwiderte Kent.

»Willst du, dass sie uns die Wohnung kündigen? Wovon sollen wir dann leben?«

»Wir lassen uns umschulen.«

»Zu Psychologen etwa?«

»Warum nicht? Das verhilft dir vielleicht zu einer gewissen Selbsterkenntnis – der überfälligen Einsicht, dass du nicht mehr richtig tickst«, erwiderte Kent eifrig.

»Vielleicht sollten wir unsere Kräfte darauf verwenden, die Lage in den Griff zu kriegen, statt rumzustreiten.« Bengt warf einen Stapel Rechnungen auf den Tisch.

»Wir müssen mehr Anzeigen aufgeben, die vier Wohnungen müssen ständig belegt sein, damit es sich rechnet.«

»Anzeigen kosten auch Geld. Viel Geld.«

»Kann nicht Pepe in seiner Kneipe etwas Werbung machen? Ein bisschen mehr Einsatz, als nur Schlüssel auszuhändigen, kann man schließlich für das Geld verlangen.«

Doris hatte Bonita überredet, sie nach Angered zu begleiten, und versprochen, das Taxi zu bezahlen.

»Kann ich Sie hier absetzen?«, fragte der Taxifahrer. »Man kann nicht bis an die Häuser heranfahren. Überall Fuß- und Fahrradwege, Sie wissen schon. Und so verdammt kinderfreundlich. Aber an die Erwachsenen denkt niemand.« Der Wagen hielt, und Doris bezahlte.

»Merkwürdig«, meinte Doris, als sie auf dem Gehsteig

standen. »Das sind alles normale Mietshäuser. Hier gibt es doch wohl keine Firmen?«

»Wie lautet die Adresse genau?«

»Rappedalsvägen 14 B.« Doris bog auf einen schmalen Fuß- und Fahrradweg ein. »Wir müssen fragen.« Ein paar johlende Jugendliche rasten auf ihren Skateboards vorbei. Etwas weiter kam ein Spielplatz, auf dem zwei Mütter mit ihren Kindern spielten.

»Entschuldigen Sie bitte, wissen Sie, wo der Rappedalsvägen liegt?«

»Das ist gleich um die Ecke«, meinte eine der Frauen und erklärte, wie man dort hingelangte.

Doris bedankte sich, und sie setzten ihren Weg in die angegebene Richtung fort. Bonita fand es befreiend, ohne ihren großen Koffer unterwegs zu sein. Sie staunte über die hohen Häuser und die eintönigen Fassaden und war froh, dass sie in der Villa Bonita mit dem großen Garten, der Stille und der Nähe zum Meer hatte aufwachsen dürfen.

»Das ist wirklich seltsam«, meinte Doris, als sie in den Rappedalsvägen einbogen.

Bonita hielt ihre Handtasche ganz fest, als eine neue Horde Jugendlicher an ihnen vorbeipolterte.

»14 B! Hier ist es!« Doris ging auf die Haustür zu.

»Sollen wir wirklich, Doris?« Bonita klang besorgt.

Doris öffnete die Tür und studierte die Tafel mit den Namen der Bewohner.

»Hauptsächlich ausländische Namen. Im vierten Stock fehlt ein Name.« Doris deutete mit dem Finger auf die Lücke. »Wenn es wirklich hier ist, dann in dieser Wohnung im vierten Stock, vorausgesetzt natürlich, sie benutzen keinen anderen Namen.« Bonita ging zum Fahrstuhl.

»Du kannst so lange hier unten bleiben, wenn du willst, Bonita.«

Bonita bekam plötzlich Angst, fast wie damals, als sie noch jung gewesen war und ein Betrunkener sie spätabends verfolgt hatte. Da war ihr auch vor Angst eiskalt geworden. Das Blut war in ihren Adern geronnen. Tagelang hatte sie gemeint, seinen Schatten im Garten zu sehen. Jetzt überkam sie diese Angst erneut.

Sie wagte es nicht, Aufzug zu fahren, hatte aber auch Angst davor, allein im Treppenhaus zu warten.

»Ich komme mit.«

»Dann nehmen wir beide die Treppe.«

Ihre Schritte hallten unheimlich wider. Aus einer Wohnung ertönte Musik, aus einer anderen Kindergeschrei. Bonita stieß mit ihrer Handtasche ans Treppengeländer, und das Geräusch breitete sich als endloses Echo im Treppenhaus aus. Da hörten sie, wie im Stockwerk über ihnen eine Tür geöffnet wurde. Sie blieben stehen und hielten den Atem an. Im nächsten Augenblick klapperte es: Jemand hatte eine Mülltüte in den Müllschlucker geworfen.

Als sie die vierte Etage erreichten, mussten sie erst einmal Atem schöpfen. Es gab zwei Wohnungstüren. Auf der einen stand der Name Azad Kalafacia, auf der anderen fehlte der Name. Doris legte ihr Ohr an die Tür.

»Ich höre Stimmen.«

»Sei vorsichtig, Doris! Erkennst du sie?«

»Man hört so schlecht.« Vorsichtig drückte sie die Klappe des Briefschlitzes nach innen. Als unten die Haustür ins Schloss fiel, ließ sie die Klappe so abrupt los, dass sie zuknallte. Ehe sie noch zurücktreten konnte, riss Kent Ohlin die Tür auf.

»Was ist los?«

»Werbung.«

Bonita trat ein paar Schritte zurück, und Doris setzte eine gleichgültige Miene auf.

»Wir brauchen keine Werbeprospekte.« Gerade als er wieder die Tür zuknallen wollte, trat Doris unbekümmert in die Diele.

»Wir verteilen keine Prospekte. Wir kontrollieren nur, dass unsere Boten auch ihre Arbeit erledigen. Haben Sie diese Woche schon Werbung bekommen?«

»Was ist los?« Bengt kam aus dem Wohnzimmer und trat auf Doris zu.

»Werbung«, meinte Kent gequält.

Bengt schob Doris kurzerhand aus der Wohnung und knallte die Tür zu.

»Du bist verrückt, Doris.«

»Die Stimme erinnert schon an den, den ich ein paar Mal am Telefon hatte. Aber ganz sicher bin ich mir natürlich nicht.«

»Was passiert jetzt?«

»Wir fahren wieder in die Stadt und besuchen die Fischmarkthalle und das Naturhistorische Museum.«

Sobald sie an der Hauptstraße waren, kam ein Taxi. In der Stadt flanierten sie erst etwas durch die Läden, alberten herum und unterhielten sich über die Dinge in ihrer Umgebung. Sie setzten sich in ein kleines Café, tranken einen Kaffee und aßen einen Kopenhagener. Doris, die immer wohlorganisiert war, hatte eine Broschüre aus dem Hotel mitgenommen, einen Göteborg-Führer, in dem die Sehenswürdigkeiten beschrieben wurden. Sie beschlossen, nur eine Kleinigkeit zu Mittag zu essen und dann im Hotel am Abend richtig schön zu dinieren. Sie sahen sich die Fischmarkthalle und das Museum an, und Bonita genoss die neuen Eindrücke. Mittags im Restaurant erhob sich Doris plötzlich, holte ein Telefonbuch und begann darin zu blättern.

»Die Bar Rote Laterne liegt in der Bohusgatan«, sagte sie

schließlich. »Wollen wir hinfahren? Dort holen die Kunden ihre Schlüssel ab. Ein Bier, bevor wir ins Hotel zurückfahren, wäre doch gar nicht so übel.« Sie zog den Stadtplan hervor und betrachtete ihn eingehend.

»Da! Gar nicht so weit vom Hotel entfernt. Man kann laufen.«

»Ich hoffe, du weißt, was du tust, Doris.«

Doris erhob sich, und sie traten auf die belebte Straße hinaus, um die Stadt weiter zu erkunden.

Als es zu dämmern begann, wurden ihre Füße immer schwerer, aber das Hotel lag so zentral, dass sie beschlossen, zu Fuß zurückzugehen und auf dem Weg noch in der Roten Laterne vorbeizuschauen. Dagegen hatte Bonita nichts einzuwenden.

Als sie die Kneipe sah, wurde sie plötzlich unsicher. Sie sah sehr heruntergekommen aus, und zwei angetrunkene Männer traten gerade aus der Tür. Doris zögerte jedoch nicht, sondern öffnete die Tür und trat ein. Im Lokal war es dunkel und verqualmt. Die einzige Beleuchtung, abgesehen von den kleinen roten Lämpchen auf den Tischen, bestand aus einer blinkenden Lichterkette in einer Ecke. In einer anderen Ecke stand ein Flipper, an dem sich zwei Männer lautstark zu schaffen machten.

Da alle Tische besetzt waren, ließ sich Doris kurzerhand auf einem der Hocker an der Bar nieder. Bonita war nicht ganz wohl zumute, aber wenigstens trug sie ihre langen Hosen. Sie stellte ihre Handtasche auf den Tresen und versuchte ungelenk, den hohen Hocker zu erklimmen. Der Hocker drehte sich, und sie musste sich krampfhaft an der Theke festhalten, um hinaufzukommen. Mit einer gewissen Erleichterung entdeckte sie nach einer Weile einen Ring, auf dem man die Füße abstützen konnte.

»Zwei große Bier«, sagte Doris. »Ich lade dich ein«, flüsterte sie Bonita zu, »weil ich dich zwinge, mit mir so fragwürdige Lokale zu besuchen.«

Der Mann hinter der Theke sah nicht gerade schwedisch aus und sprach mit einem leichten Akzent. Er war groß und dick und hatte ein Geschirrtuch in seinen Hosenbund gesteckt. Immerhin streckte er sich nach zwei Biergläsern, die über der Theke in einem Gestell hingen, zapfte das Bier und stellte Doris und Bonita die Gläser mit einem servilen Lächeln hin.

»In diesem Lokal herrscht ein etwas unausgeglichenes Geschlechterverhältnis«, flüsterte Doris.

Bonita sah sich um. In dem Lokal befand sich nur eine Frau, die bei zwei älteren Männern an einem Tisch saß. Sie war stark geschminkt, und ihr Haar war schwarz und strähnig. Die beiden Herren schienen mit ihr zu schäkern, und sie kicherte und blies immer wieder große Zigarettenrauchwolken in die Luft.

Bonita und Doris sprachen darüber, wie der Tag gewesen war. Es war nicht leicht, sich in dem lauten Lokal zu verstehen.

Irgendwann nahmen zwei Herren auf den Hockern neben ihnen Platz. Sie bestellten Bier, und der Unterhaltung nach zu urteilen kannten sie den Kneipenbesitzer. Sie zündeten Zigaretten an, und einer der Männer begann die beiden Frauen zu mustern.

»Na, schlagt ihr heute Abend über die Stränge, Mädels?«

»Genau wie Sie«, erwiderte Doris, drehte sich zu Bonita um und redete weiter mit ihrer Freundin.

»Vielleicht sollte ich den Kneipenbesitzer mal fragen, ob mit den Buchungen alles klappt und ob die Schlüssel auch wie vereinbart abgeholt werden«, meinte Doris und grinste.

»Bist du verrückt?«

Das Gedränge im Lokal nahm zu. Es war ein ständiges Kommen und Gehen.

»Schau mal, Doris«, meinte Bonita und deutete auf zwei Männer etwas weiter weg am Tresen, die gerade gekommen waren. »Sind das nicht die beiden, bei denen wir heute waren?«

»Pst, ich versuche zu verstehen, was sie sagen.«

Sie spitzten die Ohren, konnten aber das Gespräch der beiden Männer mit dem Kneipenbesitzer nicht mitverfolgen. Da standen die beiden Herren neben ihnen auf, und Doris gab Bonita einen Wink, etwas aufzurücken, damit sie die Unterhaltung des Kneipenbesitzers besser hörten. Diesmal schaffte Bonita es schon besser auf den nächsten Barhocker, da sie die Sache mit dem Fußring im Griff hatte. Trotzdem war ihr in diesem Ambiente nicht wohl zumute.

»Und es funktioniert?«, sagte der eine Mann zu dem Kneipenbesitzer.

»Solange ich mein Geld bekomme, Kent, funktioniert es.«

»Für dieses Geld musst du dich nun wirklich nicht übermäßig ins Zeug legen«, meinte der Mann, der Doris einige Stunden zuvor die Tür geöffnet hatte.

»Du könntest uns vielleicht mit ein bisschen Werbung unter die Arme greifen. Mehr Wohnungen und mehr Geld, verstehst du?«, meinte der Mann, der Doris aus der Wohnung geschoben hatte.

»Soll ich etwa Plakate aufhängen? Nee, nee. Um die Schlüssel kann ich mich kümmern, aber mit dem Rest will ich nichts zu tun haben. Außerdem, Bengt, wo ist das Geld für die Wette eigentlich abgeblieben?«

»Hast du gehört, Bonita? Kent und Bengt, das sind sie … das sind meine Arbeitgeber.«

»Was hast du jetzt vor?«, meinte Bonita keuchend vor Aufregung.

»Weiß nicht. Aber mir fällt sicher was ein.«

Als Kent sich umdrehte und zur Tür schaute, entdeckte er Doris und Bonita.

»Bengt, verdammt, schau mal! Die alten Schachteln mit der Werbung ...«

Als Doris merkte, dass man sie entdeckt hatte, zahlte sie und bedeutete Bonita, aufzubrechen.

Auf der Straße war die Luft kühl und angenehm. Als sie wieder im Hotelzimmer waren, rief Bonita im Bellevue-Altersheim an. Die Frau am Apparat schien gar nicht recht zu verstehen, weshalb sie sich nach dem Befinden von Elvy Larsson erkundigte.

»Einen Augenblick«, meinte sie dann und legte den Hörer hin.

Bonita blieb fast das Herz stehen. War ihrer Mutter etwas zugestoßen? Die Frau hatte so seltsam geklungen, als wolle sie ihr etwas verheimlichen. Sekunden, die Bonita wie Ewigkeiten erschienen, verstrichen, bis eine andere Altenpflegerin den Hörer nahm.

»Elvy Larsson geht es ausgezeichnet«, sagte sie, und Bonita verspürte eine grenzenlose Erleichterung. »Sie schläft gut und hat einen gesunden Appetit. Sie können ganz beruhigt sein.«

»Wunderbar, dann hole ich sie wie vereinbart Montagmorgen ab.« Dann meinte sie an Doris gewandt: »Es geht ihr gut.«

»Das hab ich doch gesagt. Jetzt entspann dich mal.«

»Das war wirklich ein ereignisreicher Tag«, sagte Bonita.

»Und er ist noch nicht zu Ende.«

Bonita schloss die Augen.

»Wollen wir ein wenig ausruhen?«

»Unbedingt. Und dann müssen wir uns fein machen. Du hast doch gehört, was der Taxifahrer gesagt hat: Samstags Tanz für schöne ältere Herrschaften.«

»Kommt gar nicht infrage.« Bonita lachte. »Wir gehen ins Restaurant und essen, aber das ist auch alles.«

Um acht Uhr hatten sie sich ausgeruht und geduscht. Doris saß am Schreibtisch und föhnte sich die Haare.

»Weißt du noch, wie wir uns immer fein gemacht haben, bevor wir zum Tanzen in den Park gingen?«

»Und diese Frisuren, die du mir immer verpasst hast!« Bonita lachte. »Und der Lippenstift.«

»Das hat dir gestanden. Wirklich. Setz dich hierher!« Doris stand auf und schob Bonita den Stuhl hin.

»Darf ich dir die Haare föhnen?«

»Die sind so dünn und stehen in alle Richtungen ab. Das lohnt sich kaum. Aber wenn du unbedingt willst ...«

»Du musst das Haar etwas weiter hochstecken«, sagte Doris und deutete auf Bonitas Hinterkopf. Routiniert machte sie sich mit Kamm und Föhn an den Haaren ihrer Freundin zu schaffen, und nach einer Weile sah es erstaunlich voluminös aus.

»Ich habe immer gefunden, dass du so elegant aussiehst, Doris. Eine richtige Frau von Welt. Ich habe mir immer gewünscht, wie du zu sein. So mutig. Schon als wir klein waren, hast du dir immer genommen, wonach dir der Sinn stand. Und wenn dich die Jungen nicht zum Tanzen aufgefordert haben, dann hast du eben die Initiative ergriffen.«

»Ja. Damals war ich vielleicht noch etwas vorlaut, aber dann ... Åke hat alles getan, um mir mein Selbstvertrauen zu nehmen, und das ist ihm teilweise auch gelungen. Das habe ich dann mit teuren Kleidern und mit einer selbstsicheren Fassade auszugleichen versucht ... aber hier drin, Bonita«, sie klopfte sich auf die Brust, »sah es ganz anders aus. Du bist wirklich ein lieber Mensch«, meinte sie dann, »aber du solltest dich etwas mehr trauen. Schau mal, wie hübsch die Frisur ist. Und deine Haut ist immer noch so glatt, und deine graugrünen Augen sind hübsch. Wie wäre es mit etwas Lippenstift, Fräulein Larsson?«, scherzte sie und malte dann Bonitas Lippen rot an, bevor diese protestieren konnte.

Bonita drehte den Kopf hin und her und musterte sich im Spiegel. Es sah wirklich gut aus. Sie zog ihr neues Kleid an. Es war grau und knielang, hatte einen weiten Rollkragen und einen schmalen Gürtel aus Lackleder. Da es einfarbig war, trug sie dazu eine Brosche, die einer Spinne glich, mit einer kleinen grünen Perle auf dem Rücken.

»Was für ein hübsches Kleid, Bonita!«, sagte Doris, und man hörte an ihrer Stimme, dass es ihr wirklich gefiel.

Und sie selbst gefiel sich auch in ihrem neuen Kleid, den hochgesteckten Haaren und dem Lippenstift und rundete das Gesamtbild mit ein wenig Parfüm ab.

Das Restaurant war noch halb leer, als sie nach unten kamen. Sie bekamen sofort einen Tisch und bestellten. Es gab ein Tanzmenü mit Vorspeise, Hauptgang und Dessert zu einem vernünftigen Preis. Getränke kosteten extra. Sie bestellten Bier zur Vorspeise, die aus Krabbentoast bestand. Den Hauptgang bildeten Kalbsmedaillons. Dazu teilten sie sich einen halben Liter offenen Rotwein, weil es ihr letzter Abend war.

Bonita betrachtete Doris. Sie war wie immer elegant gekleidet und trug ein weit ausgeschnittenes Kleid mit durchsichtigen Ärmeln in Taubenblau. Oben im Hotelzimmer hatten sie sich etwas über Bengt Jarl und Kent Ohlin unterhalten. Sie waren sich einig gewesen, dass es sich nicht um eine seriöse Firma handeln konnte. Offenbar wurde der Mann in der Kneipe dafür bezahlt, dass er die Schlüssel verwaltete. Doris hatte ihm allerdings nie irgendeinen Lohn ausgezahlt. »Auch wenn mich das meinen Job kosten sollte, werde ich dieser Sache auf den Grund gehen«, hatte Doris gesagt, während sie sich auf den Weg ins Restaurant gemacht hatten. »Mit irgendwelchen zwielichtigen Geschäften will ich nichts zu tun haben.«

Auf der Bühne bereitete sich die Band vor. Kabel wurden ausgerollt und Notenständer aufgebaut. Es waren drei Männer und eine Frau. Die Männer trugen rote, metallisch glänzende Jacketts und weiße Hosen, die Frau ein Kleid aus Goldlamé und Goldsandaletten mit hohen Absätzen.

Die Vorspeise war sehr gut, und gerade als die Kellnerin ihre Teller abgeräumt hatte, ertönte ein Tusch.

»Guten Abend, sehr verehrte Damen und Herren. Willkommen zu einem weiteren herrlichen Tanzabend hier im Hotel Opalen. Heute Abend werden Kenny, Curt und Bertil«, die drei Herren verbeugten sich, »und die Sängerin Janet für sie spielen.« Die Sängerin nickte den Gästen zu. Die Männer leiteten ihren Auftritt lärmend ein, indem sie auf ihre Instrumente klopften. Vereinzelt war Applaus zu hören.

Dann trat Janet ans Mikrofon und hieß sie mit ihrer heiseren, erotischen Stimme willkommen, während das Orchester leiser weiterspielte.

»Heute Abend wollen wir Ihnen richtige Schmusesongs darbieten, das gefällt Ihnen doch?« Der erwartete Beifall blieb aus.

Manchmal wenn Bonita im Fernsehen einen Sänger sah, dem der erwartete Beifall versagt blieb, dachte sie, dass das wirklich das Schlimmste sein musste, was einem als Künstler passieren konnte. Sie konnte nicht verstehen, weshalb sich überhaupt jemand einer solchen Situation freiwillig aussetzte.

»Wir beginnen mit einem langsamen Song«, fuhr Janet fort, »damit Sie in Ruhe weiteressen können. Meine Damen und Herren, wir spielen ›Der Sommer mit dir‹!« Sie drehte sich lächelnd zur Band um, die Beleuchtung wurde gedimmt und die Scheinwerfer auf die Band gerichtet. Die Kleidung der Musiker funkelte, und Janet hielt das Mikro so dicht an den Mund, dass sie zeitweilig aussah wie ein Hecht, der im Begriff war, den Köder zu verschlucken.

»Ich bin ja nicht sonderlich musikalisch«, meinte Bonita, aber findest du nicht auch, dass es gelegentlich ziemlich falsch klingt?«

»Das ist mir egal, solange sie nicht so laut spielen. Übrigens bin ich vollkommen unmusikalisch. Das müsstest du doch wissen. Haben wir nicht damals beide in der Schule Blockflöte gespielt?«

»Ich habe immer gefunden, dass Blockflöte falsch klingt, egal wer spielt.« Bonita lachte und nickte der Kellnerin freundlich zu, die den Hauptgang servierte. Sie aßen schweigend und sahen sich an, wenn sie die Gläser hoben. Erst als sie beim Dessert angekommen waren, betraten die ersten Paare die Tanzfläche. Der Taxifahrer hatte recht. Es war ein Tanzabend für reifere Herrschaften. Geradezu überreif, dachte Bonita, als sie sich im Restaurant umschaute.

»Siehst du den Mann am Fenstertisch?«, meinte sie. »Er schaut die ganze Zeit zu uns herüber.«

»Sicher so ein Import-Export-Mensch. Solange er an seinem Tisch bleibt, darf er gerne glotzen.«

Bonita nippte genießerisch an ihrem Kaffee. Die Band spielte einen neuen Song.

»Bonita! Er steuert uns an!«

Und tatsächlich trat der Mann auf Bonita zu.

»Darf ich bitten, meine Schöne?« Er verbeugte sich höflich. Bonita lächelte gezwungen, nickte und erhob sich. Sie hatte noch nie jemandem einen Korb geben können. Er war höflich gewesen, es gab also keinen Grund, ihn zurückzuweisen, außer vielleicht, dass sie nicht die geringste Lust zum Tanzen hatte. Sie konnte zwar gut tanzen, aber …

Der Mann legte seinen Arm fest um sie, und sie versuchte einen gewissen Abstand zu wahren. Er legte seine Wange an die ihre, und sie spürte seine verschwitzte Haut.

»Wo kommt ihr zwei Hübschen denn her?«, erkundigte er sich.

»Aus Schonen.«

Er lockerte seinen Griff und musterte sie.

»Echte Schonenmädels, wie nett. Und was führt so schöne Frauen in unsere graue Stadt?«

»Nichts Besonderes.«

Sie spürte, wie sich der Schweiß unter ihrer Frisur sammelte, und fühlte eine gewisse Abscheu in sich aufsteigen. In den Pausen zwischen den Songs starrte er sie an, und es kam ihr so vor, als wäre er am liebsten unter ihre Haut gekrochen. Dann spielte die Band einen schnellen Song. Der Mann packte Bonita von Neuem und drehte sie in wildem Tanz. Dabei keuchte und schwitzte er unablässig.

»Geben Sie schon zu, Sie sind hier, weil Sie Ihren Spaß haben wollen.«

Bonita wusste nicht, ob es am Wein lag, jedenfalls antwortete sie frech: »Ich weiß nicht, ob es wirklich Spaß macht, wenn wir beide gleich auf der Nase liegen.«

Er lachte zu laut, mäßigte aber sein Tempo und ließ sie los.

»Den schonischen Humor habe ich immer schon gemocht. Und den schonischen Räucheraal natürlich«, meinte er.

Es war ihm anzusehen, dass er gerne aß. Bonita freute sich richtiggehend über ihre schlagfertige Antwort. Der Umgang mit Doris stärkte irgendwie ihr Selbstbewusstsein, was ihr im Verlauf des Tages selbst aufgefallen war, als sie einige Male die Initiative ergriffen und vorgeschlagen hatte, was sie unternehmen sollten. Doris betrachtete sie mitleidig, als sie an ihrem Tisch vorbeitanzte.

Bonita beschloss, Doris so bald wie möglich den Vorschlag zu machen, wieder aufs Zimmer zu gehen.

Als der Tanz zu Ende war, fragte der Mann, ob er sie und Doris nicht auf einen Drink an seinen Tisch einladen dürfe.

»Nein, danke, wir fahren morgen schon sehr früh und müssen jetzt gehen.«

»Wohnen Sie denn hier im Hotel?«

Bonita antwortete nicht, sondern strebte auf ihren Tisch zu. Entsetzt sah sie, dass Doris gerade aufgefordert wurde.

»Danke«, sagte Bonita, ohne den Mann anzusehen.

»Keine Ursache«, erwiderte er. »Falls Sie es sich anders überlegen sollten, wissen Sie ja, an welchem Tisch ich sitze.«

Bonita öffnete ihre Handtasche und nahm ein Taschentuch heraus, um sich den Schweiß von der Wange zu wischen.

Sie dachte an ihre Mutter, an Schmutzfink und an ihren schönen Fernsehsessel und sehnte sich fast nach Hause.

»Wir haben soeben eine Einladung bekommen«, sagte Bonita, als Doris an ihren Tisch zurückkam.

»Eine Einladung?«

»Ja, an den Fenstertisch.«

Doris sah sie entsetzt an.

»Willst du?«

»Um Gottes willen, nein. Willst du noch bleiben, Doris?«

»Mir reicht es eigentlich auch, obwohl der Mann, mit dem ich getanzt habe, richtig nett war. Aber mehr brauche ich wirklich nicht, Bonita.«

Sie zahlten und begaben sich auf ihr Zimmer. Dort zogen sie die Schuhe aus und machten es sich in den Sesseln bequem.

»Ein unangenehmer Typ war das«, sagte Bonita. »Und ziemlich von sich eingenommen.«

»Fast wie Åke. Der war auch so eingebildet. Aber das Essen war gut, findest du nicht auch, Bonita?«

»Das stimmt. Wenn nicht die Gefahr bestanden hätte, wieder zum Tanzen aufgefordert zu werden, hätte ich gut noch eine Weile bleiben können.«

Doris öffnete die Minibar und nahm eine Tüte Chips und zwei kleine Flaschen Wein heraus.

»Ab Montag gibt es wieder Kaffee und Kekse, Bonita, aber heute Abend …«

Diese antwortete nicht, sondern schob die Broschüren auf dem Tisch beiseite, damit die Weinflaschen Platz hatten. Doris holte die Zahnputzgläser aus dem Badezimmer. Dann unterhielten sie sich eine Weile über Ystad und alte Bekannte. Doris wollte alles über Bonitas Arbeit in der Kaserne wissen, und nicht ohne Stolz erzählte diese von der Verantwortung, die sie gehabt hatte, aber auch davon, wie viel Spaß es ihr gemacht hatte. Ehe sie es sich versahen, waren beide Flaschen und die Chipstüte fast leer.

Plötzlich sagte Doris: »Kannst du dich noch an On/Off erinnern?« Bonita blickte sie fragend an, und Doris fuhr fort: »Unsere Lehrerin in Werken, Inez Hjort.«

»Na klar.« Bonita lachte kurz und laut, um im nächsten Moment todernst zu werden. »Genau so. Sie war unglaublich launenhaft und immer himmelhoch jauchzend oder zu Tode betrübt. Sie hat ihren Spitznamen On/Off wirklich verdient.«

»Sie konnte einem leidtun. Die Jungen haben ihr ständig Streiche gespielt.« Sie schwiegen eine Weile.

Dann stand Doris auf und fragte: »Kommst du mit in die Rote Laterne?«

»In die Rote Laterne? Jetzt noch? Wozu sollte das denn gut sein?«

»Ich habe mir etwas ausgedacht, und morgen fahren wir schließlich nach Hause.«

»Ich weiß nicht, ob ich mich traue. Was hast du denn vor?«, fragte Bonita neugierig. Ohne das Gläschen Wein hätte sie sich kurzerhand geweigert, doch nun zögerte sie nur.

»Ich will mich mit dem Typen hinter dem Tresen unterhalten und so tun, als wüsste ich, was Sache ist. Ich will ihn fragen, ob er seinen Lohn schon erhalten hat. Dann wird er vielleicht gesprächig und erzählt uns was.«

»Und wenn er die anderen anruft?«

»Die wissen nicht, wer ich bin. Falls es Probleme gibt, weiß ich von nichts. Verstehst du?«

»Ehrlich gesagt nicht, und ich weiß nicht ...«

»Dann gehe ich eben alleine. Ich wollte dich nicht in irgendwelche komischen Geschichten reinziehen, Bonita. Das hatte ich mit dieser Reise nicht beabsichtigt. Ich wollte nur ein wenig Abwechslung für uns beide.«

»Die hatten wir auch, Doris.« Sie schaute auf die Uhr. »Es ist schon elf.«

»Leg dich schon mal hin, Bonita. Ich bleibe nicht lange.«

»Ich komme mit. Du warst immer schon etwas verrückt, Doris, und dafür habe ich dich stets bewundert.«

»Du brauchst mich nicht mehr zu bewundern, denn inzwischen bist du selbst ein bisschen verrückt geworden. Ommkal, anndal ehengal irwal.«

»Ajal, Rostpal, Orisdal«, erwiderte Bonita kichernd und hob ihr Glas.

Sie schlüpften rasch in ihre Schuhe und beschlossen, ihre

Handtaschen im Hotel zu lassen und nur genug Geld für zwei Bier mitzunehmen. Im Foyer sahen sie sich noch die hübschen Auslagen in den Vitrinen an.

»Was für ein hübsches Halstuch. Das würde zu meinem braunen Herbstkostüm passen.«

»Kauf es dir morgen, bevor wir fahren. Es ist wirklich hübsch, Bonita, das ist auch eine Farbe, die dir steht.«

»Beeil dich, sonst taucht plötzlich der Typ hier auf und will dich zum Tanzen auffordern.« Bonita zog Doris am Ärmel und schaute zum Restaurant hinüber.

Es war angenehm an der frischen Luft, aber Bonita war nervös und hielt sich ganz dicht neben Doris. Beharrlich heftete sie ihren Blick auf den Boden.

»Überlass das Reden mir, Bonita«, sagte Doris energisch und öffnete die Tür der Roten Laterne.

Erstaunlicherweise war die Kneipe jetzt spärlicher besucht als tagsüber. Es gab mehrere freie Tische, aber Doris nahm trotzdem auf einem Barhocker Platz, und Bonita erklomm den daneben. Sie versuchte, ihr Kleid nach unten zu ziehen, um die Krampfadern in den Kniekehlen zu verbergen. Sie hatte schon immer Komplexe deswegen gehabt. Ihr Vater hatte stets gesagt, das sei Veranlagung, was ihr auch nicht sonderlich weitergeholfen hatte.

»Zwei Bier«, sagte Doris. Der Barkeeper erkannte sie wieder und lächelte. Als niemand anders sie hören konnte, beugte sich Doris über den Tresen und sagte leise: »Haben Sie von Bengt Jarl und Kent Ohlin schon das Geld für die Schlüssel bekommen?«

Der Mann zuckte zusammen. »Für welche Schlüssel?«

»Die Wohnungsschlüssel«, erwiderte Doris mit fester Stimme.

»Was geht Sie das an?« Der Mann wirkte beinahe verängstigt. Dann kamen weitere Gäste, und sie mussten ihre

Unterhaltung unterbrechen. Während er bediente, ließ er die Frauen nicht aus den Augen.

»Du bist nicht ganz bei Trost«, wisperte Bonita entsetzt.

»Ich arbeite für die beiden«, fuhr Doris fort, als der Barkeeper zurückkam.

»Ich habe damit nichts zu tun«, erwiderte er nervös, »ich händige nur die Schlüssel aus, das ist alles.«

»Darum geht es mir ja gerade«, erwiderte Doris freundlich. »Ich wollte wissen, ob Sie Ihr Geld erhalten haben. Andernfalls kümmere ich mich darum.«

»Sie sind mit den Zahlungen einen Monat im Rückstand.« Er musterte die beiden älteren Frauen in den eleganten Kleidern. Seltsam war die Sache schon. »Und Sie können den beiden ausrichten, dass aus diesem neuen Vorschlag nichts wird«, fügte er flüsternd hinzu.

Doris fragte lieber nicht nach, um was für einen Vorschlag es sich handelte, um nicht sein Misstrauen zu erregen. Stattdessen versuchte sie sich die Buchungen dieses Wochenendes in Erinnerung zu rufen. Sie war sich sicher, dass die Wohnung in der Chalmersgatan nicht vermietet war.

»Könnte ich die Schlüssel für die Chalmersgatan bekommen?«, fragte Doris. »Ich habe Kent Ohlin versprochen, mich morgen um einige Sachen zu kümmern.«

Der Mann hinterm Tresen wirkte immer erstaunter. Der Schweiß lief ihm über die Stirn, und sein Blick irrte hin und her.

»Da muss ich aber erst anrufen und nachfragen«, sagte er und suchte zwischen einigen Zetteln nach einer Telefonnummer. Bonita zog Doris am Arm.

»Wir gehen, Doris.«

»Einen Moment noch, Bonita …«

Der Mann hob den Hörer ab und wählte eine Nummer.

Er wartete eine Weile und legte dann frustriert auf. Mittlerweile war auch Doris nicht mehr ganz wohl in ihrer Haut.

»Ich kann Ihnen meinen Ausweis zeigen, wenn Sie wollen.« Sie zog ihre Brieftasche hervor und begann zu suchen. Der Mann öffnete eine kleine Schachtel auf dem Tresen und warf ihr einen Schlüssel hin.

»Ich will damit nichts zu tun haben …«

»Ich glaube, Sie stecken schon ziemlich tief drin«, erwiderte Doris, nahm den Schlüssel und bedeutete Bonita, ihr nach draußen zu folgen.

»Du bist vollkommen übergeschnappt, Doris«, sagte Bonita, als sie draußen auf dem Bürgersteig standen. »Was willst du denn mit dem Schlüssel anfangen?«

»Das wird mich ein paar Taxifahrten kosten, aber morgen vor der Heimfahrt will ich mir noch die Wohnung anschauen. Natürlich gehen wir auch noch wic besprochen in den Botanischen Garten«, fügte sie rasch hinzu. Sie hatte Bonita gegenüber ein etwas schlechtes Gewissen, weil sie einen Teil ihrer gemeinsamen Zeit in Göteborg für Nachforschungen über ihre Arbeitgeber aufgewendet hatten. Ich werde mich dafür aber bei ihr revanchieren, dachte sie, ganz bestimmt.

Im Hotel war die Tanzmusik inzwischen so laut, dass man sich selbst draußen im Foyer kaum noch unterhalten konnte. Nachdem sie am Empfang den Schlüssel geholt hatten, betraten sie schweigend ihr Zimmer. Sie räumten die Chipstüte, die Zahnputzgläser und die Weinflaschen weg. Ehe sie zu Bett gingen, umarmte Bonita ihre Freundin.

»Das war ein aufregender Tag, Doris. Du bist wirklich mutig.«

»Du doch auch, schließlich bist du mitgekommen … Und findest du nicht auch, dass es ein wenig Spaß gemacht hat?«

»Ja, Doris, das finde ich.« Sie kicherten beide, aber ihre Augen blieben ernst.

»Glaubst du, dass er Bengt Jarl und Kent Ohlin von unserem Besuch erzählt?«

»Ganz bestimmt. Ich hoffe nur, dass wir es vorher noch in die Wohnung schaffen.«

Bonita wälzte sich im Bett hin und her. Sie ließ die Ereignisse des Tages Revue passieren und lächelte.

»Wir sollten vielleicht den Wecker stellen«, meinte sie und wandte sich zu Doris um. Doch die schlief bereits tief und fest.

11. Kapitel

Sie erwachten früh und saßen nach einem ausgiebigen Frühstück im Hotel bereits um neun Uhr im Taxi auf dem Weg in die Chalmersgatan. Sie schwiegen, und Bonita betrachtete die sonntagsmüde Stadt.

In der Chalmersgatan blieben sie einen Augenblick auf dem Bürgersteig stehen, ehe Doris auf das Haus zuging. Während der Fahrt war sie etwas nervös gewesen. Sie wusste nicht so recht, um welche Wohnung es sich handelte, denn sie hatte sich nicht getraut, den Mann in der Kneipe nach dem Namen an der Wohnungstür zu fragen, um nicht noch mehr Misstrauen zu erregen. Womöglich wäre sonst der ganze Plan in die Binsen gegangen.

Das Treppenhaus war mit Fahrrädern, leeren Kartons und Kinderwagen vollgestellt. Eine Tür im rückwärtigen Bereich führte hinaus, vermutlich auf den Hinterhof. Gemeinsam gingen Doris und Bonita die Treppe hinauf. Sie mussten nicht weit gehen. Bereits im zweiten Stock stießen sie auf den Namen Ohlin, und Doris vermutete, dass es sich dabei um Kent Ohlin handelte. Sie öffnete den Briefkastenschlitz, lauschte und schaute hindurch. Bonita stand hinter ihr und klammerte sich an ihrer Handtasche fest. Doris zog den Schlüssel aus der Manteltasche und schloss die Tür auf.

»Bengt, verdammt, komm schnell. Ich erzähle dir alles, wenn du hier bist. Beeil dich, wir sind erledigt.« Kent knallte den Hörer auf die Gabel und blieb noch einen Augenblick neben seinem Telefon stehen, ehe er in die Küche ging. Auf dem Tisch befand sich eine Schachtel mit Pizzakanten, und daneben standen zwei Bierdosen. Eine von Zigarettenstummeln überquellende Untertasse stand mit einer Unmenge schmutzigem Geschirr und leeren Konservendosen auf der Spüle. Ungeduldig ging er zwischen Küche und Wohnzimmer hin und her. Das Wohnzimmer wirkte armselig, aber dort war es im Unterschied zur Küche einigermaßen aufgeräumt. Er warf sich auf eine löwengelbe Stoffcouch und zündete sich eine Zigarette an. Bereits zehn Minuten später stürzte Bengt keuchend und mit aufgerissenen Augen in Kents Wohnung.

»Scheiße, was ist los?«

»Wenn ich das wüsste, Bengt.« Kent stand auf und zündete sich eine weitere Zigarette an. »Pepe hat heute früh angerufen. Er hatte es schon gestern Abend versucht. Zwei alte Schachteln waren in seiner Kneipe und haben sich den Schlüssel zur Wohnung in der Chalmersgatan geben lassen.«

»Könnte es nicht Dorty, Angelika oder eine von den anderen gewesen sein?«

»Ich habe alte Schachteln gesagt«, schrie Kent. »Hör mir doch zu, verdammt noch mal! Dorty und die anderen kennt er.«

»Und die hier hat er gar nicht gekannt?«

»Nein.« Kent warf sich wieder aufs Sofa. »Aber ... ich bin mir fast sicher, dass es die beiden Reklameschnepfen waren. Die haben sich schließlich am Abend in der Roten Laterne aufgehalten. Das kann kein Zufall gewesen sein.«

»Da wär ich mir nicht so sicher, Kent. Ich glaube eher, du siehst Gespenster. Ich hatte nicht den Eindruck, dass es die gleichen Frauen waren. Aber es war natürlich nicht sonderlich hell. Was hätten die da auch zu suchen gehabt?«

»Woher soll ich denn das wissen?« Kent wirkte in der schlechten Beleuchtung so mager und bleich, dass es den

Eindruck erweckte, als hätte man eine Haut über sein Skelett gespannt.

»Wir müssen hin!«

»Weswegen hätte ich dich sonst wohl angerufen?«, erwiderte Kent mürrisch.

Sie zogen ihre Daunenjacken an und verschwanden nach draußen.

Vorsichtig betraten Doris und Bonita die Diele. Ehe sie die Tür hinter sich schlossen, schauten sie sich noch einmal um, ob sie auch wirklich niemand gesehen hatte. Doris schob mit dem Fuß einen Stapel Werbung beiseite, der hinter der Tür gelegen hatte. Ein Perlenvorhang hing zwischen Diele und Wohnzimmer. Doris stellte ihre Handtasche auf einen Hocker in der Diele und schob mit einer Hand den klirrenden Perlenvorhang beiseite.

»Schau mal, Bonita!«

Die beiden Frauen blieben auf der Schwelle stehen. Mitten im Zimmer stand ein riesiges Doppelbett mit einer glänzenden, lila Tagesdecke, auf der herzförmige Seidenkissen in Pastellfarben lagen. Die eine Wand wurde von einem großen Spiegel dominiert.

Auf dem Nachttisch aus Korbgeflecht standen eine Schachtel Kleenex, eine Rolle Küchenkrepp und eine große Plastikflasche. Eine leere Kondomverpackung lag auf dem Fußboden. In einer Ecke befanden sich ein runder Glastisch und ein schäbiger roter Drehsessel. Auf dem Tisch lagen Pornohefte. Schmutzige Stores verdeckten das Fenster, und an einer Wand hingen zwei hässliche Lampen mit roten Samtschirmen.

»Was für Schweine. Hab ich mir's doch gedacht.«

»Was hast du jetzt vor?«, fragte Bonita mit schwacher Stimme.

»Es gibt noch einige Unklarheiten, was dieses Unternehmen betrifft. Die werde ich aber auch bald aufklären, darauf kannst du dich verlassen, Bonita.«

Bonita verließ sich darauf. Hatte ihre Freundin sich einmal etwas in den Kopf gesetzt, dann zog sie es durch. Sie nahm einen Gegenstand aus Gummi vom Bett und musterte ihn. Als ihr klar wurde, dass es sich um einen Massagestab handelte, war sie peinlich berührt und warf ihn angewidert zurück aufs Bett.

Die Wohnung bestand nur aus dem Zimmer, einer winzigen Küche und einer Toilette. Angewidert betrachtete Doris auch diese Räumlichkeiten.

»Komm, ich habe gesehen, was ich sehen wollte.«

Bonita blätterte in einem Pornoheft und merkte, wie heftig sie errötete. Ja, nicht nur ihr Gesicht, ihr ganzer Körper schien zu glühen. So etwas hatte sie noch nie gesehen, und sie hatte auch keine Lust, es jemals wieder zu Gesicht zu bekommen.

Sie nahm gerade ein weiteres Heft zur Hand, da rief Doris aus der Diele: »Komm jetzt, Bonita! Wir können nicht wissen, ob der Mann aus der Kneipe angerufen hat. Wenn du mit dem Lesen nicht fertig wirst, dann musst du das Heft eben mitnehmen.«

Doris lächelte, und Bonita warf das Blättchen hastig auf den Tisch zurück.

Wenig später hielt ein Taxi vor der Roten Laterne. Bonita und Doris stiegen aus und betraten das Lokal.

»Vielen Dank«, sagte Doris und warf den Schlüssel auf den Tresen.

Noch bevor der Mann reagieren konnte, standen sie wieder auf der Straße. Sie gingen zu Fuß zurück zum Hotel. Bonita kaufte das schöne Halstuch aus der Vitrine, und dann begaben sie sich auf ihr Zimmer und packten. Sie hatten für die Heimreise einen Nachmittagszug ausgesucht und deponierten ihr Gepäck in einem Schließfach am Hauptbahnhof, da sie noch den Botanischen Garten besuchen wollten.

Von dem, was sie in den vielen Gewächshäusern sahen, waren sie restlos begeistert. Es war Bonitas Idee gewesen, zum Botanischen Garten zu gehen, und als Doris ihren Vorschlag lobte, erfüllte sie das mit Stolz. Das Gewächshaus mit den Orchideen faszinierte sie am meisten, und hätten sie nicht noch die lange Heimreise vor sich gehabt, hätten sie sich beide noch eine Topfpflanze im Laden gekauft.

Um halb drei saßen die beiden Frauen im Zug nach Malmö. Die Heimfahrt verlief recht zäh, fand Bonita. Sie tranken Kaffee und aßen Kuchen, und als der Zug im Malmöer Hauptbahnhof einfuhr, hatten sie das Gefühl, fast zu Hause zu sein. Sie hatten keinen Aufenthalt in Malmö, sondern mussten rasch den Nahverkehrszug nach Ystad finden.

In Ystad hatten sie keine Lust, zu Fuß zu gehen, und beschlossen daher, ein Taxi vom Bahnhof nach Hause zu nehmen.

»Busse nicht gut. Schütteln ganz viel«, scherzte Doris, und sie kicherten.

Bonita umarmte Doris, ehe sie in der dunklen Villa Bonita verschwand. Dort stellte sie ihre Tasche auf den Boden und trat sofort an den Vogelkäfig.

»Hallo, Schmutzfink, warst du sehr einsam? Sieh an! Du hast immer noch Wasser und Futter. Du hast also keine Not leiden müssen.« Dann ging sie ins Zimmer ihrer Mutter. Sie empfand eine gewisse Wehmut darüber, dass die Reise schon wieder vorbei war, aber sie freute sich auch darauf, ihre Mutter am nächsten Tag wiederzusehen.

12. Kapitel

Am Morgen frühstückte Bonita rasch und machte sich dann auf den Weg ins Altersheim. Ob ihre Mutter wohl enttäuscht war, dass sie sie weggegeben hatte? Vielleicht war sie jetzt noch verwirrter und würde sie nicht wiedererkennen? Als sie das Zimmer ihrer Mutter betrat, saß diese lächelnd in ihrem Rollstuhl. Eine Altenpflegerin kämmte ihr das Haar.

»Hallo, Mutter«, meinte Bonita fröhlich.

»Hol meine andere Bürste, Bonita. Ich werde gerade frisiert.«

Kein Wort darüber, dass sie sie einfach alleingelassen hatte. Es war, als hätte Bonita nur kurz das Zimmer verlassen.

»Ihre Mutter war so tüchtig und hat sich bestens zurechtgefunden. Sie hat gut geschlafen und auch immer alles aufgegessen.«

Bonita begriff nicht, warum mit alten Leuten immer wie mit Kindern gesprochen wurde. Sie fand das entwürdigend.

»Hatten Sie eine gute Reise?«, erkundigte sich die Pflegerin.

»Ja. Es waren wirklich ein paar schöne Tage.« Bonita war froh, dass niemand hier wusste, was sie an diesem Wochenende alles erlebt hatte.

»Iss was, Bonita. Das Essen ist wirklich sehr gut, auch der Brei. Sie haben mir sogar etwas vorgesungen«, meinte ihre Mutter mit munterer Stimme.

»Vorgesungen?«

»Der Seniorenchor war am Wochenende hier und hat gesungen. Das hat Ihrer Mutter gefallen.«

»Wann kommen sie das nächste Mal?«, fragte ihre Mutter.

»Wir gehen jetzt nach Hause, Mutter. Nach Hause in die Villa Bonita und zu Schmutzfink. Das ist unser Vogel«, erklärte sie der Pflegerin.

»Ich glaube, ich bleibe noch ein Weilchen hier, Bonita. Du kannst auch hier wohnen. Ich habe gesehen, dass es noch mehrere freie Betten gibt.«

»Könnte ich eben telefonieren? Ich will ein Taxi rufen.«

»Kommen Sie mit!«, sagte die Pflegerin, und Bonita folgte ihr auf den Gang.

»Kannst du nicht Assar bitten, uns abzuholen, Bonita? Das wird viel billiger«, rief ihre Mutter ihr nach.

Als Doris am nächsten Morgen ihr E-Mail-Programm öffnete, entdeckte sie das Schreiben von Bengt Jarl und Kent Ohlin.

»Bitte schreiben Sie unverzüglich einen Brief an den Vermieter der Färgaregatan, in dem Sie um Stundung der Miete ersuchen. Schreiben Sie, dass er nächsten Monat das Doppelte bekommt. Vergessen Sie nicht, dass alle Kontakte schriftlich zu erfolgen haben. Bengt Jarl und Kent Ohlin.«

Doris verzog verächtlich den Mund. Mach ich alles, dachte sie. Bis das Puzzle komplett ist. Ihr war klar, dass es sich nicht nur um ein Kinderpuzzle mit sechs Teilen handelte, sondern um eines jener komplizierten Tausend-Stücke-Puzzle, die sie früher oft mit ihren Eltern gelegt hatte. Während sie ihren Koffer auspackte, überlegte sie, wie sie mehr über die praktischen und finanziellen Verhältnisse der sogenannten Firma herausfinden könnte. Sie machte sich einen Kaffee und setzte sich dann mit einem Stift und einem Blatt Papier an den Küchentisch.

Vermutlich machten sie Werbung, da sie offenbar für

irgendwelche Anzeigen bezahlten. Die Kunden nahmen zur Firma Kontakt auf, von der sie dann einen Namen und eine Adresse für die Rechnung erhielt. Sie schickte den Kunden eine Bestätigung, in der stand, wann sie über die Wohnung verfügen konnten und wo sie die Schlüssel abholen sollten. Darüber hinaus musste sie noch darauf achten, dass es nicht zu Doppelbelegungen kam, und dann war da noch die einfache Buchführung.

Jetzt, da sie zu wissen glaubte, um welches Gewerbe es sich handelte, erschien ihr alles noch viel seltsamer. Wer kam für die Reinigungskosten der Wohnungen auf, und wer bezahlte die Frauen, die in die Wohnungen und zu Pepe in die Kneipe kamen? Handelte es sich bei den Summen, die von dem Konto abgehoben wurden, um Bengt Jarls und Kent Ohlins Gehälter, in die ihr kein Einblick gewährt werden sollte? Ihr eigenes Gehalt verbuchte sie natürlich. Sie tätigte eine Überweisung vom Firmenkonto auf ihr eigenes. Stellten die beiden vielleicht nur die Wohnungen bereit, und die Kunden brachten die Frauen selbst mit? Wohl kaum! Dreieinhalbtausend Kronen pro Tag, da musste die Frau im Preis inbegriffen sein.

Sie konnte mittlerweile mit dem Computer richtig gut umgehen und tätigte ihre eigenen Überweisungen übers Internet. Einmal hatte sie gefragt, ob sie die Firmentransaktionen ebenso ausführen dürfe, denn dann wäre es ihr erspart geblieben, Formulare mit der Hand auszufüllen und selbst zur Bank zu gehen. Sie hatte jedoch die Antwort erhalten, alles wie bisher nach Anweisung zu erledigen.

Die Firma führte keine Steuern ab, soweit Doris sehen konnte, und eigentlich brauchte sie dem Finanzamt nur einen Tipp zu geben, dann würde alles auffliegen, aber das wäre zu einfach gewesen. Sie wollte mit ihnen spielen wie die Katze mit der Maus, ehe sie alles in die Luft gehen ließ.

Am Vormittag kam Bonita, und Doris freute sich zu hören, dass mit Elvy alles glattgegangen war.

»Vielleicht können wir ja noch weitere Geschäftsreisen unternehmen«, scherzte sie.

»Lieber nicht. Ich habe mich von der letzten noch gar nicht richtig erholt.«

Wie unterschiedlich die Welten doch waren, dachte Bonita. Ihr seltsames Dasein in Göteborg und daneben die Stille am Küchentisch zu Hause in Ystad. Bonita hatte ihrer Freundin die Göteborgs-Posten mitgebracht.

»Ich habe gestern vor dem Einschlafen noch darin gelesen. Es gibt auch ein Kreuzworträtsel darin. Das kannst du doch so gut.«

Auf dem Rückweg machte Bonita noch eine Runde durch ihren Garten. Der Herbst ging in Winter über, der Nachtfrost hatte die letzten Blumen niedergestreckt, und die Beete ruhten. Doris' Umzug nach Ystad und die Reise nach Göteborg hatten ihr neue Kraft gegeben. Im Frühling würde sie die Beete direkt am Haus neu anlegen und wie früher schöne Sommerblumen in die Töpfe pflanzen. In den letzten Jahren hatte alles brachgelegen. Als sie die Küchentür öffnete, hörte sie die Stimme ihrer Mutter.

»Bonita! Ich hab Hunger, hörst du nicht! Da, wo ich war, hat man jeden Tag etwas zu essen bekommen.«

»Du hast gerade erst gefrühstückt, Mutter. Aber bald gibt's Fleischwurst mit Kartoffelbrei.«

»Kinderessen. Das ist nichts für Leute wie uns, die arbeiten müssen, Bonita.«

Bonita fühlte wieder diesen Ärger in sich aufsteigen. Ihr fiel auf, dass sie während der Göteborgreise kein einziges Mal ihre Fäuste um die Daumen geballt hatte, obwohl sie einige aufregende Dinge erlebt hatte. Sie versuchte, ihre Mutter abzulenken.

»Schau mal, was für ein schönes Halstuch ich mir in Göteborg gekauft habe.« Sie hielt ihrer Mutter das Halstuch hin.

»Ach? Warst du auf Reisen? Davon hast du mir nichts gesagt … Schön.« Sie betastete das dünne Halstuch mit ihren mageren Fingern, und der Stoff raschelte, als ihre trockenen Hände darüberglitten. Bonita schauderte es.

»Hör auf, Mutter, mir läuft es kalt den Rücken runter.«

»Ja. Es gab Nachtfrost, und es wird noch kälter.« Elvy breitete das Halstuch wie eine zusätzliche Decke über sich aus. Dann legte sie ihren Kopf auf das Kissen und schlief ein.

Nachdem Bonita gegangen war, blätterte Doris zerstreut in der Zeitung. Es war zwar die Zeitung vom Vortag, aber sie las trotzdem jede Seite. Als sie bei den Anzeigen ganz hinten in der Zeitung angelangt war, blieb ihr Blick an einer mit zweifelhaftem Inhalt hängen. Sie rang nach Luft.

»Junge, knackige Mädels erwarten Männerbesuch in Göteborg. Wohnungen in zentraler Lage. Miete pro Tag. Diskretion gewährleistet. Anfragen per E-Mail.« Es folgte Bengt Jarls und Kent Ohlins gemeinsame E-Mail-Adresse. Doris riss die Anzeige heraus und warf den Rest der Zeitung weg. Dann zog sie ihre Schuhe an, warf einen Blick in den Spiegel und verschwand die Straße hinunter.

Bei Bengt und Kent herrschte helle Aufregung. In der Wohnung waren keine Spuren hinterlassen worden, und die Frauen hatten den Schlüssel zurückgegeben, aber die beiden konnten sich auf den Vorfall keinen Reim machen.

Pepe konnte ihnen auch nicht weiterhelfen. Er erinnerte sich nur an zwei ältere Damen mit schonischem Dialekt, die ganz offenbar Bescheid gewusst hatten. Dass sie ihm versprochen hatten, er würde bald seinen Lohn erhalten, erwähnte er nicht.

»Sie müssen über diese Sache mit den Schlüsseln Bescheid gewusst haben«, meinte Kent.

»Super, Kent, was für ein Scharfsinn! Du bist wirklich ein ganz Schlauer.«

Kent errötete. Die ganze Situation verwirrte ihn.

»Hast du noch mehr kluge Beobachtungen auf Lager? Nur heraus damit, dann haben wir die Sache bald gelöst«, meinte Bengt missgelaunt. Er machte den Computer an, zuckte zusammen und wandte sich an Kent.

»Sie hat geantwortet. Sie hat dem Vermieter die Bitte um Stundung geschickt. Immerhin etwas.«

»Ja, wenn er jetzt bloß einwilligt.«

»Aus dir spricht mal wieder der große Optimist, Kent.« Bengt dachte nach. »Es könnte sich um die Frau eines unserer Kunden handeln. So einer, der plötzlich alles bereut und gebeichtet hat.«

»Ich habe eine andere Theorie«, meinte Kent vorsichtig.

»Heraus damit! Du hast schon so viel Unsinn geredet. Es kann nur besser werden.«

Kent stellte sich ans Fenster und wandte Bengt den Rücken zu.

»Pepe sagte, sie hätten schonischen Dialekt gesprochen.«

»Zehn Punkte, super, Kent. Heute übertriffst du dich selbst.«

»Doris Strand ist aus Schonen«, fuhr Kent rasch fort.

Bengt stockte der Atem. Er kam auf Kent zu und klopfte ihm auf den Rücken.

»So könnte es sein, Kent ... tatsächlich. Aber wieso sollte sie hergekommen sein?«

»Vielleicht hat sie etwas über uns herausgefunden.«

»Unmöglich. Wir haben keinerlei Angaben gemacht, die irgendwelche Rückschlüsse zulassen würden. Die Alte kennt nicht einmal unsere Adresse, Kent.«

»Normalerweise beantwortet sie die Mails unverzüglich, aber dieses Mal hat sie das erst nach dem Wochenende getan. Vielleicht war sie ja doch in Göteborg, Bengt.«

In Bengts Miene spiegelte sich Panik wider. Nervös ging er auf und ab und verschwand schließlich im Bad. Als er wieder ins Zimmer trat, packte er Kent am Hemd.

»Wir müssen unsere Abläufe noch mal durchgehen, vielleicht klappt ja irgendwas nicht so, wie es soll. Das könnte uns Kopf und Kragen kosten! Hörst du?«, sagte er und schüttelte Kent.

Planlos liefen sie eine Weile hin und her und setzten sich dann aufs Sofa. Sie sahen aus wie zwei mutlose, vom Platz verwiesene Fußballspieler, die im Begriff sind, ein wichtiges Spiel zu verlieren.

Es war eine Weile her, seit Doris die letzten Kontoauszüge erhalten hatte, und sie beschloss daher, sie sich in der Bank abzuholen. Sie hatte die früheren Kontoauszüge nie sonderlich eingehend studiert, sondern lediglich auf die korrekte Ausführung ihrer Überweisungsaufträge geachtet.

Nach ihrem Besuch in der Bank beschloss sie, die Kontoauszüge erst zu Hause in aller Ruhe anzusehen. Da sie nun schon einmal in der Stadt war, erledigte sie noch ein paar Besorgungen. Dann ging sie zum Klosterteich, um sich die Enten anzuschauen. Das hatte sie seit ihrem Umzug nach Ystad vorgehabt, war aber nie dazu gekommen.

Trotz des kühlen Novemberwetters saßen ein paar Rentner auf den Bänken am Teich. Eine Schulklasse mit Lehrerin näherte sich. Früher war das anders, dachte sie, da ging man noch ordentlich in Zweierreihen. Jetzt rannten die Kinder kreischend und ohne jegliche Ordnung durch die Gegend. Sie stellte sich an den Zaun und bereute es, dass sie den Enten, die hoffnungsvoll auf sie zukamen, kein altes Brot mitgebracht hatte. Eine junge Mutter mit kleinem Kind warf ihnen ein Stück entfernt Brotkrümel zu, und die enttäuschten Enten verließen Doris, um sich um das Brot der großzügigeren Geber zu prügeln.

Als Kind war sie häufig mit ihren Eltern hier gewesen, und viele Erinnerungen schwebten ihr durch den Kopf, luftigen Wolken gleich, die Richtung Meer ziehen.

»Die sind hungrig, die kleinen Biester, und das, obwohl sie mehr zu essen bekommen als wir Rentner im Altersheim«, scherzte einer der alten Männer und lächelte ihr zu.

»Ihnen scheint es aber trotzdem gut zu gehen«, erwiderte Doris und lachte.

»Wenn man sich selbst zusätzlich etwas zu beschaffen weiß, dann überlebt man«, fuhr der Mann fort und hob eine Keksschachtel hoch.

Das war das Gute an Ystad. Hier redeten die Leute noch miteinander. Man fühlte sich nicht fremd.

Doris schaute zur Kirche des ehemaligen St. Petriklosters hinüber. Ihre Treppengiebel erhoben sich mächtig in den Himmel. Doris hatte gelesen, dass es dort einen Kräutergarten, ein Rosarium und eine Kohlpflanzung gab. Dorthin spaziere ich bei Gelegenheit mit Bonita, dachte sie und rückte ihr Halstuch zurecht.

Dann ging sie im Warenhaus Åhléns vorbei und kaufte ein paar Kleinigkeiten und klebriges Gebäck, bevor sie sich auf den Heimweg machte. Sie nahm die Post aus dem Briefkasten. Fast nur Werbung. Es betrübte sie, dass sie fast nie bunte Ansichtskarten oder Briefe von irgendwelchen Freunden bekam. Die wenigen Freunde von früher hatte sie nach der Scheidung aus den Augen verloren. Es waren auch gar keine richtigen Freunde gewesen. Sie hatte sich mit ihnen nicht so verbunden gefühlt wie mit Bonita. Ihr konnte sie sich anvertrauen. Ihr Beisammensein hatte etwas Zwangloses.

Nachdem sie ihre Einkäufe eingeräumt hatte, setzte sie sich an den Küchentisch und zog die Kontoauszüge hervor. Sie hakte die Summen ab, die sie wiedererkannte und die sie selbst verbucht hatte. Ihr Gehalt, die Kosten für die Anzeigen, die Wohnungskosten und die Mieteinnahmen. Dann versuchte sie, Summen in gleicher Höhe zu finden, die regelmäßig abgehoben wurden. 25 000 Kronen, zweimal pro Monat mit den Vermerken BJ beziehungsweise KO. Das mussten ihre Arbeitgeber sein. Außerdem unregelmäßige Auszahlungen an Dorty, Angelika, Lolita und Gina. Die Ärmsten, dachte Doris.

Sie ging rasch die restlichen Transaktionen durch. Eine Auszahlung an Pepe fand sie nicht, das Geld wurde wohl direkt über den Tresen gereicht, das fürs Putzen wohl auch. »Die Steuern für Ihr Gehalt führen wir ab, da müssen Sie sich keine Gedanken machen«, hatte es geheißen, und sie hatte das in ihrer Einfalt tatsächlich geglaubt. Da sie noch kein volles Jahr für die beiden tätig war, hatte sie noch keinen Jahresabschluss vom Finanzamt erhalten und sich also keinerlei Gedanken über die Steuern gemacht. Auf den Auszügen gab es außerdem Überweisungen fürs Telefon, für Fernsehgebühren und andere laufende Kosten. Ihre Aufgabe war es ganz offenbar, sich um die dubiosen Geschäfte zu kümmern, die übrigen Zahlungen vermochten die beiden Herren anscheinend problemlos selbst abzuwickeln. Sie hatte genug gesehen. Jetzt galt es, die beiden dingfest zu machen oder vielleicht ... Sie erhob sich lächelnd.

Nachdem Bonita ihre Mutter abends zu Bett gebracht hatte, war sie bei Doris zum Abendkaffee eingeladen. Bonita war guter Dinge. Sie trug einen neuen Pullover und hatte sich ihren ersten Lippenstift gekauft. Das ist schon verrückt, hatte sie gedacht, mit fast sechzig der erste Lippenstift. Sie hatte nicht recht gewusst, welche Farbe sie wählen sollte, und sich gewünscht, Doris wäre dabei gewesen. Ihr war nicht klar gewesen, dass es so viele verschiedene Farben und Sorten gab. Die Verkäuferin hatte ihr geholfen, und sie war mit ihrem Kauf sehr zufrieden.

»Aber Bonita!«, rief Doris. »Trägst du Lippenstift?«

Bonita drehte verlegen den Kopf weg.

»Zeig mal. Eine wirklich schöne Farbe. Sie steht dir.«

»Ach was, ich wusste nicht recht, welchen ich nehmen soll, aber die Verkäuferin hat mir geholfen. Es ist dir jedenfalls aufgefallen«, fuhr sie fröhlich fort.

»Da wagst du es womöglich nicht, einen Keks zu probieren, weil der Lippenstift abgehen könnte.«

»Ach was«, meinte Bonita. Irgendwie fühlte sie sich anders in ihrem neuen Pullover und mit dem Lippenstift.

Doris hatte vor dem Fernseher gedeckt.

»Ich habe schon seit Tagen keine Nachrichten mehr gesehen. Du hast doch nichts dagegen?«

»Natürlich nicht«, erwiderte Bonita und nahm auf einem der bequemen Sessel Platz.

Doris schenkte ihnen Kaffee ein und bot ihrer Freundin von dem Gebäck an, das sie gekauft hatte.

»Oh, wie wunderbar.« Bonita biss in das süße Gebäck, schloss die Augen und ließ es sich schmecken.

Die Nachrichten begannen, und zwischen den verschiedenen Beiträgen wechselten die beiden ein paar Worte. Plötzlich horchte Doris auf und meinte: »Pst!«

»Die Prostitution in unseren Städten hat stark zugenommen. Solange diese Frauen keine andere Arbeit und häufig auch kein Dach über dem Kopf haben, sind die Chancen gering, der weitverbreiteten Prostitution Einhalt zu gebieten. In vielen Fällen werden diese Frauen auch Opfer von Gewalt. Das sagt Margit Kjellander, die Chefin des Sozialamts in

Malmö, die eine Untersuchung in Auftrag gegeben hat. Sie vermutet, dass sich die Aussichten für diese Frauen verbessern, wenn sie die Möglichkeit erhalten, ihre alte Umgebung zu verlassen. Aber wie immer fehlt es dazu an Mitteln und ehrenamtlichen Helfern.«

Es folgten ein paar Kurzinterviews, in denen Prostituierte mit dem Rücken zur Kamera und verzerrter Stimme über ihre Lage berichteten. Der Beitrag endete mit Bildern des Malmöer Rotlichtviertels.

»Und kein Wort über die Zuhälter«, meinte Doris. »Ohne sie wäre das Problem weitaus geringer.« Dann erzählte sie Bonita von ihrem Besuch bei der Bank und von den Kontoauszügen.

»Jetzt habe ich es schwarz auf weiß«, meinte sie, »aber ich unternehme noch nichts. Es scheint so, als hätten die beiden keinen Überblick, zumindest, was das Finanzielle angeht. Und das werde ich mir zunutze machen. Allerdings nicht, um selbst davon zu profitieren, sondern eher zu karitativen Zwecken.«

Doris ging in die Küche und holte die Kaffeekanne.

»Noch eine Tasse?«

Bonita merkte, dass Doris das Thema wechseln wollte, und hatte auch nicht vor, in sie zu dringen, aber ein fragender Ausdruck huschte doch über ihr Gesicht.

Am nächsten Tag war es wieder an der Zeit, Rechnungen auszustellen. Doris saß lange da und überlegte, dann schrieb sie wie immer:

»Für die Wohnung Färgaregatan 26/10 einschließlich Inventar erlauben wir uns, Ihnen 3500 Kronen in Rechnung zu stellen.« Inventar, dachte sie. Ob damit wohl die Frauen gemeint waren? Denn wenn man eine Wohnung für einen Tag mietete, dann doch wohl mit Inventar? Schließlich rückte man für so eine kurze Zeitspanne nicht mit dem Möbelwagen an. Ihr war bereits früher aufgefallen, dass sich ihre Arbeitgeber nicht so gut ausdrücken konnten. Auch mit der Rechtschreibung hatte es so manches Mal gehapert. Sie fuhr fort: »Zahlungsziel ist ein Monat nach Rechnungsstellung.«

Dann hielt sie kurz inne, ehe sie weiterschrieb: »Ab dem 1.12. berechnen wir eine Bearbeitungsgebühr von 200 Kronen, die auf folgendes Konto zu zahlen ist …« Und sie fügte ihre eigene Bankverbindung ein.

Es war ihr nicht ganz wohl bei der Sache, aber dann steckte sie den Brief doch in einen Umschlag und frankierte ihn. Sie nahm ihren Taschenrechner. Wenn alle vier Wohnungen den halben Monat vermietet waren … Sie rechnete. Das wären zwölftausend im Monat. Sie konnte es kaum fassen. Dann ging sie in die Küche und machte sich an den Abwasch.

Doris hatte beschlossen, Bonita noch nichts zu erzählen. Sie wusste selbst noch nicht, was sie weiter unternehmen würde. Plötzlich ließ sie die Spülbürste fallen und eilte wieder an ihren Schreibtisch. Wenn sie die Rechnung noch einmal machte … Sie schaltete den Taschenrechner wieder ein. Jede Vermietung brachte 3500 Kronen ein. Das waren zweihunderttausend im Monat! Sie setzte sich. Mit fahrigen Bewegungen durchsuchte sie die Papiere auf ihrem Schreibtisch, bis sie den Kontoauszug wiederfand. Der Kontostand betrug nur 20 000 Kronen. Wohin war das ganze Geld verschwunden? Die Kosten für die Wohnungen waren zwar aufgelistet, aber im Vergleich zu den Einnahmen waren diese gering.

Sie räumte ihren Schreibtisch auf, schüttelte ein Kissen auf dem Sofa auf und ließ sich auf den Sessel sinken. Sie schloss die Augen. Das schwache Mittagslicht vermochte kaum durchs Fenster zu dringen. Das Zimmer lag im Halbdunkel.

Die Familienporträts in ihren ovalen, schwarzen Rahmen wirkten wie dunkle Löcher in der Wand, und nicht einmal Elon Kvists Schützenpokale auf dem Regal funkelten. Nur der Bildschirmschoner mit seinen bunten, tanzenden Würfeln leuchtete.

13. Kapitel

Bengt und Kent hatten immer noch nicht herausgefunden, wer in der Wohnung gewesen war. Da sich weiter nichts Ungewöhnliches ereignete, versuchten sie, das Vorgefallene zu vergessen. Pepe hatte einen strengen Verweis und die Anweisung erhalten, Schlüssel nur an Leute auszuhändigen, die eine Bestätigung von Doris Strand vorweisen konnten. Alle Unregelmäßigkeiten mussten sofort gemeldet werden.

»Deine Fehlinvestitionen haben die Finanzen unserer Firma ruiniert. Man muss ganz schön bescheuert sein, um so viel Geld auf Dandy im zweiten Lauf zu setzen.«

»Ach, und wer hat letztes Mal dreißigtausend auf der Trabrennbahn in den Sand gesetzt?«

»Jetzt müssen wir eine Weile warten, bis wir wieder einen größeren Betrag abheben können. Wir sind mit den Mieten im Rückstand, und Pepe weigert sich, in seiner Kneipe Werbung für uns zu machen.«

»Vielleicht ist er ja jetzt gefügiger. Schließlich hat er das mit den Schlüsseln versiebt.«

Sie setzten sich in die Küche. Bengt sah sich um.

»Diese Wohnung wäre doch eigentlich gar nicht nötig gewesen, oder? Ein Computer, die paar Papiere, ein Telefon, dafür hätten wir auch weiterhin zu Hause Platz gehabt. Dadurch hätten wir viertausend im Monat gespart.«

»Du warst damals einverstanden.«

Das Telefon unterbrach ihre Unterhaltung. Kent ging ins Wohnzimmer.

»Hallo, Pepe … Was sagst du da? Wir kommen sofort.«

Kent zog seine Daunenjacke an.

»Kommst du?«

»Wenn du mir sagst, wo es brennt.«

»In der Roten Laterne sind zwei ältere Damen aus Schonen aufgetaucht. Er glaubt, dass es dieselben sind. Beeil dich, ehe sie wieder verschwinden.« Bengt eilte hinter ihm her.

Wenig später hielt das Taxi vor der Kneipe, und Kent riss die Tür auf.

»Immer mit der Ruhe. Du verschreckst mir noch die Gäste.«

Auch Pepe wirkte aufgeregt. Er deutete auf zwei ältere Damen, die in einer dunklen Ecke des Lokals saßen.

»Ich bin mir nicht sicher. Aber sie sind recht ähnlich.«

Bengt bestellte zwei Bier, dann setzten sie sich an einen Tisch in der Nähe der zwei Frauen.

Sie spitzten die Ohren, aber wegen des Lärms in der Kneipe konnten sie sie kaum verstehen.

»Sie sind zweifellos aus Schonen«, flüsterte Kent.

»Ich finde, sie sehen aus wie die anderen. Jedenfalls die mit dem grünen Halstuch.«

»Ich bin diese ganzen Werbesendungen leid, findest du nicht auch, dass es manchmal zu viel wird?«, meinte die Dame mit dem grünen Halstuch.

»Schon, aber ich ...«

Weiter kamen sie nicht, weil sich zwei korpulente Männer plötzlich an ihrem Tisch vorbeidrängten.

»Hast du gehört, Kent? Sie haben über Werbung gesprochen.«

»Pst!«

»Die Wohnung sah fürchterlich aus«, fuhr die andere Frau fort.

Bengt richtete sich halb auf und leerte sein Glas.

»Jetzt schreiten wir zur Tat, Kent. Lass mich mal machen.«

»Haben wir heute Besuch aus Schonen?«, begann Bengt freundlich.

»Das lässt sich ja wohl kaum verbergen. Wegen des Dialekts, meine ich.« Die Frau lächelte ihn an.

Als sie am Tisch der beiden Frauen Platz nahmen, traf sie ein misstrauischer Blick.

»Vielleicht haben Sie ja anderes zu verbergen«, fuhr Bengt etwas unfreundlicher fort.

»Wie bitte?«, erwiderte die zweite alte Dame mit strenger Miene.

»Haben Sie wirklich die Zeit, hier herumzusitzen?« Kent grinste. »Sind Sie nicht unterwegs, um das Austeilen von Werbeprospekten zu überwachen? Was zum Teufel hatten Sie eigentlich in der Wohnung zu suchen?«

»Das wüssten wir gerne!« Bengt erhob sich bedrohlich.

»Schau mal, Omi, was für einen schönen Pullover ich von Mama bekommen habe«, rief ein kleines Mädchen einer der alten Damen zu. Als Bengt sich umdrehte, sah er, wie eine fünfköpfige Familie auf ihren Tisch zustrebte.

»Gut, dass du kommst, Gösta.« Die strenge Frau wandte sich an einen zurückhaltenden kleinen Mann in grün karierter Schiebermütze und Wollmantel. »Diese Herren belästigen uns.«

Bengt und Kent erhoben sich abrupt.

»Entschuldigen Sie, aber es liegt eine Verwechslung vor …«

»Was habt ihr auch in so einem Etablissement verloren?«, fragte der Mann mit der Mütze. »Ich habe euch doch gewarnt.« Er baute sich zwischen Bengt und Kent und den Frauen auf. Dann lotste er die Damen aus dem Lokal. Im Vorbeigehen sagte er zu Pepe: »Wie können Sie es zulassen, dass hier am helllichten Tag die Gäste belästigt werden? Was ist das hier eigentlich für eine Spelunke?«

Pepe öffnete den Mund, aber die Worte blieben ihm im Hals stecken. Er ging auf Bengt und Kent zu und baute sich vor ihnen auf wie ein wütender Rottweiler.

»Wollt ihr meinen Ruf total ruinieren? Die Gäste belästigen …«

»Wer hat uns denn angerufen?«

»Ich habe nicht gesagt, dass sie es sind … Nur dass da eine gewisse Ähnlichkeit vorliegt. Man sollte sich doch wohl erst Klarheit verschaffen, ehe man …« Er knüllte das Geschirrtuch in seinen Händen zusammen, und einige Gäste schauten neugierig zu ihnen herüber.

»Die anderen hatten mir jedenfalls versprochen, dass ich mein Geld bekomme«, fuhr Pepe fort. Rasch wandte er sich einem anderen Gast zu, als ihm klar wurde, dass er sich verplappert hatte.

»Was sagst du da, Pepe? Welche anderen?«, fragte Bengt so eifrig, dass sich die Spucke in seinen Mundwinkeln sammelte.

Pepe reichte ihm eine Serviette.

»Findet ihr selbst raus, oder braucht ihr Begleitung?«, fragte er und deutete auf einen stämmigen, tätowierten Mann in kariertem Hemd. Der Mann erhob sich und kam auf sie zu.

»Brauchst du Hilfe, Pepe?«

»Ich glaube nicht. Es sieht so aus, als wollten die Herren ohnehin gerade gehen.«

Rasch verließen sie das Lokal. Sie drehten sich allerdings noch einmal um und drohten Pepe mit der Faust. Auf der Heimfahrt im Taxi unterhielten sie sich lautstark.

»Glaubst du, dass Pepe uns hintergeht?«

»Wie das?«

»Er könnte selbst die Kontakte zu den Wohnungen vermitteln … Vielleicht streicht er einen Teil der Kohle selbst ein, Bengt.« Kents Stimme überschlug sich fast.

»Er kann doch nicht wissen, für wann die Wohnungen reserviert sind. Er merkt das erst, wenn der Kunde kommt.«

Doch es schien so, als glaubte Bengt selbst nicht so recht an seine Worte.

Das Taxi wechselte immer wieder die Fahrspur, und sie wurden auf dem Rücksitz hin und her geworfen.

»›Die anderen hatten mir jedenfalls versprochen, dass ich mein Geld bekomme.‹ Ich begreife nicht, was er damit meinte. Von was für einem Geld hat er da gefaselt, und wer sind die beiden anderen?«

Doch Kent antwortete nicht. Sein schmales Gesicht verschwand fast gänzlich im Kragen seiner orange-schwarzen Daunenjacke.

»Hallo, Schmutzfink. Hat heute noch niemand mit dir geredet? Schau mal, ein Hirsekolben!«

Bonita trocknete ihre Hände an ihrer Schürze ab und warf einen Blick zum Nachbarhaus hinüber. Sie und Doris sahen sich eigentlich jeden Tag, und jetzt fehlte ihr Doris, da sie sich noch nicht getroffen hatten. Sie wollte sich aber auch nicht aufdrängen.

»Was für ein Gerenne, der ganze Rasen geht noch kaputt«, hatte ihr Vater früher immer gesagt. Sie waren immer quer über die Wiese gerannt, bis der Rasen ganz braun und abgetreten gewesen war. Einmal war ihr Vater so genervt gewesen, dass er gesagt hatte: »Vielleicht sollten wir ja einen Tunnel von unserem Keller aus zu den Nachbarn sprengen. Dann wirst du auch nicht nass, wenn es regnet.«

Ihr Vater fehlte ihr. Er hatte Humor besessen und ihr Geborgenheit gegeben. Manchmal fragte sie sich, ob er wirklich gewollt hätte, dass sie so lange an ihr Zuhause gefesselt war. Zu Anfang der Krankheit war es mit ihrer Mutter rasch bergab gegangen. Ihr Vater hatte sicher nicht geahnt, dass so viele Jahre vergehen würden, bis sie wieder ein eigenes Leben führen konnte. In solchen Augenblicken war sie vom letzten

Willen ihres Vaters regelrecht enttäuscht. Besonders jetzt, wo sie gemerkt hatte, wie gut sich ihre Mutter im Altersheim zurechtfand. Doris hatte gesagt, sie würde sie für ihre Geduld bewundern, und das hatte sie gefreut. Immerhin hatte sie nichts zu bereuen – anders als Doris.

Bonita ging ins Zimmer ihrer Mutter.

»Da bist du ja, Bonita, ich hatte mich schon gefragt, wo du bleibst.«

Bonita reichte ihr die neue Schnabeltasse.

»Die ist doch hübsch, oder, Mutter? Mal sehen, ob du damit alleine trinken kannst.« Sie reichte ihrer Mutter die Tasse. Diese versuchte mit ihren schmalen Händen den Deckel abzuschrauben.

»Der Deckel muss draufbleiben, Mutter.«

»Hast du je jemanden aus einer verschlossenen Flasche trinken sehen?«, fragte ihre Mutter mit klarer, fast herablassender Stimme.

»Nein, natürlich nicht.«

»Na dann …« Elvy zerrte an der Schnabeltasse herum, und Bonita versuchte sie abzulenken. »Die Leute von der Gemeinde waren hier, als du geschlafen hast. Wir haben auch einen Stuhl bekommen, auf dem du sitzen kannst, während ich dich dusche.«

»Das geht doch wohl nicht.«

»Doch, Mutter. Wir probieren das morgen aus. Du wirst schon sehen, das geht sicher bestens.«

»Alles wird gut. Das sagst du immer«, sagte ihre Mutter mit betrübtem Blick.

»Vielleicht bekommen wir auch eine Rollstuhlrampe, dann können wir etwas öfter spazieren gehen … und du kannst im Sommer im Garten sitzen.«

»Ja, das wird sicher schön, Bonita.«

Am nächsten Morgen klopfte Doris an die Küchentür.

»Ich fahre nach Malmö, um einige Dinge zu erledigen. Ich wollte nur Bescheid sagen, damit du dich nicht wunderst, wenn ich nicht aufmache.«

»Das ist nett. Bist du heute Abend wieder zurück?«

»Ich bleibe nur ein paar Stunden und bin sicher heute Nachmittag wieder zu Hause. Dann kannst du mich gerne auf einen Kaffee einladen, wenn du möchtest.«

»Ich backe einen Rührkuchen.«

Doris nickte zustimmend.

Sie waren sich wirklich nähergekommen. Doris sorgte sich um Bonita, und es war für Bonita ein vollkommen neues Gefühl, dass jemand an sie dachte. Sie schaute Doris hinterher, als sie die Straße hinunterging. Wie schön es sein musste, einfach nach Lust und Laune zu kommen und zu gehen!

»Bonita!«

Sie ballte ihre Hände in den Schürzentaschen.

»Ich komme, Mutter.«

Doris hatte bei Margit Kjellander angerufen, der Frau aus dem Fernsehbeitrag über die Prostitution in Malmö. Als Leiterin des Sozialamts war sie nur schwer zu erreichen gewesen. Doris hatte gesagt, sie wollte mit ihr wegen des Fernsehbeitrags sprechen. Margit Kjellander war etwas reserviert gewesen, aber als ihr Doris von einer Idee und eventuellen Finanzierungsmöglichkeit erzählte, hatte sie größeres Interesse an den Tag gelegt. Sie hatte Doris einen Termin um elf Uhr gegeben und hinzugefügt, sie habe nicht viel Zeit.

Doris hatte beschlossen, Bonita vorerst noch nichts zu sagen. Sie wollte sich erst erkundigen, ehe sie sie in das Projekt involvierte. Als sich der Zug Malmö näherte, war Doris fast ein wenig mulmig zumute. Sie hatte sich nicht sonderlich genau überlegt, was sie sagen wollte, und hatte eigentlich auch nichts Konkretes vorzubringen.

Nachdem sie sich am Empfang des Sozialamts gemeldet hatte, musste sie noch warten. Sie beschloss, sich die Zeit mit Lesen zu vertreiben, und ging zum Zeitschriftenständer. Die Weihnachtsnummer der Frauenzeitschrift Hemmet war erst zwei Jahre alt. Außerdem gab es den ICA-Kuriren und ein paar zerlesene Tageszeitungen. Immer dasselbe in den Wartezimmern, nur nicht beim Friseur. Dort gab es immer die allerneuesten Frauenzeitschriften. Aber beim Zahnarzt oder hier im Sozialamt, wo man wirklich etwas gebraucht hätte, um auf andere Gedanken zu kommen, gab es nur zerlesene Stapel alter Zeitschriften. Einige Broschüren lagen ebenfalls herum, über Pflegedienste, Kinderbetreuung und über ein Frauenhaus. Gerade als sie die Informationen zum Frauenhaus in ihre Tasche steckte, trat Margit Kjellander ins Wartezimmer. Sie trug ein weites Kleid und mehrere verschiedenfarbige Tücher um den Hals.

»Margit Kjellander.«

Sie hatte einen festen Händedruck, und das gefiel Doris. Begrüßungen, bei denen man das Gefühl hatte, einen toten Fisch in der Hand zu halten, waren ihr unangenehm. Die Frau sah ihr direkt in die Augen, und auch das gefiel ihr.

»Doris Strand. Wirklich nett, dass Sie sich die Zeit genommen haben.«

Margit Kjellander sah auf die Uhr und deutete auf den Besucherstuhl.

»Nun, es geht um die Prostitution«, begann Doris verlegen. »Ich habe selbst gewisse Erfahrungen in dieser Branche gesammelt.«

»Ach?«

»Nein, nein, so meinte ich das nicht«, beeilte sie sich hinzuzufügen, als sie einsah, wie missverständlich sie sich ausgedrückt hatte. Ihr brach der Schweiß aus.

»Ich habe durch einen Zufall gewisse Einblicke in die Vermarktung und Situation der Frauen gewonnen«, berichtigte sie sich rasch. Sie machte bestimmt einen verwirrten Eindruck. »Mir tun die Frauen leid, die so ausgenutzt werden, und ich würde gern helfen.«

Je länger Doris ihre halben Sätze hervorstotterte, desto weniger schien sich Margit Kjellander dafür zu interessieren, was sie zu sagen hatte. Zu guter Letzt versuchte sie ihr auf die Sprünge zu helfen.

»Am Telefon haben Sie von Ideen und Finanzierungsmöglichkeiten gesprochen.«

»Meine Nachbarin und ich besitzen große Häuser in Ystad und sind außerdem nicht ganz unvermögend. Wir sind beide alleinstehend. Und als ich hörte, die einzige Chance für diese Frauen sei, aus der Stadt rauszukommen, da dachte ich ...«

Jetzt wirkte Margit Kjellander geradezu frustriert.

»Ganz so einfach ist es leider auch nicht. Es genügt nicht, ihnen eine andere Wohnung an einem anderen Ort zu besorgen. Es geht auch um Beschäftigungsmöglichkeiten, um angemessene Betreuung und Hilfe. Könnten Sie Ihre Ideen vielleicht etwas präzisieren? Haben Sie ... wie soll ich das ausdrücken, so große finanzielle Möglichkeiten, dass Sie das nötige Personal einstellen könnten?«

»Meine Pläne sind noch nicht ganz ausgereift. Ich habe mir nur gedacht, dass meine Freundin und ich vielleicht die Möglichkeit hätten, zu helfen.«

Margit Kjellander wirkte nicht recht überzeugt. Sie sah auf die Uhr.

»Es tut mir leid, aber ich habe um halb zwölf eine Besprechung. Es ist löblich, dass Sie helfen wollen, aber wir brauchen etwas Konkreteres, sowohl was den Inhalt als auch was die Finanzen betrifft.«

»Ich verstehe«, erwiderte Doris einsichtig. Sie hatte nicht sonderlich überzeugend gewirkt, obwohl sie früher immer für ihre Sachlichkeit und Korrektheit bekannt gewesen war. Na ja, dachte sie. Der Kontakt ist hergestellt. Ich muss meine Ideen strukturieren und mich dann wieder melden. Sie nahm sich vor, Bonita um Hilfe zu bitten.

Bonitas Rührkuchen war fertig, als Doris in Ystad eintraf, und der Kaffee stand rasch auf dem Tisch. Elvy saß in ihrem Rollstuhl mit an der Kaffeetafel. Sie schien müde zu sein und sagte nicht viel, wirkte jedoch zufrieden und aß zwei Stücke von dem guten Rührkuchen. Doris half Bonita, ihre Mutter ins Bett zu bringen, und als sie sich wieder an den Küchentisch setzten, sagte sie: »Ich war in Malmö und habe mit Margit Kjellander gesprochen.«

»Wer ist das?«

»Wir haben sie im Fernsehen gesehen. Die Sendung über die Prostitution in Malmö, du weißt schon ...«

»Aber Doris! Ist das dein Ernst? Worüber wolltest du denn mit ihr reden?«

Doris lachte verlegen. »Ich bin ja sonst eigentlich nicht sonderlich konfus, aber rate mal, was ich gesagt habe?«

Bonita warf ihr einen fragenden Blick zu.

»Ich habe gesagt, ich habe selbst Erfahrungen in der Branche gesammelt.«

»Welcher Branche?«

»Der Prostitutionsbranche.«

»Aber Doris!«

»Ja, das war ein Missverständnis«, fügte Doris schnell hinzu, »wirklich verrückt.«

Bonita lachte gezwungen. Doris warf einen Blick in Richtung Schlafzimmer, als hätte sie Angst, Elvy könne ihre

Unterhaltung hören. Dann meinte sie leise: »Ich dachte, wir beide könnten den Prostituierten helfen.«

»Wir?«

»Ich weiß noch nicht genau, wie, habe aber bereits gewisse Überlegungen angestellt. Sie müssen raus aus der Großstadt, und wir haben Platz.«

»Sollen sie etwa bei uns hier in Ystad wohnen?«

»Könnten wir uns nicht abends einmal zusammensetzen und alles in Ruhe durchsprechen? Und uns überlegen, wie sich das machen ließe?«

Bonita antwortete nicht. Schweigend und mit einer Sorgenfalte auf der Stirn saß sie da.

»Aber das kostet doch alles Geld, Doris, das Essen und, und, und ... Ich lebe wirklich nicht im Überfluss.«

»Es sollen keine Kosten entstehen. Vielleicht können wir uns auf lange Sicht sogar dafür bezahlen lassen.«

Da Bonita nichts erwiderte, fuhr Doris fort: »Du könntest Küchenchefin werden. So was kannst du doch.« Sie lachte.

»Ich verstehe immer noch nicht, worauf das Ganze hinauslaufen soll.«

»Bengt Jarl und Kent Ohlin werden das Ganze finanzieren. Jedenfalls zu Anfang.«

»Hast du mit ihnen geredet?«

»Die dürfen nichts davon erfahren.« Doris sprach immer schneller. »Irgendwie sollen die beiden die Gewerbetreibenden, die sie so schamlos ausnutzen, doch entschädigen.« Sie erhob sich. »Lass dir das Ganze doch noch einmal durch den Kopf gehen, Bonita. Es lohnt sich.«

Nachdem Doris gegangen war, blieb Bonita lange in der Küche stehen. Was war eigentlich in ihre Freundin gefahren? Sie war doch sonst immer so vernünftig gewesen?

Bonita versuchte, das Ganze noch einmal Revue passieren zu lassen. Natürlich hatten sie Platz für ein paar Frauen, das war nicht das Problem, aber wozu? Sie wollte sich jedenfalls nicht an einer Art Hotel für Prostituierte beteiligen. Küchenchefin! Sie lächelte. Klar wäre es nett, nicht nur für ihre Mutter und sich selbst zu kochen. Am meisten beunruhigten sie jedoch Kent Ohlin und Bengt Jarl. Hoffentlich hatte Doris dieser Frau in Malmö nichts von ihnen erzählt.

Auch am folgenden Tag musste Bonita immer wieder an Doris' Worte denken. Die Idee reizte sie, das konnte sie nicht leugnen. Sie hatte es oft schade gefunden, dass der größte Teil der riesigen Villa Bonita leer stand. Manchmal war es ihr wie die reinste Verschwendung vorgekommen. Mal ganz abgesehen davon, dass es zu zweit auch recht einsam in dem großen Haus war. Es wäre schon nett, irgendeine Art von Unternehmen in diesem Haus zu betreiben, dachte Bonita. Im Sommer wurden jede Menge Zimmer in Ystad an Touristen vermietet. Sie hatte manchmal über ein Bed and Breakfast nachgedacht, aber es war immer bei dem Gedanken geblieben. Etwas Leben im Haus wäre sicher stimulierend. Aber mit Bengt Jarl und Kent Ohlin wollte sie nichts zu tun haben. Gerade als sie ihre Mutter ins Bett brachte, klingelte das Telefon.

»Ja, natürlich. Ich muss meine Mutter nur erst ins Bett bringen und ihr ihre Tabletten geben.«

Eine halbe Stunde später saß sie bei Doris in der Küche.

»Im Gespräch mit Margit Kjellander wirkte alles so kompliziert. Aber wir könnten ja klein anfangen, sozusagen probeweise, ehe wir die Sozialbehörde mit ins Boot nehmen.«

»Wie meinst du das?« Bonita griff nach einer Zimtschnecke.

Doris zeigte ihr die Broschüre vom Frauenhaus.

»Wir könnten zusammen nach Malmö fahren und uns mit einigen der Frauen im Frauenhaus treffen. Ich habe gehört, dass es oft überbelegt ist. Wir könnten ihnen anbieten, einige der Frauen bei uns aufzunehmen, zumindest über ein Wochenende oder vielleicht auch für eine Woche.«

Bonita wirkte nicht überzeugt.

»Was hast du eigentlich gemeint, als du Bengt Jarl und Kent Ohlin erwähnt hast?«

»Nichts direkt Ungesetzliches, jedenfalls harmlos im Vergleich zu ihren Geschäften. Die letzten Rechnungen, die ich verschickt habe, habe ich um eine Bearbeitungsgebühr von zweihundert Kronen erhöht, die direkt auf mein Konto zu zahlen ist. Meine Arbeitgeber haben keinen Überblick über die Finanzen. Sie werden nichts merken.«

»Aber Doris! Das kannst du nicht machen! Das ist doch nicht erlaubt.« Bonita wirkte enttäuscht.

»Wieso denn? Ich stelle die Rechnungen und finde, dass ich dafür eine Gebühr veranschlagen kann. Das steht auch klipp und klar auf der Rechnung. Keine Heimlichtuerei.«

»Und wenn sich die Kunden bei deinen Arbeitgebern beschweren, dann kommt doch alles heraus?«

»Das habe ich mir auch schon überlegt, Bonita. Aber das ist es wert. Schlimmstenfalls verliere ich meinen Job. Ich habe das Gefühl, dass dies der Anfang von etwas Neuem für uns sein könnte. Vielleicht könnten wir zusammen etwas aufbauen, was sich auf längere Sicht lohnt. Stell dir vor, wie nett das wäre. Wir zwei.« Sie sah Bonita bittend an. Dieser war nicht wohl in ihrer Haut. Ein gewisser Eifer leuchtete aber auch in ihren Augen.

»Wenn wir so anfangen würden, wie ich es vorgeschlagen habe, also als Freundschaftsdienst oder wie immer man das nennen will, dann müsste ich das Geld für die Bearbeitungsgebühr gar nicht erst anrühren. Das könnte auf meinem Konto liegen bleiben. Sollte es Ärger geben, dann bekommen sie die Summe eben wieder zurück.«

Letzteres leuchtete Bonita ein. Ihre Stimme klang plötzlich richtig eifrig. »In der Versuchsphase tragen wir also die Kosten für Essen und Unterbringung?«

»Klar. Willst du ein Glas Sherry? Ich glaube, den brauchen wir, um heute Abend schlafen zu können.«

»Danke. Das ist wirklich lange her.«

Sie nippten erst nur vorsichtig, dann leerten sie die Gläser in einem Zug und lächelten sich an.

»Kålsal, Orisdal.«

»Kålsal, Onitabal.«

Ein kühler Novemberwind wehte vom Meer herüber, als Bonita nach Hause ging. Ihre Mutter schlief ruhig. Bonitas Wangen waren von dem Sherry erhitzt, und sie war guter Dinge.

Sie begab sich ins Obergeschoss. Im Schlafzimmer ihrer Eltern konnten zwei Frauen schlafen, und in ihrem alten Mädchenzimmer gab es ein weiteres Bett. An Kleiderschränken herrschte ebenfalls kein Mangel, und es gab ein schönes, gefliestes Badezimmer und eine Toilette. Rein praktisch war es kein Problem, ein paar Frauen aufzunehmen.

In der Bibliothek standen unzählige Bücher. Einen Billardtisch und Gesellschaftsspiele gab es dort auch – der ideale Aufenthaltsraum. Bonita empfand fast etwas Stolz, als sie wieder nach unten ging. Die Küche war ebenfalls geräumig, aber wenn fünf Gäste, Doris, ihre Mutter und sie selbst gleichzeitig essen wollten, dann brauchte sie einen größeren Küchentisch. Sie dachte an den großen Tisch im Esszimmer, der sich ausziehen ließ. Der wäre geeignet. Noch wagte sie nicht, daran zu glauben, dass sich der Plan wirklich in die Tat umsetzen ließ, aber sie hoffte es.

Am nächsten Tag hörte sie nichts von Doris. Durchs Küchenfenster sah Bonita, dass ihre Nachbarin um die Mittagszeit

Richtung Stadt ging. Sie machte sich Sorgen, dass Doris schon wieder nach Malmö fahren könnte, denn sie fand, dass sie noch einiges zu besprechen hatten, ehe sie zum Frauenhaus fahren sollten, um ihren Plan vorzustellen.

Die Sachbearbeiterin der Gemeindeverwaltung rief am Nachmittag an, um ihr zu berichten, dass es am kommenden Wochenende wieder einen Platz für ihre Mutter im Altersheim gebe. Zuerst wollte Bonita ablehnen, weil sie es nicht richtig fand, ihre Mutter wegzugeben, wenn sie selbst zu Hause war, aber dann überlegte sie es sich anders und willigte ein, weil sie Angst hatte, dass man ihr sonst nie wieder ein solches Angebot unterbreiten würde.

»Am Freitag darfst du wieder ins Heim, Mutter. Das wird doch sicher nett?«

»Ich will am Wochenende nirgendwohin, Bonita. Das Wochenende soll die Familie zusammen verbringen. Das hat Assar auch immer gesagt, als er noch lebte.«

»Vielleicht singt ja wieder der Seniorenchor.«

»Die können doch wohl ohne mich singen. Ich singe nicht mehr so gut.«

»Du kannst dir all die schönen Lieder anhören, Mutter.«

Sie bereute es, ihrer Mutter etwas von ihren Plänen gesagt zu haben. Am Nachmittag hatte sie den Eindruck, ihre Mutter habe die Unterhaltung vergessen. Sie wirkte fröhlich und zufrieden. Abends duschte Bonita sie auf ihrem neuen Duschstuhl.

»Ich sag's ja, ich sag's ja, Bonita! Was die sich alles einfallen lassen. Im Sitzen duschen und sich trotzdem den Hintern waschen können.«

Bonita war so gerührt, dass ihr die Tränen in die Augen traten. Sie fuchtelte scherzend mit der Brause, dass das Wasser über Elvys magere Glieder bis zum Kinn hinauf spritzte.

»Bonita, was bist du frech!« Ihre Mutter lachte.

Es fiel ihr schwer, ihre Mutter abzutrocknen, ihr aufzuhelfen und ihr die Windel zu wechseln. Als sie sie hingelegt, ihr ihre Tabletten gegeben und sie gut zugedeckt hatte, strich sie ihr über die Wange. Auf dem Weg in die Küche hörte sie die klägliche Stimme ihrer Mutter: »Ihr bringt mich doch nicht in dieses Heim, wenn ich schlafe, Bonita?«

»Glotz mich nicht so an!«, schrie Bonita, als sie wieder in der Küche war und Schmutzfinks Käfig mit einem Tuch zudeckte. Sie erledigte laut klappernd den Abwasch und knallte die Schranktüren zu. Als die Uhr im Wohnzimmer zwölf schlug, saß sie noch immer am Küchentisch. Ihre eigene Ungeduld beunruhigte sie. Allerdings war es lange her, seit sie so vollkommen die Fassung verloren hatte.

Am Tag darauf meinte Bonita zu Doris, dass sie sich hinsichtlich ihrer gemeinsamen Pläne nicht sicher sei.

»Das Ganze wird schwierig, solange Mutter bei mir lebt.«

»Du kannst dein eigenes Leben aber nicht aufschieben, Bonita.« Doris sah sie vorwurfsvoll an, und Bonita senkte den Blick.

»Meine Mutter darf übers Wochenende wieder ins Heim«, sagte sie rasch.

»Dann können wir ja die Gelegenheit nutzen, um uns das Frauenhaus anzusehen und uns mit den Leuten dort zu unterhalten. Nur unterhalten, Bonita. Wir nehmen niemanden im Zug mit nach Hause«, scherzte sie.

Bonita war erleichtert, als sich ihre Mutter ohne Widerstand ins Heim bringen ließ. Sie freute sich geradezu über den Ausflug und lächelte eine der Pflegerinnen sogar an, als würde sie sie wiedererkennen.

Doris kannte sich in Malmö gut aus und wusste, welchen Bus sie vom Bahnhof aus nehmen mussten. Sie hatte sich beim Frauenhaus telefonisch angemeldet und erzählt, dass sie ihre Hilfe anbieten wollten.

»Wir brauchen ehrenamtliche Leute, besonders am Wochenende, wenn das Personal knapp ist«, war ihr geantwortet worden.

Doris hatte erklärt, dass ihre Vorstellungen in eine etwas andere Richtung gingen, dass sie aber gerne darüber sprechen würde.

Das Frauenhaus (genau genommen handelte es sich dabei nur um eine Wohnung) lag am Stadtrand von Malmö in einem ganz gewöhnlichen Wohnviertel. Eine Frau hieß sie willkommen und führte sie in ein Besprechungszimmer. Dort saßen bereits zwei Frauen, die sie begrüßten. Sie stellten Doris und Bonita je eine große getöpferte Tasse hin und gossen Kaffee ein.

»So sieht es hier also aus«, meinte die eine Frau gut gelaunt, um das Gespräch in Gang zu bringen. Alle drei Frauen waren Anfang vierzig. Sie erzählten kurz vom Frauenhaus. In der Wohnung konnten vier Frauen aufgenommen werden, es handelte sich um sogenannte Akutplätze mit Betreuung rund um die Uhr. Anschließend wurden die Frauen in anderen Wohnungen in der Stadt untergebracht, wo sie Schutz vor ihren Männern fanden. Natürlich gab es für alle Wohnungen einen Bereitschaftsdienst. Die Mietkosten wurden von der Stadt getragen, die auch Therapeuten und Psychologen stellte. Die Frauen in der Hauptwohnung arbeiteten jedoch ehrenamtlich. Sie kümmerten sich um die Untergebrachten und versuchten, deren Selbstbewusstsein zu stärken.

»Viele von uns waren selbst einmal Opfer von Gewalt«, meinte die blonde Frau.

»Wir waren selbst nie betroffen«, meinte Doris, »sind aber zufällig mit der Prostitution in Berührung gekommen.«

Die Frauen wirkten interessiert, waren aber dann etwas enttäuscht, als keine Fortsetzung oder weitere Erklärung kam.

»Deswegen würden wir gerne Frauen helfen, die sich prostituieren.«

»Die kommen natürlich auch hierher«, meinte die Frau, die ihnen die Tür geöffnet hatte, eine dunkelhaarige, rundliche kleine Frau mit den munteren Augen eines Eichhörnchens. »Sie werden auch oft misshandelt.«

»Wir haben aus dem Fernsehen erfahren, dass die Mittel häufig nicht ausreichen und dass es für die Frauen gut wäre, aus der Stadt rauszukommen. Wir beide verfügen über große Häuser in Ystad und die Möglichkeit, uns zeitweise um ein paar Frauen zu kümmern. Kostenlos natürlich«, sagte Bonita, die das Gefühl hatte, sich bislang zu wenig an der Unterhaltung beteiligt zu haben und daher etwas sagen zu müssen.

Die Frauen sahen sich zweifelnd an.

»Das klingt zweifellos interessant, aber …«

»Bei uns gibt es jeglichen Komfort, schöne Zimmer, große Gärten. Bonita hat Erfahrung als Hauswirtschafterin, da gibt es also keine Probleme.« Doris kam sich vor, als müsste sie etwas verkaufen und Werbung für eine Ware machen.

Die kleine dunkelhaarige Frau, die am meisten zu sagen zu haben schien, erwiderte: »Können Sie irgendwelche Referenzen vorweisen? Nicht dass wir Ihre guten Absichten in Zweifel ziehen würden, aber wir müssen trotzdem …«

»Ich betreue meine alte Mutter«, warf Bonita ein. »Es ist jedoch lange her, dass ich eine feste Arbeit hatte. Ich war Haushälterin beim Regiment in Ystad, aber das gibt es schon lange nicht mehr.« Doris belustigte der Gedanke, Bengt Jarl und Kent Ohlin als Gewährsleute anzugeben. Aber Zuhälter waren in diesem Kontext wohl eher ungeeignet.

»Ich war in einer Buchhaltungsfirma hier in Malmö tätig, aber es war ein recht anonymer Betrieb, ich glaube also kaum, dass sie eine persönlichere Beurteilung ausstellen würden, außer dass ich gute Arbeit geleistet habe.«

»Wir müssen das in der Gruppe besprechen und natürlich auch mit dem Sozialamt. Vielleicht wird auch ein Hausbesuch nötig sein.«

»Sie sind sehr willkommen«, erwiderte Doris.

Nachdem Doris und Bonita gegangen waren, setzten die Frauen die Diskussion fort. Sie schenkten sich Kaffee nach.

»Sie wirkten beide recht bieder. Fast zu bieder.«

»Also meiner Meinung nach klingt das gar nicht schlecht«, meinte eine rothaarige, sommersprossige Frau, die fast die ganze Zeit geschwiegen hatte. »Mal etwas Neues, und außerdem für uns mit keinerlei Kosten verbunden, wenn ich sie recht verstanden habe.«

»Wir könnten das ja mal als Projekt laufen lassen und es dann auswerten.«

Es klopfte, und eine Frau mit einem blauen Auge schaute ins Zimmer.

»Störe ich?«

»Überhaupt nicht, Veronika, wir sind gerade fertig.«

»Offenbar ist es gar nicht so einfach, Hilfe anzubieten«, meinte Doris, als sie etwas später im Café eines der großen Warenhäuser saßen.

»Aber eigentlich ist es ja gut, dass sie erst mal vorsichtig sind.«

»Natürlich, Bonita, keine Frage.«

Nach dem Kaffeetrinken gingen sie im Warenhaus herum, und Bonita kaufte eine Bluse, und Doris probierte ein Paar Winterstiefel an, fand aber den Zeitpunkt etwas ungünstig.

»Nach Weihnachten ist Winterschlussverkauf. Ich warte noch so lange.«

Sie ließen sich in der Stadt Zeit, aßen zu Mittag und schlenderten herum. Bonita fand, dass sich ihr Gang verändert hatte. Sie ging nicht mehr so schleppend wie früher. Natürlich bewegte sie sich nicht so leichtfüßig wie Doris, aber wenn sie in den Schaufenstern ihr Spiegelbild betrachtete, meinte sie doch eine Veränderung festzustellen. Zu Hause trug sie immer Pantoffeln, und zum Einkaufen hatte sie ihre stabilen Schuhe angezogen. In letzter Zeit jedoch trug sie ihre Pumps, wenn sie das Haus verließ, und das war irgendwie ein anderes Gefühl.

Eigentlich hatte sich viel verändert. Ihr fiel auf, wie sich ihr Wortschatz wieder vergrößerte. Für die banalen Unterhaltungen mit ihrer Mutter hatte sie eine einfache Sprache verwendet. Jetzt hatte sie die Gelegenheit, auf einem ganz anderen Niveau zu kommunizieren, und das erfüllte sie mit großer Zufriedenheit.

In Malmö wurden die Einkaufsstraßen gerade weihnachtlich geschmückt. Doris und Bonita unterhielten sich nicht weiter über ihren Besuch im Frauenhaus, aber es war spürbar, dass sie beide daran dachten.

Sobald Doris zu Hause war, machte sie den Computer an. Ihr war eingefallen, dass sie schon seit einigen Tagen ihre E-Mails nicht mehr gelesen hatte. Zwei Nachrichten von Bengt Jarl und Kent Ohlin befanden sich in ihrer E-Mailbox, und sie öffnete sie sofort.

»Bezahlen Sie bitte sofort alle Mieten, mit denen wir im Rückstand sind. Bengt Jarl und Kent Ohlin.«

In der anderen stand: »Da die Konkurrenz auf dem Wohnungsmarkt sehr groß ist, hoffen wir, dass Sie die Geschäfte der Firma mit größter Diskretion abwickeln. Das ist auch Teil des Arbeitsvertrags. Kent Ohlin und Bengt Jarl.«

Doris verzog den Mund. Was für ein Arbeitsvertrag? Sie ärgerte sich über die E-Mails und beantwortete sie dann noch am selben Abend.

»Aus unerfindlichen Gründen ist mir kein Arbeitsvertrag zugegangen. Ich wäre Ihnen sehr dankbar, wenn Sie mir noch einmal einen mit der Post schicken könnten. Mit freundlichen Grüßen, Doris Strand.«

Sie legte sich aufs Sofa. Ihre Füße schmerzten vom vielen Herumlaufen, und ihr Kopf dröhnte von den vielen Gedanken, die sie heimsuchten. Sie wollte ihren Arbeitgebern eins auswischen, benötigte aber jetzt noch deren Geld für ihre eigenen Pläne. Trotz ihres schlechten Gewissens wollte sie alles noch eine Weile wie gehabt weiterlaufen lassen. Sie hatte sich jedoch vorgenommen, die beiden Männer ein wenig unter Druck zu setzen und zu verunsichern. Sie wusste, dass es ihr bereits geglückt war, ihnen einen Schrecken einzujagen.

14. Kapitel

Bengt und Kent versuchten sich einen neuen Anzeigentext auszudenken. Sie hatten beschlossen, den Wortlaut der Annoncen und auch ihre E-Mail-Adresse zu ändern. Sie wussten eigentlich selbst nicht so recht, weshalb, aber sie vermuteten, dass ihnen jemand auf der Spur war, den sie dadurch womöglich verwirren könnten.

»Alles nur wegen dieses Weibsbildes.« Bengt knüllte das Papier zusammen und warf es in den übervollen Papierkorb.

»Ich bin mir nicht so sicher, ob es sich bei diesen beiden Frauen wirklich um Doris Strand und eine Begleiterin gehandelt hat. Das Ganze hat zwar etwas seltsam gewirkt, da bin ich ganz deiner Meinung, aber es gibt sicher eine ganz natürliche Erklärung. Alle Wohnungen sind vermietet, und das Geld fließt aufs Konto, ich habe es kontrolliert. Sie macht also ihre Arbeit.« Kent atmete tief durch. Schon lange hatte er nicht mehr so viel auf einmal gesagt.

Als sich die beiden erhoben, um in die Küche zu gehen, sahen sie, dass eine E-Mail von Doris Strand eingetroffen war.

»Aus unerfindlichen Gründen ist mir kein Arbeitsvertrag zugegangen. Ich wäre Ihnen sehr dankbar, wenn Sie mir noch einmal einen mit der Post schicken könnten. Mit freundlichen Grüßen, Doris Strand«

»Das war deine Idee, Kent!«, rief Bengt wütend. »Dann setz mal einen Arbeitsvertrag für sie auf. Haben wir ihre neue Adresse in Ystad noch?«

Kent antwortete nicht, sondern deutete auf einen Notizblock, auf dem die Angaben standen.

»In so einem Arbeitsvertrag muss ganz schön viel drinstehen, das weiß ich von früher, als ich selbst noch gearbeitet habe.« Bengt schien es zu genießen, seinem Kompagnon Angst zu machen.

Während er eine Patience am Computer legte, ging Kent in die Küche. Dort trocknete er sich die Hände an der Hose ab. Ihn erfüllte dasselbe Unbehagen wie früher in der Schule, als er den Aufgaben nicht gewachsen gewesen war. Seine Handflächen waren schweißnass, sein Herz raste, und ihm kamen fast die Tränen. Nur auf einem Barhocker sitzend empfand er ein gewisses Selbstbewusstsein, in allen anderen Situationen fühlte er sich wie der kleine, ängstliche Kent seiner Kindheit.

»Los, Kent, zeig uns deinen Minipimmel! Runter mit der Hose.« Einmal hatten seine Mitschüler ein kleines Päckchen in seinen Ranzen gelegt. Ein Kondom mit dem Kommentar: »Eine Regenjacke für deinen Minipimmel, damit er nicht nass wird.« Der Spott seiner Mitschüler hatte ihn gezeichnet.

Kent war so in Gedanken versunken, dass er gar nicht merkte, wie Bengt in die Küche kam.

»Wir machen das zusammen, Kent«, meinte Bengt gelassen. »So ein blödes Papier werden wir doch wohl noch zusammengeschustert bekommen.«

Kent lachte gezwungen und trocknete sich seine Hände nochmals an der Hose ab.

»Aber klar doch«, erwiderte er, jedoch mit wenig Überzeugung in der Stimme.

Beide zuckten zusammen, als ein Stapel Werbung durch den Briefkastenschlitz geschoben wurde.

»Wir kontrollieren nur, ob unsere Boten auch ihre Arbeit erledigen«, scherzte Bengt.

»Wahrscheinlich war das wirklich so, Bengt. Mit uns geht einfach nur die Phantasie durch.«

»Auch egal.« Bengt nahm zwei Flaschen Bier aus dem Kühlschrank und hielt Kent eine hin. »Jetzt schreiben wir den Arbeitsvertrag … Vielleicht sollten wir ja gleich ein Schreibbüro aufmachen?« Er grinste.

Kent schaute verunsichert zu Boden. Scherzte Bengt, oder wollte er ihn verspotten?

Nach einer Stunde lag immer mehr Papier auf dem Schreibtisch – und im Papierkorb. Sie saßen vornübergebeugt da, und der Zigarettenqualm hing wie dichter Londoner Nebel in der Wohnung. Es fielen jedoch keine bösen Worte, es wurde fast überhaupt nichts gesagt.

»Das ist ja richtig gut, Bengt, richtig gut …«, meinte Kent schließlich.

Bengt und Kent lasen sich das Papier abschließend noch einmal durch und waren sichtlich zufrieden damit. Als sie es in einen Umschlag gesteckt hatten, waren sie so erleichtert, als wären sie aus einer Folterkammer befreit worden und befänden sich nun im Himmelreich.

Am Samstag saß Bonita lange am Frühstückstisch und las die Zeitung. Es war ein ungewohntes Gefühl, ihrer Mutter nicht helfen zu müssen. Zwei Tage ganz für sich allein. Sie genoss diesen Gedanken. Schon frühmorgens hatte sie im Altersheim angerufen. Ihre Mutter sei munter und fröhlich, hatten die Pflegerinnen gesagt.

Nachdem Bonita gespült und aufgeräumt hatte, ging sie ins Schlafzimmer ihrer Eltern. Sie wechselte die Bettwäsche und legte auf die Betten je ein Badetuch und ein normales Handtuch – fast wie in einem Hotel. In ihrem alten Mädchenzimmer machte sie es genauso. Dann putzte sie das Badezimmer gründlich und legte zwei neue Seifen aufs Waschbecken. Sie entfernte die Tücher vom Billardtisch und vom Kronleuchter, wischte Staub, lüftete und saugte.

Nachdem sie all dies erledigt hatte, fühlte sie sich hochzufrieden. Sie setzte sich auf einen der bequemen Sessel in der Bibliothek und fragte sich, warum sie eigentlich nicht öfter hier saß. Vielleicht, weil sie immer die Treppe hätte hinunterlaufen müssen, sobald ihre Mutter nach ihr rief. Jetzt genoss sie es, einfach sitzen zu bleiben. Sie zog den Fußschemel heran und legte ihre Füße hoch.

Am Vorabend hatte sie ein Fußbad genommen und war der Hornhaut an ihren Füßen zu Leibe gerückt. Danach hatte sie das Gefühl gehabt, sich gehäutet, sich erneuert zu haben. Dann hatte sie ihre Fußnägel mit dem neuen, farblosen Nagellack lackiert und ganz am Schluss ihre Füße eingecremt. Das Ergebnis hatte sie sehr befriedigt.

Nach einer Weile ging sie wieder hinunter, drehte sich aber noch einmal um, schaute zum vorbereiteten Obergeschoss hinauf und dachte sich, dass die Gäste jetzt ruhig kommen könnten. Falls sich die Pläne mit Doris nicht verwirklichen ließen, würde sie die Zimmer im Sommer einfach vermieten. Der Gedanke erfüllte sie mit froher Erwartung.

Weihnachten feierten Elvy und Bonita zusammen mit Doris. Sie hatten beide zum Weihnachtsbüfett beigetragen, und es gab all die traditionellen Gerichte. Vorher hatten sie vereinbart, auf Geschenke zu verzichten. Sie sangen ein paar Weihnachtslieder, und Bonitas Mutter applaudierte und lachte. Nach den vielen Malen, die sie allein mit ihrer Mutter Weihnachten gefeiert hatte, kam Bonita dieses Fest ungewöhnlich gesellig vor.

Zwischen Weihnachten und Neujahr rief eine der Frauen vom Frauenhaus an und kündigte einen Besuch zusammen mit einer Dame vom Sozialamt an. Doris hatte Angst, dass es sich dabei um Margit Kjellander handeln könnte, die es vielleicht seltsam gefunden hätte, dass sich Doris bereits anderweitig orientierte, obwohl sie noch keine direkte Absage erhalten hatte.

Bereits in der nächsten Woche kamen die beiden Frauen in die Villa Bonita und waren von dem großen Haus und dem schönen Garten, der sich zu dieser Jahreszeit allerdings nicht von seiner besten Seite zeigte, sehr beeindruckt. Sie erklärten, dass sie das Projekt versuchsweise unterstützen würden, um anschließend die Ergebnisse auszuwerten. Das Frauenhaus in Malmö würde ihnen jederzeit mit Rat und Tat beistehen, falls etwas nicht klappen sollte. Ehe sich die Frauen verabschiedeten, gingen sie bei Doris vorbei, und auch dort hatten sie nichts zu beanstanden.

Doris und Bonita sahen voller Erwartung dem 14. Januar entgegen, an dem drei Frauen eintreffen würden, um eine Woche lang bei ihnen zu wohnen. Sie beschlossen, alle drei in der Villa Bonita unterzubringen, da es vielleicht nicht so gut wäre, sie zu trennen. Und Doris versprach ihrer Freundin, sie tatkräftig zu unterstützen.

Der Schnee kam erst nach Weihnachten. Anfänglich fielen große, schwere Flocken, aber mit stärkerem Wind wirbelte der Schnee auf und bildete hohe Schneewehen. Der Winter in dieser Gegend war immer unberechenbar. Nur wer dort wohnte, konnte seine Macht begreifen – wenn auf den Straßen kein Durchkommen mehr war und im Radio ständig davor gewarnt wurde, das Haus zu verlassen, und wenn man im Schneesturm nur noch mit Mühe seinen eigenen Briefkasten fand.

Auf der Schwelle der Villa Bonita standen jetzt statt der Holzpantinen ein paar Lederstiefel mit hohem Schaft, die Bonita schon ewig lange besaß. Sie fettete sie nach jedem Winter ein, und inzwischen waren sie so alt, dass sie schon wieder modern waren. Bonita und Doris hatten so viel zu besprechen, dass zwischen den beiden Häusern ein Pfad in den Schnee getreten war. »Ihr könnt bei der Stadtverwaltung anfangen, dort brauchen sie noch Schneepflüge«, hatte Bonitas Vater früher einmal im Scherz gesagt.

In den nächsten Tagen hörte Bonita ständig den Schneepflug vorm Haus, und sie und Doris mussten andauernd die Schneewälle wegschaufeln, die vor ihren Gartentoren aufgetürmt wurden.

Bonita mochte den Schnee, ihr gefielen auch die Schneewehen, die manchmal bis an die Fenster reichten.

»Ist das Donner, Bonita?«

»Nein, Mutter, das ist nur der Schneepflug.«

Der Lärm des großen Schneepflugs hallte donnernd im Haus wider. Das gelb blinkende Warnlicht auf dem Schneepflug reflektierte im Glas der Bilder an den Wänden. Jedes Mal wenn er vorbeifuhr, blitzte es auf.

»Ja, das habe ich mir doch gedacht, dass es mitten im Sommer kein Gewitter gibt«, sagte Elvy mit schwacher Stimme.

Bonita sah ihre Mutter an und seufzte.

»Was wünschst du dir zum Abendessen, Mutter?«

»Hühnchen, das hatten wir lange nicht mehr ... das wäre gut.«

»Wir haben heute schon warm gegessen, Mutter. Frikadellen und Preiselbeeren. Daran erinnerst du dich doch? Nein, wir essen jetzt nur noch eine Kleinigkeit. Vielleicht ein paar Pfannkuchen mit Preiselbeeren ... Das wäre doch lecker?«, fuhr sie fort, als sie keine Antwort erhielt.

»Dauernd Preiselbeeren, erst zu den Frikadellen, dann zu den Pfannkuchen. Ich will was Richtiges.«

Bonita ging in die Küche, kehrte dann aber ins Wohnzimmer zurück.

»Wir haben keine Eier mehr, Mutter. Ich gehe rasch und

kaufe welche.« Sie wartete die Antwort nicht ab. Als sie gerade das Haus verlassen wollte, hörte sie die Stimme ihrer Mutter:

»Keine Preiselbeeren, hörst du, Bonita, keine Preiselbeeren.«

Bonita steckte ihren Geldbeutel und ein kleines Einkaufsnetz in die Manteltasche und machte sich auf den Weg.

Genüsslich atmete sie tief durch. Der Schnee und die weihnachtlichen Kerzenleuchter in den Fenstern gefielen ihr. Sie beschloss, in der Saluhallen einkaufen zu gehen, da die Schlangen dort nicht so lang waren wie bei Willys. In der Tat war nicht viel los. Mit Mühe kam sie an zwei älteren Damen vorbei, die sich ohne Rücksicht auf die anderen Kunden im Mittelgang aufgebaut hatten. Bonita war verärgert. Sie machten keinerlei Anstalten, sie durchzulassen, und standen da, als hätten sie diesen Teil des Ladens für sich gepachtet.

Bonita hörte die beiden Damen laut über andere Leute lästern. Sie konnte sich ein Lachen nicht verkneifen, war aber peinlich berührt, als sie merkte, wie laut sie gelacht hatte. Die Damen sahen sie erstaunt an und zogen ihre Einkaufswagen an sich heran.

Bonita lächelte, während sie sich einen Weg zu den Eiern bahnte. Dann strebte sie rasch der Kasse zu, um zu bezahlen. Die zwei Damen standen immer noch im Mittelgang. Als sie Bonita kommen sahen, zogen sie ihre Einkaufswagen wieder an sich und musterten sie verdrossen.

Ihre Mutter schlief, als Bonita nach Hause kam. Sie stellte die Eier in den Kühlschrank und schaute aus dem Küchenfenster. Bei Doris brannte kein Licht, aber allein das Bewusstsein, dass sie dort war, erfüllte Bonita mit Dankbarkeit und Freude.

Bald ist wieder was los hier im Haus, dachte sie. Egal was

aus der Sache mit den Frauen werden würde, sie hatte beschlossen, das Obergeschoss zu vermieten. Sie konnte es kaum erwarten.

In den folgenden Tagen war Elvy ungewöhnlich unruhig. Sie rief ständig nach ihr, stieß ihr Wasserglas um und wirkte verwirrter denn je. Eigentlich hatten Doris und Bonita vereinbart, zusammen Silvester zu feiern, doch in dieser Situation zog Bonita es vor, den Abend allein mit ihrer Mutter zu verbringen. Als es in der Silvesternacht zwölf schlug, schliefen Elvy und Bonita bereits. Sie hatte vergessen, das Tuch über den Käfig von Schmutzfink zu legen, und sein Gekreisch übertönte fast den Lärm der Raketen und Feuerwerkskörper.

Als die erste Woche des neuen Jahres zu Ende ging, kam Doris lächelnd in die Villa Bonita.

»Das erste Geld ist auf meinem Konto eingegangen.«

Bonita hatte einige anstrengende Tage hinter sich und konnte sich über die Neuigkeit nicht so recht freuen. Sie fand es nicht richtig, dass Doris diese zusätzliche Gebühr einstrich, wenn die Kunden ihre Miete bezahlten. Sie hatte zwar versprochen, das Geld vorläufig nicht anzurühren, aber Bonita fand es trotzdem nicht richtig, wie unseriös ihre Arbeitgeber auch immer sein mochten.

Dann brach endlich der Tag an, an dem die Frauen eintreffen sollten. Alles war bis ins kleinste Detail organisiert. Bonita und Doris hatten gemeinsam eingekauft. Sie hatten sich darauf geeinigt, die Kosten zu teilen. Bonita hatte es Spaß gemacht, den Einkaufswagen vollzuladen. Sie erwarteten die Frauen zum Nachmittagskaffee, aber bereits mittags traf Doris in der Villa Bonita ein, um sich an den Vorbereitungen zu beteiligen. Auch Elvy schien zu merken, dass etwas in der Luft lag.

»Meine Güte, was für ein Gerenne, ich hatte heute noch keine ruhige Minute.«

»Heute kommen drei Frauen, die eine Woche lang bei uns wohnen werden, Mutter.«

»Wohnen? Hier in unserem Haus? Sind wir mit ihnen verwandt?«

»Nein, Mutter.« Bonita lachte. »Sie brauchen nur mal einen Tapetenwechsel.« Elvy sah erstaunt und misstrauisch aus. Sogar Doris wirkte etwas angespannt. Ihre Augen irrten im Zimmer umher, und sie sprach unablässig – wie immer, wenn sie nervös war.

»Wir dürfen sie nicht ausfragen und nicht neugierig wirken, Bonita. Wir benehmen uns so, als wären wir Freundinnen von ihnen.«

Punkt drei kam das Auto mit den drei Frauen, die von zwei Angestellten des Frauenhauses begleitet wurden, und zwar Berit, der dunkelhaarigen, rundlichen, die sie bei ihrem ersten Besuch im Frauenhaus in Malmö kennengelernt hatten, und Birgitta, ebenfalls eine Frau mittleren Alters. Berit stellte die drei Frauen lächelnd vor.

»Das sind Ulla, Majsan und Paula.« Alle gaben sich die Hand.

Majsan sah recht durchschnittlich aus. Sie hatte hellbraunes Haar, war ungeschminkt und trug lange Hosen und einen gestreiften Pullover. Ulla war klein, und ihr Haar sah vom vielen Blondieren richtiggehend ausgelaugt aus. Sie hatte Tätowierungen am Hals sowie auf Armen und Händen, trug einen schwarzen Pullover mit tiefem Ausschnitt und enge schwarze Jeans. Finger und Handgelenke waren mit allerlei Schmuck versehen. Sie hatte einen freundlichen Gesichtsausdruck. Paula jedoch wirkte mürrisch und ungenießbar. Sie war stämmig, hatte Strähnchen in ihren schwarzen Haaren und trug ein Jeanskleid. Majsan war etwa fünfzig, Ulla und Paula ungefähr zehn Jahre jünger.

»Sie haben sicher noch Gelegenheit, sich am Wochenende näher kennenzulernen«, meinte Berit. Zwei Frauen hatten alte Reisetaschen dabei, die dritte bewahrte ihre Habseligkeiten in einer Plastiktüte auf.

»Kommen Sie, ich zeige Ihnen Ihre Zimmer.« Bonita deutete auf die Treppe ins Obergeschoss. Die Frauen gingen zögernd die Treppe hinauf, und Bonita folgte ihnen. »Es gibt ein Zimmer mit zwei Betten und ein Einzelzimmer. Sie können es sich aussuchen.«

»Die jungen Leute können sich ja das Doppelzimmer teilen«, sagte Majsan rasch mit einem Seitenblick auf Ulla und Paula. »Ich bin schon so alt, dass ich nachts dauernd raus muss. Dann muss ich niemanden stören.«

Bonita kannte das. In den letzten Jahren hatte sie nachts auch immer aufstehen müssen, manchmal sogar mehrmals. Sie hatte einen Arzt aufgesucht, der gemeint hatte, das sei ganz normal und sie brauche sich keine Sorgen zu machen. Das habe mit dem Alter zu tun.

Bonita fand Majsans Direktheit erfrischend und verspürte sofort ein gewisses Zusammengehörigkeitsgefühl. Sie zeigte den Frauen das Badezimmer und wo sie ihre Kleider aufhängen konnten. Dann führte sie die Bibliothek, die Spiele und den Billardtisch vor. Die Frauen folgten ihr schweigend.

»Fühlen Sie sich wie zu Hause. Schauen Sie sich in Ruhe um. Ich sage Bescheid, wenn der Kaffee fertig ist.« Als Bonita wieder in die Küche kam, hatte Doris schon mit dem Tischdecken begonnen. Berit und Birgitta saßen bereits am Tisch.

»Die Frauen stehen einem Aufenthalt hier positiv gegenüber«, sagte Berit, und ihre munteren Eichhörnchenaugen huschten durchs Zimmer.

»Vielleicht sind sie zunächst etwas reserviert«, fuhr Birgitta fort.

Berit legte eine Visitenkarte auf den Tisch. »Falls Sie noch Fragen haben oder es Probleme geben sollte, dann rufen Sie uns einfach an.«

»Und zwar jederzeit«, warf Birgitta ein. »Der Bereitschaftsdienst arbeitet rund um die Uhr.«

Gerade als der Kaffee fertig war, kamen die drei Frauen wieder nach unten.

»Setzen Sie sich, und fühlen Sie sich wie zu Hause«, sagte Doris und goss den Kaffee ein.

Die Unterhaltung war eher einsilbig.

»Kann man hier irgendwo rauchen?«, fragte Paula plötzlich.

»Du kannst raus auf die Treppe gehen«, meinte Berit mit Nachdruck.

»Wir lassen uns was einfallen«, meinte Bonita, die sich schämte, weil sie an diese Eventualität nicht gedacht hatte.

Paula stand auf und tastete in der Jackentasche nach ihrer Zigarettenschachtel. Bonita nahm eine kleine Keramikschale aus dem Küchenschrank und reichte sie ihr.

»Lebt Ihre Mutter im Heim?«, fragte Berit und sah sich um. Bonita hatte bei Berits letztem Besuch von ihrer Mutter erzählt.

»Nein, sie schläft um diese Tageszeit immer.«

Ulla und Majsan fingerten nervös an der Tischdecke herum. Sie hatten ihre Handys neben die Kaffeetassen gelegt. An Ullas Platz lag außerdem eine Schachtel mit Schnupftabak. Als Paula in einer Wolke Zigarettenrauch zurückkehrte, erhoben sich Berit und Birgitta.

»Wir müssen weiter. Danke für den Kaffee«, sagte Birgitta und schob ihren Stuhl an den Tisch.

Dann sagten sie etwas zu den Frauen, aber so leise, dass

Bonita und Doris nichts verstanden, und gingen dann zur Tür. Bonita und Doris begleiteten sie nach draußen.

»Bonita ... Bonita, hörst du nicht, dass ich dich rufe?«

Eine der Frauen am Tisch zuckte zusammen und schaute nervös in die Richtung von Elvys Zimmer.

»Ich komme, Mutter.« Rasch erzählte Bonita den Frauen von ihrer Mutter und öffnete dann die Tür. »Kommen Sie doch rein, und begrüßen Sie meine Mutter. Dann können Sie sich auch den Rest des Hauses ansehen. Das hier sind Ulla, Majsan und Paula. Sie werden diese Woche bei uns wohnen.«

Elvy hielt den Frauen ihre dünne, weiße Hand hin. »Haben Sie Ihre Kinder dabei?«, erkundigte sie sich interessiert.

Die Frauen sahen sich entsetzt an.

»Schon gut, Mutter.« Bonita deckte ihre Mutter zu. »Ich komme gleich mit dem Kaffee.«

Bonita zeigte den drei Frauen alles, und ihre Mutter folgte ihnen mit dem Blick.

»Oben steht auch ein Fernseher, aber sonderlich viele Programme gibt es nicht.« Die Frauen wirkten enttäuscht und ein bisschen unruhig, als wüssten sie nicht recht, was sie jetzt mit sich anfangen sollten.

»Wollen wir eine Partie Billard spielen, Mädels?«, fragte Majsan. Die drei verschwanden die Treppe hoch.

Doris deckte den Tisch ab, und Bonita brachte ihrer Mutter den Kaffee.

»Ist die eine nicht recht alt geworden, was findest du, Bonita?«

»Wir kennen sie doch gar nicht, Mutter. Wir sind ihnen noch nie zuvor begegnet.«

»So ein Unsinn. Die Alte, Dicke mit dem strähnigen Haar, die kenne ich von früher.« Bonita blickte erschrocken zur Küche hinüber, um sich zu vergewissern, dass die drei nicht wieder nach unten gekommen waren. Dann blieb sie eine Weile am Bett der Mutter sitzen, redete mit ihr und strich ihr übers Haar.

»Lass mal meine Haare in Ruhe, du ruinierst ja noch meine Frisur.« Bonita lachte.

»Du bist verrückt, Mutter.«

»Danke gleichfalls.« Elvy lächelte und schlug in gespielter Entrüstung mit der Hand auf den Tisch. »Geh schon, Mädchen. Ich will dich nicht aufhalten.«

Bonita und Doris begannen das warme Abendessen vorzubereiten. Sie hatten einen Braten und Tiefkühlgemüse gekauft. Bonita fühlte sich zusammen mit Doris in der Küche wohl. Irgendwie war das ihr Revier, und sie empfand hier ein wohltuendes Selbstvertrauen. Die Frauen spielten im Obergeschoss Billard. Sie kicherten und schienen sich gut zurechtzufinden.

Als sie wieder in die Küche kamen, sagte Majsan: »Wir gehen noch ein bisschen in die Stadt.«

»Aber sicher«, erwiderte Doris. »Wann ist das Essen fertig, Bonita?«

»Etwa in einer Stunde. Sollen wir sagen: um halb sieben? Ihr findet doch den Weg?«, fragte Doris vorsichtig.

»Keine Sorge, so groß ist Ystad auch wieder nicht.« Majsan lachte. »Obwohl ich nicht mehr hier war, seit ich klein war.«

Als die Frauen gegangen waren, sah Bonita Doris besorgt an.

»Wenn sie nur zurückkommen und wenn nur nichts passiert. Aber schließlich ist die Straße ihr Zuhause.« Sie hätte sich die Zunge abbeißen können. »So hab ich das nicht gemeint«, fügte sie rasch hinzu und sah Doris verlegen an. »Ich wollte nur sagen, dass sie aus der Großstadt sind …«

»Manchmal bist du wirklich total amüsant, ohne es selbst

zu merken. Klar kommen sie zurück. Schließlich sind sie erwachsen, Bonita.«

Bonita machte sich trotzdem Sorgen. Sie verstand jetzt, wie es Eltern erging, wenn ihre Kinder allein unterwegs waren. Aber irgendwie genoss sie diese Beschützerrolle auch. Es wäre allerdings peinlich gewesen, wenn die Frauen nun verschwänden und nach Malmö zurückkehrten.

Vom Ofen her duftete es gut nach Essen. Sie setzten sich schweigend an den Küchentisch. Bonita glättete die Tischdecke mit der Hand. Irgendwann erhob sich Doris und räumte das trockene Geschirr von der Spüle. Nur das Rascheln von Schmutzfinks Futterspender war zu hören.

»Majsan wirkt doch recht munter, findest du nicht auch, Doris?«

»Doch, sie ist recht nett, und die kleine Blonde auch, die Tätowierte mit den vielen Ringen.«

»Die Stämmige, Schwarzhaarige hingegen wirkt ziemlich ungenießbar.«

»Ja. Die lässt niemanden an sich ran.«

Je später es wurde, desto größer wurde die Unruhe in der Küche. Sie sagten nichts, aber sahen immer wieder auf die Uhr. Doris begann den Tisch zu decken. Bonita stand am Herd und bereitete die Soße zu. Um Viertel nach sechs hörten sie, wie sich die Frauen auf der Küchentreppe den Schnee von den Schuhen traten, und sie lächelten erleichtert.

Majsan bot an, in der Küche zu helfen, und Paula verschwand mürrisch im Obergeschoss. Ulla ging in die Diele und begab sich dann in Elvys Zimmer. Punkt halb sieben stand das Essen auf dem Tisch. Bonita ging ins Wohnzimmer, um ihrer Mutter in den Rollstuhl zu helfen. Von der Tür aus sah sie, dass Ulla am Bett ihrer Mutter saß und ihr die Hand hielt.

»Ja, so kann es einem manchmal ergehen«, sagte Ulla und strich Elvy über die Hand.

»Bonita wohnt hier, und trotzdem fühle ich mich manchmal einsam.«

Bonita wurde ganz warm ums Herz. Es war so unerwartet, Ulla bei ihrer Mutter sitzen zu sehen. Ihre tätowierten Hände mit den vielen Ringen und daneben Elvy wie eine kleine, bleiche Elfe mit verkümmerten Gliedern. Bonita räusperte sich leise, und Ulla drehte sich abrupt und etwas schuldbewusst um.

»Ich habe mich nur ein wenig mit ihr unterhalten …«

»Das ist aber nett.«

Elvy wirkte sehr zufrieden, und sie war auch viel fügsamer als sonst, als sie von Bonita und Ulla in den Rollstuhl verfrachtet wurde.

»Jetzt essen wir, Mutter. Sonntagsbraten, obwohl Freitag ist.« Sie schnitt ihrer Mutter das Fleisch zurecht und mischte es mit der Soße und den zerdrückten Kartoffeln. Als sie begann, sie zu füttern, streckte Ulla die Hand nach dem Löffel aus.

»Ich kann das machen.« Dann hielt Ulla Elvy vorsichtig den Löffel hin, und diese öffnete bereitwillig den Mund und sah Ulla zufrieden an. Nachdem sie Elvy ein paar Löffel gegeben hatte, stand sie auf und ging zum Spülbecken. Sie riss ein Stück Küchenkrepp ab und wischte Elvy den Mund ab.

»Es waren nicht viele Leute in der Stadt«, sagte Majsan.

»Wenn die Läden schließen, ist es sofort wie ausgestorben«, entgegnete Doris.

Bonita strahlte mit dem siebenarmigen Adventsleuchter im Küchenfenster um die Wette. Sechs Personen am Küchentisch, das war ungewöhnlich.

Ulla und Majsan lobten das Essen, aber Paula sagte während der gesamten Mahlzeit kein Wort. Sie stützte sich mit den Ellbogen auf die Tischkante, schaufelte das Essen mit der Gabel in den Mund und schien sich für die Unterhaltung nicht im Geringsten zu interessieren. Doris und Bonita erzählten von Ystad, von sich selbst und von ihrer ehemaligen Arbeit. Doris' gegenwärtige Tätigkeit erwähnten sie natürlich nicht.

»Heißt du Kerstin?«, fragte Elvy an Ulla gewandt.

»Nein, ich heiße Ulla ... Hätten Sie gerne ein bisschen mehr?«

»Sie macht keine so abrupten Bewegungen wie du, Bonita.« Elvy sah sie kritisch an. »Du zwingst mich fast zum Essen. Du kannst von dem Mädchen hier noch was lernen. Kannst du mir heute Abend meine Tabletten geben?« Elvy sah Ulla erwartungsvoll an, und diese wandte sich an Bonita. Sie nickte lächelnd.

»Sollen wir den Kaffee in deinem Zimmer trinken, Bonita?«, fragte Doris und erhob sich, um den Tisch abzuräumen. Majsan und Ulla halfen ihr, und Paula verschwand mit ihrer Zigarettenschachtel nach draußen.

Bonita schaltete den Fernseher ein. Ulla schob Elvy ins Zimmer und stellte ihren Rollstuhl an den Tisch, Doris servierte den Kaffee. Es war, als sei das Haus zu neuem Leben erwacht. Früher hatte man dort um diese Tageszeit nur die gekünstelten Geräusche aus dem Fernseher gehört, aber jetzt waren die Räume plötzlich von Unterhaltungen und Gelächter erfüllt. Paula trank ihren Kaffee und erklärte dann, sie wolle eine Serie im Fernsehen anschauen und deswegen ins Obergeschoss gehen.

»Sie ist manchmal etwas schwierig«, meinte Majsan entschuldigend.

»Aber im Grunde ist sie ganz lieb«, fügte Ulla hinzu. »Sie hat es nicht immer so leicht gehabt ...«

Dann vertieften sie und Majsan sich in eine Fernsehreportage.

Doris goss ihnen Kaffee nach. Sie betrachtete Bonita. Ihre Wangen waren gerötet, eine Haarsträhne war ihr in die Stirn gerutscht, und ihre Bewegungen waren voller Eifer und Energie. Wie einsam es doch all die Jahre nur mit ihrer Mutter als Gesprächspartnerin gewesen sein musste.

Doris schloss die Augen. Sie erinnerte sich an Bonita als Jugendliche. Sie war zwar schon damals vorsichtig und zurückhaltend gewesen, aber immer mit einem munteren Lächeln auf den Lippen. Als sie sie auf der Beerdigung zum ersten Mal wiedergesehen hatte, war sie leblos und steif gewesen. Sie hatte alt ausgesehen und Doris gegenüber geradezu schüchtern gewirkt.

Nun öffnete sie die Augen wieder und betrachtete Bonita nochmals. Sie hatte sich wirklich verändert. Ihre Augen leuchteten wie früher, und sie trat selbstbewusster auf. Die Reise nach Göteborg hatte ihr gutgetan. Onitabal Arssonlal, hier sitzt du jetzt zusammen mit deiner senilen Mutter und ein paar misshandelten Prostituierten aus Malmö. Das ist wirklich merkwürdig. Sie schloss wieder die Augen, um ihre Gedanken zu ordnen.

Bonita ihrerseits musterte Doris. War sie einfach nur müde, oder bereute sie es womöglich, dass sie sich der Frauen angenommen hatten? Sie saß mit geschlossenen Augen da. Nein, vermutlich bereute sie es nicht. Den ganzen Tag war sie so fröhlich gewesen wie immer. Wie sich doch alles verändert hatte, seit Doris wieder nach Ystad gezogen war!

Schon immer hatte Bonita Listen über all das erstellt, was noch zu erledigen war. Diese Listen sortierten ihre Gedanken und strukturierten so ihr Dasein. Das verlieh ein Gefühl der Sicherheit. Jetzt dachte sie über die Frauen im Haus nach. Sie teilte sie in Gruppen ein. Elvy und Doris hatten richtige Liebesbeziehungen gehabt, die Frauen, die jetzt zu Gast waren, hatten die Liebe als Arbeit betrachtet, nur sie selbst hatte nie geliebt. Sie hatte sich nie auf die Liebe verstanden, nicht auf die körperliche zumindest, die Vereinigung zweier Körper. Sie fand zwar, dass das im Film manchmal recht ansprechend aussah, wenn die Schauspieler sich küssten oder umarmten ... aber das andere ... Beim bloßen Gedanken schauderte es sie. Nein, sie verstand nicht recht, wozu das gut sein sollte.

Eigentlich war sie ganz froh über ihre Einstellung zum Liebesleben. Es wäre schlimmer gewesen, wenn sie sich das ganze Leben lang nach etwas Unerreichbarem gesehnt hätte. Manchmal hatte sie sich gefragt, ob vielleicht etwas mit ihr nicht stimmte. Vielleicht lag alles nur daran, dass sie die Liebe nie selbst erlebt hatte? Wie auch immer. Sie fehlte ihr nicht, und sie konnte beim besten Willen nicht verstehen, dass man sie als Handelsware nutzte.

In diesem Moment öffnete Doris die Augen wieder, und ihre Blicke begegneten sich.

Doris blieb bis zehn Uhr. Ulla gab Elvy ihre Tabletten und half auch dabei, sie bettfertig zu machen. Majsan half beim Spülen und ging dann zu Paula hinauf. Ulla blieb bei Elvy sitzen und unterhielt sich mit ihr. Als es fast halb elf war, stand sie auf.

»Gute Nacht, Elvy, bis morgen.«

»Das hoffe ich.« Elvy tätschelte Ulla die Hand.

Als Bonita in der Küche fertig war, ging sie zu ihrer Mutter.

»Mutter, bist du noch wach! So lange warst du schon lange nicht mehr auf.«

»Natürlich nicht, du bringst mich sonst ja auch einfach ins Bett und kümmerst dich dann um deine eigenen Angelegenheiten. Das war wirklich nett heute, Bonita. Wirklich nett.«

Bonita bekam ein schlechtes Gewissen. Vielleicht hatte ja nicht nur sie sich gelangweilt. Ihre Mutter hatte es vermutlich genauso empfunden, denn Bonita war keine Frohnatur gewesen. Sie hatte sich um ihre Mutter gekümmert, aber sehr viel mehr wohl nicht. Die Mutter war bereits vor der Ankunft der Frauen etwas munterer gewesen. Sie hatte bei ihrem letzten Arztbesuch neue Tabletten verschrieben bekommen. Seither hatte sie sich verändert. Ihre Stimme war kräftiger und ihre Atmung gleichmäßiger.

»Hast du die Bemalungen an Ullas Armen und Händen gesehen?«

»Sie ist tätowiert, Mutter.«

»Tätowiert? Wie ist denn das möglich ... Ist sie denn zur See gefahren?«

»Das weiß ich nicht, Mutter, aber Frauen können trotzdem Tätowierungen haben. Schlaf jetzt, damit du morgen wieder munter bist.«

»Wenn du meinst, aber müde bin ich nicht.«

Bonita ging in die Küche und stellte sich vor den Käfig von Schmutzfink.

»Hallo, hatte heute niemand Zeit für dich? Wie schrecklich. Aber jetzt ist Abend, verstehst du?«

»Bist du das, Ulla?«, ließ sich die hoffnungsvolle Stimme ihrer Mutter vernehmen.

»Nein, das ist Schmutzfink.«

Bonita legte das Tuch auf den Käfig und machte in der Küche das Licht aus.

An diesem Abend lag sie lange wach. Sie war müde, aber wollte den Tag trotzdem noch einmal überdenken, ehe sie einschlief. So, wie es jetzt war, gefiel es ihr. So hätte sie es gern immer gehabt. Sie wollte Menschen um sich haben, sich unterhalten, sich nützlich machen.

Die Eiskristalle im Garten funkelten im Mondschein.

Bäume und Büsche duckten sich unter dem schweren Schnee, der eine dichte Decke bildete. Ystad glich immer mehr einer in Watte gebetteten Märchenstadt. Auf der Treppe der Villa Bonita stand die Keramikschale, die Bonita bei einer Lotterie des Roten Kreuzes gewonnen hatte. Die Zigarettenkippen lagen darin so durcheinander wie bei einem Mikadospiel und wirkten merkwürdig deplatziert.

15. Kapitel

Der Samstag verlief ruhig. Paula blieb meist für sich, Ulla und Majsan hingegen halfen im Haushalt und waren gesellig. Doris und Bonita hatten zum Abendkaffee Torte gekauft, und alle hatten sich nett unterhalten. Elvy war früh eingeschlafen, sie war ja am vorhergehenden Abend so spät ins Bett gekommen. Ulla und Majsan hatten von sich erzählt.

Ulla war als Kind von einem Verwandten missbraucht worden und bereits früh in schlechte Gesellschaft geraten. Mit sechzehn war sie zum ersten Mal auf den Strich gegangen und hatte schon damals gelernt, ihre Gefühle zu ignorieren. Mit Drogen hatte sie erst mit Anfang zwanzig begonnen. Den Kontakt zu ihren Eltern hatte sie abgebrochen, sobald sie volljährig gewesen war. Mit den Jahren war sie immer mehr den Drogen verfallen, und die Prostitution war die einzige Möglichkeit gewesen, ihre Sucht zu finanzieren. Sie war mit einem Kriminellen zusammengezogen, der sie regelmäßig misshandelte, und erst nachdem er sie fast erschlagen hatte, war sie ins Frauenhaus geflohen. Dort hatte man ihr die Möglichkeit gegeben, an einer Therapie teilzunehmen und ihre Vergangenheit aufzuarbeiten. Ihr Vater war nicht mehr am Leben, aber sie hatte sich dazu entschlossen, ihre Mutter aufzusuchen. Diese war alt und gebrechlich gewesen und hatte sich ungemein über das Wiedersehen mit ihrer Tochter gefreut. Bonita und Doris hatten Ullas Geschichte mit großer Anteilnahme gelauscht.

»Kurz darauf starb sie. Ich war die ganze Zeit bei ihr.« Ulla schnäuzte sich in eine Serviette.

Bonita und Doris schwiegen ergriffen. Bonita fühlte, wie

ihr die Tränen in die Augen traten, und eilte in die Küche, um die Kaffeekanne zu holen.

»Woran ist sie denn gestorben?«, ließ sich Elvys schwache Stimme aus dem Nebenzimmer vernehmen. Ulla erhob sich und ging zu ihr hinüber. Leise Stimmen waren zu hören.

»Noch eine Tasse Kaffee, Majsan?«, fragte Bonita.

»Nur eine halbe, vielen Dank ... Ihr habt es wirklich sehr gemütlich hier. Ich will euch mit meiner Vergangenheit nicht belästigen. Sie unterscheidet sich nicht groß von Ullas, und ich bin wirklich heilfroh, sie so allmählich hinter mir lassen zu können. Ich bin so dankbar dafür, hier sein zu dürfen. Ich könnte mir wirklich vorstellen, dauerhaft in Ystad zu wohnen.« Diese Feststellung schien sie selbst zu erstaunen.

Am Montag erbot sich Ulla, sich um Elvy zu kümmern, während Doris und Bonita einkaufen gingen.

»Du glaubst doch nicht, dass sie immer noch Drogen nehmen?«, fragte Bonita nervös.

»Nein. Soweit ich weiß, haben sie alle eine Entziehungskur hinter sich.«

»Ich frage mich, weshalb sie ständig ihre Handys mit sich herumtragen. Ich habe noch nie gehört, dass sie angerufen worden wären oder selbst telefoniert hätten.«

Plaudernd spazierten sie in die Stadt. Bonitas Einkaufsroller quietschte, und es war ein befreiendes Gefühl, nicht sofort wieder nach Hause eilen zu müssen. Am Sonntagabend hatten sie den Einkauf zusammen geplant und sich darauf geeinigt, die Kosten zu teilen.

Die gestreuten Straßen waren voll Schneematsch, und Frontlader schoben die Schneewälle zusammen, die die Schneepflüge aufgeworfen hatten. Vor den Häusern am Markt wurde vor Dachlawinen gewarnt. Es würde noch dauern, bis die bunten Markisen wieder zu ihrem Recht kämen und die Blumenkästen mit bunten Sommerblumen bepflanzt würden.

Nach dem Einkauf schaute Doris in ihren Briefkasten. Die Rechnung für die Müllabfuhr und ein seltsamer, mit der Hand adressierter Umschlag. Die Adresse stand nicht wie üblich unten rechts, sondern bedeckte das ganze Kuvert. Sie öffnete es neugierig und begann zu lesen.

Vertrag. Die Unterzeichnenden, Bengt Jarl und Kent Ohlin, verlangen, dass die Geschäfte der Firma richtig und vertraulich erledigt werden. Nichts von dem, was zwischen uns transaktiert wird, darf Leuten enthüllt werden, die es nicht betrifft. Bengt Jarl und Kent Ohlin.

Doris lachte.

»Transaktiert«, sagte sie laut. »Ich muss der Schwedischen Akademie mitteilen, dass ein neues Wort das Licht der Welt erblickt hat.« Doris' eigener Name stand nirgends. Außerdem hatten ihre Arbeitgeber weder unterschrieben, noch schienen sie zu erwarten, dass sie den unterschriebenen Vertrag zurückschickte. Mit anderen Worten, das Dokument war vollkommen unbrauchbar. Wenn ihr wüsstet, dass ich Geld auf mein eigenes Konto transaktiere, dachte Doris zufrieden.

Bengt Jarls und Kent Ohlins dubiose Geschäfte würden zumindest anfangs die Hilfe für die Frauen aus dem Frauenhaus finanzieren. Dann würde sie ihre Arbeitgeber auffliegen lassen. Das war ihr jetzt, seit sie die Frauen persönlich kennengelernt hatte, noch wichtiger. Irgendwie war die ganze Sache greifbarer geworden, seit die Misere ein Gesicht erhalten und sie die Geschichten der Frauen gehört hatte.

Doris ging ins Haus und schaltete ihren Computer ein. Eine E-Mail von Bengt Jarl und Kent Ohlin mit neuen Buchungen und neuen Rechnungsadressen. Der Laden brummt, und das bedeutet, dass noch mehr Geld auf mein Konto fließt, dachte Doris zufrieden.

Ein eisiger Polarwind pfiff durch ihren Kopf. Sie beugte sich vor und starrte auf den Monitor, um sich zu vergewissern, dass sie auch wirklich richtig gelesen hatte: Patrik Ejlertsson, Malmö. So ein Schwein, dachte sie. Damit beschäftigte sich also ihr ehemaliger Arbeitgeber auf seinen sogenannten Geschäftsreisen nach Göteborg.

Sie setzte sich sofort an den Computer, um eine Buchungsbestätigung zu schreiben. Vielleicht sollte ich ihm ja vierhundert Kronen Bearbeitungsgebühr abknöpfen, dachte sie und lächelte. Der mit seinen mickrigen Keksen, für die sie jeden Tag teuer hatte bezahlen müssen. Ja, das war nur rechtens. Sie schrieb:

»Bearbeitungsgebühr 400 Kronen. Liebe Grüße von Doris Strand.« Sie war richtig aufgekratzt. Wie er wohl reagieren würde? Dieser strikte, steife Geschäftsmann? Er würde vermutlich doch etwas aus der Fassung geraten. »Liebe Grüße von Doris Strand.« So ein persönlicher Gruß hatte in dieser Art von Schreiben nichts zu suchen. Würde er es kapieren oder Verdacht schöpfen? Sie konnte ihn sich in der geschmacklosen Wohnung mit den herzförmigen Seidenkissen und verspiegelten Wänden nur schwerlich vorstellen. Das war etwas anderes als das propere, mahagonigetäfelte Büro. Vielleicht sollte ich den Brief ja an seine Privatadresse schicken? Sie entschied, den Brief erst einmal liegen zu lassen. Schließlich wollte sie nichts Übereiltes tun, was Bonitas und ihre Pläne und Einnahmemöglichkeiten zerstören könnte.

Kent und Bengt saßen im Restaurantteil der Bowlinghalle bei Bier und belegten Broten. Die Plastikblumen der Raumteiler zwischen den Tischen leuchteten hellgrün, und die Anzeigen der Bowlingbahnen blinkten.

Kents Gesicht wirkte fahl, und sein Husten war fast so laut wie das Donnern der rollenden Bowlingkugeln. Bengt leckte sich den Bierschaum von den Lippen und rülpste laut. Sein Kompagnon rückte näher an den Tisch, griff zu seinem Plastikbesteck und begann sein Krabbenbrot zu essen.

»Verdammt!« Die Gabel war in der Mitte durchgebrochen, und Kent stopfte wütend die Trümmer in die Blumenvase auf dem Tisch.

»Immer mit der Ruhe, Kent. Nicht immer gleich so brutal. Übrigens habe ich mich gestern mit Rolle von der Imbissbude unterhalten. Er war in Polen und hat die Adressen von ein paar polnischen Frauen mitgebracht, die nach Schweden kommen wollen«, sagte Bengt und sah erwartungsvoll aus.

»Haben wir denn nicht schon genug Weiber?«

»Unsere Mädels werden frech und verlangen mehr Geld. Außerdem musst du mal an unsere Stammkunden denken. Immer dieselben Weiber. Wir müssen uns erneuern. Sonst verlieren wir noch unsere besten Kunden, und das können wir uns nicht leisten.«

Er wandte sich Kent zu, der sein Krabbenbrot inzwischen in die Hand genommen hatte.

»Wir können doch eine Geschäftsreise nach Polen unternehmen, was meinst du? Jetzt sag doch was ...«

»Ich kann nicht antworten, wenn ich ein ganzes Schleppnetz Krabben im Mund habe. Wir können von Ystad aus mit der Fähre fahren und bei der Gelegenheit Doris Strand einen Besuch abstatten, dann wissen wir endlich, ob sie die Frau an unserer Tür war oder nicht.«

Bengt erwiderte nichts, aber man sah ihm an, dass er angestrengt nachdachte.

»Ich glaube, ich will es gar nicht wissen, Kent«, sagte er schließlich seufzend. »Aber natürlich ...«

»Jetzt ist die Bahn frei, Bengt.« Sie tranken ihre Gläser aus und suchten sich dann jeder eine Kugel aus.

Am Mittwoch rief Berit aus dem Frauenhaus an, um zu hören, wie es denn so lief. Bonita freute sich, ihr sagen zu können, dass alles bestens klappe. Die Frauen seien hilfsbereit und freundlich.

»Majsan gefällt es so gut hier, dass sie sich sogar vorstellen kann, ganz nach Ystad zu ziehen.«

Berit kündigte an, dass die Frauen am Freitag kurz nach dem Mittagessen abgeholt werden würden, was Bonita ein wenig wehmütig stimmte. Das Leben und Treiben in ihrem Haus hatten ihr gefallen. Elvy war regelrecht aufgeblüht. Sie hatte auch nicht so oft nach ihr gerufen, mit der Hand auf den Tisch geschlagen oder ihr Glas umgeworfen. Ulla hatte sich viel um sie gekümmert, und Bonita befürchtete, ihre Mutter könnte nun dasselbe Maß an Zuwendung von ihr verlangen.

Doris war stets schon zum Frühstück aufgetaucht und bis spätabends geblieben. Bonita hatte sich besondere Mühe mit dem Kochen gegeben, und Doris, Majsan und Ulla hatten sie immer wieder gelobt. Paula sonderte sich nach wie vor ab. Sie zeichnete, kritzelte auf ihren Zigarettenschachteln herum und malte auch schon mal auf ihre Hände. Am Nachmittag ging Bonita ins Obergeschoss, um neue Geschirrhandtücher aus dem Wäscheschrank zu holen. Paula saß allein auf einem der Sessel und starrte vor sich hin.

»Mir ist aufgefallen, dass Sie gerne malen.«

»Sie meinen wohl eher: rumschmieren«, erwiderte Paula mürrisch.

»Ich meine überhaupt nichts. Mir hat die Blume gefallen, die Sie gestern auf die Papierserviette gemalt haben.«

»Wirklich?« Ein Lächeln huschte über Paulas Gesicht.

Bonita trat an ein Fach des Bücherregals und zog einen großen Zeichenblock und Aquarellstifte heraus.

»Die können Sie haben. Die benutzt ohnehin niemand mehr. Meine Mutter hat gemalt, bevor sie krank wurde.«

Paula zögerte. Dann erhob sie sich und ging auf Bonita zu.

»Darf ich so viele Blätter nehmen, wie ich will?«

»Natürlich.« Bonita lachte. »Es sind ohnehin nicht mehr so viele. Sie können den ganzen Block behalten.«

Als sie sich zum Gehen wandte, trat Paula auf sie zu und umarmte sie unbeholfen.

»Danke ... und übrigens, ich bin wirklich gerne hier.«

Bonita war überwältigt von dieser unerwarteten Freundlichkeit. Fast wären ihr die Tränen gekommen. Als sie wieder unten war, sah Doris sie prüfend an und legte die Stirn in besorgte Falten.

»Alles in Ordnung?«

»Nein, besser!« Bonita lächelte.

Doris folgte ihr eine Weile mit den Augen, als erwarte sie, dass sie erzählen würde. Etwas musste vorgefallen sein, das sah sie. Bonita hatte Tränen in den Augen gehabt, da war sie sich ganz sicher. Sie vermutete, dass es etwas mit Paula zu tun hatte, wollte aber nicht neugierig wirken. Sie würde es früher oder später von Bonita erfahren, wenn es wirklich wichtig war.

Majsan und Ulla hatten Plätzchen zum Abendkaffee gebacken. Als es Zeit zum Abendessen war, ging Bonita ins Obergeschoss. Paula saß an einem der Tische und malte.

»Aber Paula!« Bonita schlug erstaunt die Hände zusammen. »Wie schön. Ich hatte keine Ahnung, dass Sie so begabt sind!«

»Ach, das ist doch nichts Besonderes.«

Bonita hielt das Bild hoch. Ein kleines, rotes Holzhaus,

Wald, ein See mit einem Steg, ein paar Boote. Nicht naiv, sondern impressionistisch, bunt, aufregend.

»Das beeindruckt mich wirklich, Paula.« Ihre Stimme drückte aufrichtige Bewunderung aus.

»Sie können es haben, wenn Sie wollen.«

»Wollen Sie es denn nicht selbst behalten? Ich nehme es aber wirklich gerne.« Es war rührend. Paula war sicher schon über vierzig, benahm sich aber trotzdem so, als sei sie ein stolzes Kind, das gerade ein Bild aus dem Kindergarten mit nach Hause gebracht hat. Sorgsam klappte sie den Block zu, legte die Stifte in die Schachtel und brachte alles in ihr Zimmer. Bonita nahm das Bild mit nach unten.

»Schaut mal, was Paula für mich gemalt hat.« Sie hielt das Bild hoch.

»Wir wissen, dass sie Talent hat.« Ulla und Majsan nickten zustimmend.

»Das ist ja ein richtiges Kunstwerk, Paula«, meinte Doris.

Paula sah Bonita mit einem herzerwärmenden Lächeln an.

Am nächsten Tag fragte Paula, ob sie Bonita nicht zum Einkaufen begleiten dürfe. Doris wollte das Mittagessen vorbereiten. Majsan und Ulla spielten im Obergeschoss ein Gesellschaftsspiel.

»Sie haben mir meine Tochter weggenommen«, sagte sie plötzlich auf dem Weg zum Laden. »Sie ist fünf.«

»Wie traurig«, antwortete Bonita. Sie wollte schon nach dem Grund fragen, hielt sich dann aber zurück.

»Das ist Berras Schuld. Er hat gesoffen und immer Streit angefangen. Die Kleine hat er aber nie angerührt. Es kann für sie kein Spaß gewesen sein, mit anzusehen, wie er mich schlug.«

»Wo ist er jetzt? Und wo ist das Mädchen?«

»Berran sitzt wegen Körperverletzung und Nötigung, und Lillan ist bei Pflegeeltern. Es geht ihr gut dort. Ich besuche sie manchmal.«

Paula fuhr in abgehackten Sätzen fort, aus ihrem Leben zu erzählen. Sie war mit fünf Geschwistern bei ihrer alleinerziehenden Mutter aufgewachsen. Wer ihr Vater war, wusste sie nicht. Als sie mit Berra zusammengezogen war, hatte er sie gezwungen, anschaffen zu gehen.

»Wir haben damals in Göteborg gewohnt«, erzählte sie.

Berra hatte damals den Kontakt zu zwei Herren hergestellt, die Wohnungen mit Frauen vermittelten, sagte sie. »Und dann ist es leider alles schiefgelaufen. Aber ich habe nie getrunken oder Drogen genommen«, sagte sie stolz, »obwohl es dann vielleicht leichter gewesen wäre. Aber ich bin jetzt fest entschlossen. Ich will meinen Schulabschluss nachmachen, und dann will ich Lillan zu mir holen.«

Bonita erwiderte, dass ihr das sicher gelingen würde. Was Paula über die Wohnungen in Göteborg gesagt hatte, ließ ihr keine Ruhe. Konnte es sich um Doris' Arbeitgeber handeln? Aber natürlich gab es auch noch anderes lichtscheues Gesindel in Göteborg.

»Was möchten Sie denn morgen an Ihrem letzten Abend in Ystad gerne essen?«

»Dürfen wir wiederkommen?« Paulas Stimme klang fast flehend.

»Von uns aus gerne. Aber das haben nicht wir zu entscheiden.«

»Kohlrouladen wären lecker. Es ist so lange her, dass ich die zuletzt gegessen habe.«

»Glauben Sie, die anderen mögen das auch?«

»Falls nicht, dann müssen wir eben aus einem Teil des Hackfleischs Frikadellen für sie machen.«

»In Ordnung«, erwiderte Bonita fröhlich. »Meine Mutter

hat auch schon lange keine Kohlrouladen mehr bekommen und freut sich sicher.«

Paula schien stolz darauf zu sein, dass ihr Vorschlag auf Zustimmung gestoßen war. Sie redete drauflos, als wolle sie ihr anfängliches Schweigen wettmachen, erkundigte sich nach Elvy und danach, wie der Garten im Sommer aussah.

Das Thermometer war gestiegen, und es tropfte von den Dächern. In einem Monat würden die ersten Schneeglöckchen in den Beeten hervorschauen. Zum ersten Mal seit Langem sehnte sich Bonita wieder nach dem Frühling. Vielleicht würde ihre Mutter ja eine Rampe bekommen, die es ihr erleichtern würde, sie in den Garten zu schieben. Dann konnten sie wie früher zusammen mit Doris in der Fliederlaube sitzen. Sie begann leise vor sich hin zu summen.

»Sind Sie froh?«, fragte Paula.

»Ja. Wissen Sie, es ist fast wie damals, als ich klein war. Da habe ich auch immer vor mich hin gesummt, wenn ich fröhlich war.« Sie hakte sich bei Paula ein, und beide betraten den Laden.

Am Abend blieb Doris noch bei Bonita, nachdem die anderen sich hingelegt hatten. Elvy schlief, und sie saßen am Küchentisch und unterhielten sich. Bonita erzählte von dem Gespräch mit Paula, und sie rätselten beide, ob es sich bei den beiden Herren, die Paula erwähnt hatte, um Doris' Arbeitgeber gehandelt hatte. Dann erzählte Doris von dem Vertrag und davon, dass ihr ehemaliger Chef eine Wohnung in Göteborg bestellt hatte. Kichernd erzählte sie von der Bearbeitungsgebühr und von dem persönlichen Gruß.

»Du bist nicht ganz bei Trost, Doris. Das kannst du doch nicht machen, hörst du!«

»Stimmt, vielleicht lade ich mir nur lauter Scherereien auf

den Hals. Aber es hat Spaß gemacht! Könntest du dir eigentlich vorstellen, dich weiterhin auf diese Weise um Frauen zu kümmern, Bonita? Natürlich würden wir uns die Tätigkeit, wenn wir erst einmal etablierter wären, honorieren lassen«, fügte sie rasch hinzu. »In diesem Falle müssten wir natürlich mehr zu bieten haben. Vielleicht könnten wir irgendeine Art von Beschäftigung für die Frauen organisieren?«

»Abgesehen von der Hausarbeit gibt es hier doch wohl nichts zu tun?«

»Dann müssen wir uns eben etwas ausdenken.«

Es war bereits nach Mitternacht, als Doris nach Hause ging. Sie hatten einen Entschluss gefasst, wollten die Sache aber erst in Angriff nehmen, wenn die Frauen wieder nach Hause gefahren waren.

Bonita ging nach oben und setzte sich in die Bibliothek. Sie legte die Füße auf den Fußschemel, schloss die Augen und dachte an Ulla. Wie warmherzig und freundlich sie doch war – trotz allem, was sie durchgemacht hatte. Bonita hatte so viel über undankbare und brutale Jugendliche gelesen, die aus behüteten Elternhäusern stammten und denen alle Möglichkeiten offengestanden hatten, die aber trotzdem nicht zufrieden waren und ihren Mitmenschen nichts zu geben hatten. Sie sah vor sich, wie Ulla neben Elvys Bett saß, geduldig und freundlich, obwohl sie nach außen hin ganz anders wirkte.

Ein Gefühl der Zuneigung durchströmte sie. Sie dachte an den bestickten Stoffbeutel im Kleiderschrank. »Leben heißt warten.« Früher hatte dieser Spruch für sie immer einen negativen Beiklang gehabt. Doch jetzt hatte sie das Gefühl, dass ihre Wartezeit vorüber war und sie endlich ihr Ziel erreicht hatte. Endlich war sie mit ihrem grünen Monopoly-Stein auf dem richtigen Feld gelandet, der Schlossstraße. Doch sie würde sich nicht mit der Schlossstraße begnügen, sie wollte weiter, noch einmal würfeln und voller Neugier abwarten.

Der Tag der Heimfahrt der Frauen war gekommen, obwohl Bonita versucht hatte, den Gedanken daran von sich zu schieben. Auch Elvy wirkte unruhig und rief immer wieder nach ihr. Erst war ihr zu warm, dann fror sie, dann scheuerte ihre Jacke. Die ganze Zeit verlangte sie nach Aufmerksamkeit. Bonita versuchte die Ruhe zu bewahren und sich ihre Verärgerung nicht anmerken zu lassen. Ein paar Mal ging Doris an ihrer Stelle zu Elvy, aber dann schien diese immer vergessen zu haben, warum sie überhaupt gerufen hatte.

»Wohnst du jetzt hier?«

»Nein, ich helfe nur Bonita.«

»Kommt sie nicht mehr allein klar?«

»Doch, Elvy, aber wir haben Gäste, das weißt du doch, und da gibt es einiges zu tun. Gleich findet das Abschiedsessen statt. Es gibt auch Nachtisch.«

»Gibt es dann nichts mehr zu essen, wenn Ulla und die anderen nach Hause gefahren sind?«

»Doch, keine Sorge.« Doris lachte.

Elvy saß beim Mittagessen dabei. Alle schwiegen, und durch die dünnen Gardinen schien keinerlei Tageslicht in die Küche zu dringen. Obwohl Bonita neue, bunte Flickenteppiche auf den Boden gelegt hatte, schien der braune Linoleumboden alles zu dominieren. Sie fühlte sich an das Mal erinnert, als sie nach Assars Tod zum ersten Mal allein mit ihrer Mutter zu Mittag gegessen hatte. Damals hatten sie auch eisern geschwiegen. Es hatte nichts zu sagen gegeben, alle Worte waren irgendwie unzureichend gewesen.

Wie verabredet trafen Birgitta und Berit nach dem Mittagessen ein. Bonita und Doris wollten sie noch zu einer Tasse

Kaffee einladen, aber die beiden mussten zurück nach Malmö, weil Schichtwechsel war. Paula zeigte stolz ihre Bilder, und Ulla saß bei Elvy und unterhielt sich mit ihr. Die Taschen und Paulas Plastiktüte standen neben der Küchentür.

»Anscheinend habt ihr es richtig nett hier gehabt, Mädels«, meinte Birgit munter.

»Danke«, sagte Majsan und umarmte Bonita und Doris. Jetzt kommen mir wieder die Tränen, dachte Bonita und gähnte diskret, um das Weinen zu unterdrücken.

»Es war uns das reine Vergnügen«, sagte sie und sah plötzlich steif und unscheinbar aus.

Auch Ulla und Paula umarmten ihre Gastgeberinnen. Dann nahmen sie ihre Habseligkeiten und verschwanden ohne sich umzudrehen nach draußen.

»Einfach nur danke zu sagen, kommt mir unzureichend vor«, meinte Berit, »aber wie gesagt, unsere Mittel sind begrenzt. Im Augenblick jedenfalls«, fügte sie noch hinzu. »Wir haben das Sozialamt informiert, und es soll geprüft werden, ob nicht doch etwas gezahlt werden kann, etwa nach den Sätzen für Betreuungsfamilien. Natürlich nur, falls Sie sich vorstellen könnten, noch einmal jemanden aufzunehmen, wenn wir überbelegt sind oder eine von den Frauen einen Tapetenwechsel braucht.«

»Aber sicher«, erwiderte Doris und dachte an ihre Pläne, die bereits Konturen annahmen.

Bonita kam es so vor, als wäre mit den Frauen auch die behagliche Stimmung verschwunden. Bevor sie sich am Abend ins Bett legte, begab sie sich noch einmal ins Obergeschoss. Im Badezimmer roch es noch nach Shampoo und Parfüm. Sie betrachtete sich im Spiegel. Die Falten um den Mund, die immer etwas streng gewirkt hatten, waren etwas weniger ausgeprägt. An den Schläfen war sie aber immer noch grau, und obwohl sie das nicht sonderlich störte, wollte sie sich die Haare jetzt doch färben lassen. Sie nahm die Handtücher von den Haken. Dann zog sie die Betten ab und ging wieder nach unten.

Der Frühling kam früh. Der Saft der Bäume stieg ebenso schnell wie Doris' Kontostand – dank der Bearbeitungsgebühr.

Doris und Bonita sahen sich jeden Tag. Sie schmiedeten Pläne, und die Lampe über dem Küchentisch brannte abends ungewöhnlich lange. Manchmal saßen sie bei Elvy, um ihr Gesellschaft zu leisten. Die fragte immer wieder nach Ulla. Bonita staunte, dass sich ihre Mutter immer noch an den Namen erinnerte.

Als die ersten Frühlingsblumen in den Beeten sprossen, kamen zwei Herren von der Gemeindeverwaltung, um zu entscheiden, wo die geplante Rampe montiert werden sollte. Sie erzählten, die Beihilfe sei bewilligt worden, und darüber freute sich Bonita. Elvy sagte nicht sonderlich viel, wirkte aber sehr zufrieden. In der kommenden Woche würde sie wieder einen kurzzeitigen Platz im Altersheim bekommen, und Doris und Bonita wollten die Gelegenheit nutzen, um an der Umsetzung ihrer Pläne zu arbeiten.

Einige Tage später saß Doris an ihrem Computer. Sie hatte ein paar Bestätigungen geschrieben und rief ihre E-Mails ab. Der Name ihres ehemaligen Arbeitgebers war bei den Buchungen nie mehr aufgetaucht. Sie hatte in letzter Sekunde beschlossen, auf den persönlichen Gruß zu verzichten. Dass er nicht mehr als Kunde in Erscheinung trat, lag also nicht an ihr.

Doris war etwas bedrückt. Bei ihrem letzten Gespräch hatte Bonita ihr erzählt, dass man sie in Ystad für hochnäsig hielt. Und sie hatte ihr gestanden, wie gekränkt sie damals gewesen sei, weil Doris es so absurd gefunden hatte, dass sie sich um ihre Mutter kümmerte. »Das können doch andere erledigen«, hatte sie gesagt. Doris bereute ihre dumme Äußerung. Sie hatte damit nur ihr eigenes schlechtes Gewissen besänftigen wollen, weil sie ihre Eltern nicht oft genug besucht hatte.

Sie wusste Bonitas Aufrichtigkeit zu schätzen. Bonita, die treue Seele. Sie lächelte. Immerhin habe ich als Gegenleistung ein wenig Schwung in ihr Leben gebracht, dachte sie. Sie war der festen Überzeugung, dass Bonita ihr verziehen hatte. Es war schön, dass sie und ihre Freundin so offen miteinander reden konnten.

Auf dem Küchentisch lag ein Zettel mit einer Telefonnummer. Doris hatte das Gefühl, dass hier, auf dem grün karierten Wachstuch, der Plan für ihre Zukunft lag.

Die ersten Tage der darauffolgenden Woche, in der Elvy im Altersheim war, wurden recht hektisch für Doris und Bonita. Sie suchten die erstaunlichsten Orte in Ystad auf: Sie stapften durch Industriegebiete, gingen zur Gemeindeverwaltung und zu verschiedenen Firmen. Der Stapel mit Telefonnummern auf Doris' Küchentisch wurde immer höher, und Bonita ersetzte trotz des nahenden Frühlings ihre Pumps durch ihre stabilen Schuhe. So viel war sie schon seit Jahren nicht mehr zu Fuß gegangen.

Zum ersten Mal seit der Zeit, als sie in der Kaserne tätig gewesen war, hatte sie wieder mit so vielen Menschen gesprochen. Bonita merkte, dass ihre Stimme inzwischen eine ganz andere Autorität besaß. Sie war nicht unfreundlich, aber doch bestimmt und energisch. Sie merkte, dass die Leute ihr zuhörten und sie ernst nahmen. Nach all den Jahren war sie wieder wer, fast wie damals, als sie den Mädchen in der Küche der Kaserne Anweisungen erteilt hatte. Plötzlich fühlte sie sich stark, als könnte sie alles erreichen. Immer wenn sie sich ihrer neugewonnenen Stärke bewusst wurde, war sie hochzufrieden.

Am Dienstag beschlossen sie, auswärts zu Mittag zu essen. Bonita fiel auf, dass sie das in Ystad noch nie getan hatte, obwohl sie hier aufgewachsen war und ihr ganzes Leben hier verbracht hatte.

»Sollen wir ins Store Thor gehen?«, schlug Doris vor.

Sie überquerten den Marktplatz und blieben vor dem Restaurant stehen, um die Speisekarte zu studieren.

»Ich nehme das Tagesgericht«, meinte Bonita. »Speck mit Wurzelgemüse. Das klingt gut.« Ihr fiel auf, dass sie Doris gar nicht gefragt hatte, was sie nehmen wollte. Sie hatte ihren Entschluss ganz selbstständig gefasst, und das erfüllte sie mit Stolz.

Sie gingen in den Keller des Rathauses, in dem das Restaurant lag. Das Lokal war eng und gut besucht. Bonita war das unangenehm. Sie fühlte sich in den Gewölben wie in einer Höhle eingeschlossen. Bonita erinnerte sich daran, dass ihr Vater einmal erzählt hatte, der Ratskeller sei das einzige mittelalterliche Restaurant Schwedens. In den uralten Gewölben waren früher nur das beste Importbier und der beste Wein serviert worden. Man hatte die Krüge erhoben und die Ereignisse des Tages besprochen.

Eine Kellnerin führte sie zu einem freien Tisch, und sie nahmen Platz. Als sie die Getränke bestellten, wurden sie auf das Salatbüfett am Eingang hingewiesen. Bonita hängte sich ihre Handtasche über die Schulter. Es gab alle möglichen Salatsorten und Gemüsearten und Salatsoßen in großen Kannen. Bonita war etwas unbehaglich zumute, und ihre Tasche rutschte ihr die ganze Zeit von der Schulter, sodass sie fast ihren Teller verloren hätte. Als sie ihn zu ihrem Platz balanciert hatte, fiel ihr auf, dass sie Brot vergessen hatte. Sie nahm Platz und strich das Kleid glatt.

»Willst du kein Brot? Es sieht gut aus und ist sicher frisch gebacken.«

»Das spare ich mir«, antwortete Bonita, musste aber immer wieder auf Doris' Brotscheibe schauen und verspürte geradezu den Geschmack auf der Zunge.

»Jetzt müssen sie sehen, wie sie ohne mich zurechtkommen«, sagte Elvy, als Bonita sie im Altersheim abholte. Der Aufenthalt dort hatte sie verändert. Sie war schweigsamer, ihre Stimme klang schwächer, und sie wirkte traurig. In letzter Zeit war es ja zu Hause trotz allem stimulierender gewesen, es hatte sich ja eine Menge ereignet. Doris und Bonita unterhielten sich oft in Elvys Zimmer, und vermutlich hatte sie das Gefühl, in gewisser Weise ebenfalls beteiligt zu sein. Bonita beschloss, ihrer Mutter mehr Zeit zu widmen. Sie öffnete Elvys abgegriffenes Brillenetui, setzte ihr die Brille auf und holte das Fotoalbum.

»Siehst du, wer das ist, Mutter?«

»Nein, diese Frau habe ich noch nie gesehen.«

»Aber doch, schau nur genau hin.«

»Jedenfalls sieht sie nicht besonders gut aus.«

»Vielleicht nicht, obwohl sie in Wirklichkeit hübscher ist.«

»Wirklichkeit? Es gibt doch gar keine Wirklichkeit! Es ist alles nur Einbildung.« Dann erhellte sich ihre Miene plötzlich. »Doch, jetzt sehe ich es. Ist das nicht Agnes?«

»Ja, das stimmt ... Agnes Gustavsson.«

»Hieß sie so?« Ihre Mutter betrachtete das Foto eingehender.

»Doch. Sie war mit Papas Cousin verheiratet.«

»Stimmt, sie war mit Edvin verheiratet, dem geizigen Edvin.« Elvy lachte laut.

»Wenn du meinst, Mutter.«

»Er war wirklich knauserig. Wenn die Hemdkragen verschlissen waren, dann musste Agnes sie abtrennen, wenden und wieder annähen.«

»Dass du dich daran erinnerst! Das hatte ich fast vergessen ... aber das stimmt, jetzt erinnere ich mich auch.«

»An meinem Gedächtnis ist nichts auszusetzen.« Elvy wirkte stolz.

Bonita blätterte weiter. »Schau mal, wie schön der Garten in diesem Sommer war. Wie schön die Klematis damals geblüht hat.«

»Riesig wie Eierkuchen, hat Assar immer gesagt. Früher war wirklich alles lustiger.« Ihre Mutter sah plötzlich wehmütig aus.

»Im Sommer trinken wir dann jeden Tag im Garten Kaffee, denn bis dahin ist deine Rampe fertig. Sie wird fast so etwas wie eine Brücke ins Paradies.« Bonita begeisterte sich richtig. »Ich will wie früher Blumen in die Blumenkästen pflanzen.«

»Ach?« Elvy blätterte ungeduldig um.

»Vorsichtig. Nicht so stürmisch.«

»Das musst ausgerechnet du sagen. Dann weißt du, wie es ist, wenn du mir die Haare kämmst.« Sie sah Bonita spitzbübisch an. »Und hier ist Assar. Er sah wirklich gut aus.« Ihre Mutter strich über das Foto.

»Ja, das stimmt.«

»Aber ich habe ihn gekriegt, Bonita. Es waren auch noch andere hinter ihm her. Hast du immer noch keinen gefunden?« Die Stimme ihrer Mutter wirkte müde.

»Willst du dich etwas ausruhen? Wir können uns die anderen Fotos später ansehen ... heute Nachmittag, wenn wir Kaffee trinken.«

»Hast du gesagt, du willst draußen Klematis pflanzen?«

»Nein.« Bonita lachte. »Die Klematis soll bleiben, wo sie ist. Sie kommt ja jedes Jahr von selbst. Nein, ich würde gerne Sommerblumen pflanzen. Du kannst sie aussuchen helfen.«

»Dann will ich Kresse, Bonita ... in allen Töpfen.«

Bonita nahm Elvy die Brille ab und schüttelte ihr Kissen auf. Elvy ließ sich zurücksinken.

»Agnes Gustavsson«, sagte sie matt und schloss die Augen.

16. Kapitel

Bonita saß bei Doris in der Küche, und sie schmiedeten Pläne, während Elvy nach dem Abendessen ein Nickerchen hielt.

»Irgendwie komme ich mir ganz schnell eingeschlossen vor, wie in einem Gefängnis. Zum Beispiel in Aufzügen und in Flugzeugen«, meinte Bonita. »Auch als wir neulich im Store Thor gegessen haben, kam ich mir eingesperrt vor.«

»Stimmt. Das ist seltsam. Das geht aber vielen so.«

»Das Peinlichste war, als ich damals mit der Schule im Schifffahrtsmuseum in Malmö war.« Bonita kicherte verlegen. »Auf der Wiese davor stand ein U-Boot, in das man hineinklettern konnte. Es war sehr lang mit schmalen Gängen, und man musste sich ducken, um durchzukommen. Ganz vorne befand sich eine Art Sender, den man betätigen konnte. Wahrscheinlich war das irgendwie authentisch und pädagogisch. Einer der Jungs drückte auf den Knopf, und eine laute Männerstimme ertönte: ›Wir tauchen jetzt auf hundert Meter.‹ Dann hörte man das Brausen von Wasser. Ich war erst wie gelähmt, dann wurde mir schwarz vor Augen, und schließlich rannte ich stolpernd durch das ganze U-Boot zum Ausgang. Ich rempelte unzählige Leute an, die alle erstaunt und verärgert wirkten. Als ich zur Tür kam, schien die Sonne, und das U-Boot stand natürlich immer noch auf der Wiese.«

Doris lachte. »Ich sehe das regelrecht vor mir.«

In diesem Moment klingelte das Telefon, und sie zuckten zusammen. Bonita folgte neugierig dem Gespräch. Recht bald schloss sie, dass es das Frauenhaus war. Doris wandte sich an Bonita, während sie die Sprechmuschel zuhielt.

»Können wir Freitag drei Frauen aus dem Frauenhaus aufnehmen?«

»Na klar.«

Doris erzählte, dass sie dieses Mal vom Sozialamt in Malmö eine Aufwandsentschädigung erhalten würden.

»Paula kommt auch ... und zwei neue.«

Sie einigten sich darauf, die anderen Pläne einige Tage ruhen zu lassen. Doris schob die Papiere beiseite.

»Also, dann müssen wir jetzt umdenken und uns überlegen, was wir am Wochenende kochen sollen. Allmählich wird es stressig.« Sie lachte.

»Hast du genügend Kleingeld?«, erkundigte sich Kent.

»Ja, und stell dir vor, ich habe auch meine Fahrkarte«, entgegnete Bengt.

Sie saßen nebeneinander auf dem Göteborger Hauptbahnhof. Bengt hatte eine kleine Reisetasche dabei und Kent eine giftgrüne Sporttasche mit Werbung für die staatliche Lottogesellschaft.

»Ich frage mich, ob ich die Kaffeemaschine ausgeschaltet und die Tür abgeschlossen habe«, meinte Kent unruhig und fingerte am Griff seiner Sporttasche.

»Reiß dich zusammen! Die Tür fällt ins Schloss, oder? Und das mit der Kaffeemaschine fragst du dich jeden Morgen, und bisher hast du es noch kein einziges Mal vergessen.«

Bengt erhob sich verärgert und ging raschen Schrittes zu den Bahnsteigen. Kent folgte ihm zögernd und drehte sich dabei mehrmals um.

»Fahr nach Hause und schau nach. Ich kann auch allein fahren. Verdammt schade, dass du deinen neuen Pass jetzt doch nicht brauchst. Dein erster Pass, nicht wahr, Kent? Rausgeworfenes Geld, oder?«

Die Wut verdrängte die Besorgnis. Kent eilte mit schlenkernder Reisetasche hinter Bengt her. Statt der Daunenjacke trug er diesmal eine verschlissene dunkelblaue Seglerjacke aus Wollstoff, deren Kragenenden sich aufrollten. Bengt hatte einen grünen Parka mit unzähligen Aufnähern an.

Er musterte die Fahrkarten und die Wagennummern, ehe sie in den Zug einstiegen. Nachdem sie ihre Plätze eingenommen hatten, schlug Bengt eine Abendzeitung auf und begann zu lesen. Kent schwieg und schaute aus dem Abteilfenster.

»Man stelle sich vor, dass neuerdings die Polizei die Pässe ausstellt und die Passbilder macht«, meinte Kent schließlich.

»Wie praktisch. Dann haben sie uns schon in ihrem Register. Die Negative können sie verwenden, wenn sie uns drankriegen wollen und uns zur Fahndung ausschreiben«, meinte Bengt und legte dic Zeitung beiseite.

»Soll das ein Witz sein?«

Bengt antwortete nicht, sondern nahm die Zeitung wieder zur Hand und las weiter.

Paula freute sich, wieder in der Villa Bonita zu sein. Die anderen beiden Frauen waren Anfang dreißig und wirkten sehr rastlos. Doris und Bonita hatten sich sagen lassen, dass sie gerade eine Entziehungskur hinter sich hatten, dass aber keine Probleme zu erwarten seien. Sie waren nett und gut gelaunt und redeten unablässig. Immer wieder fragten sie, ob es nicht etwas zu tun gebe. Sie halfen beim Abwasch, backten einen Kuchen, gossen die Blumen und reinigten Schmutzfinks Käfig.

Im Garten des Nachbarhauses stand ein Schuppen, wo Doris' Vater eine Tischlerwerkstatt gehabt, aber auch die Gartengeräte aufbewahrt hatte. Dieser Schuppen spielte eine besondere Rolle in Bonitas und Doris' Plänen. Als Erstes wollten sie ihn ausräumen und die Sachen in die benachbarte alte Waschküche stellen.

Am Abend, nachdem Bonita ihre Mutter bettfertig gemacht hatte, gingen alle zu Doris und setzten sich in ihrer Küche zusammen.

Nach einer Weile erkundigte sich Doris: »Hat jemand von euch Lust auf Knochenarbeit?«

»Aber sicher«, antworteten Paula und Eva.

»Mein Schuppen im Garten muss ausgeräumt werden. Das ganze Gerümpel kommt erst mal auf die Wiese, damit ich es sortieren kann.«

»Super«, meinte Paula. »Ich habe früher mal auf einem Bauernhof gearbeitet, Ausmisten, Sachen rumschleppen und so. Mir macht das nichts aus.«

»Mir auch nicht«, sagte Siv, eine kleine, zarte Person, die die Statur einer Fünfzehnjährigen besaß und Jeans und einen bauchfreien Pullover trug.

Auch Eva nickte zustimmend. Sie war groß und kräftig und konnte sicher mühelos ganze Klohäuschen hochheben.

Siv erhob sich eifrig und ging zur Tür.

»Immer mit der Ruhe«, meinte Doris lächelnd. »Im Schuppen gibt es kein Licht, und draußen ist es fast dunkel. Wir müssen bis morgen warten.«

Die Frauen sahen fast ein wenig enttäuscht aus.

»Was haben Sie denn mit dem Schuppen vor?«, fragte Paula neugierig.

»Weiß noch nicht so recht. Erst mal aufräumen und dann anstreichen.«

»Dürfen wir dabei auch mithelfen?«, fragte Eva begeistert.

»Das schaffen wir nicht an einem Wochenende. Ihr reist doch bereits am Montag wieder ab.«

Nach einer langen Stille schlug Siv vor, rüberzugehen und eine Partie Billard zu spielen. Bonita nahm den Hausschlüssel aus ihrer Schürzentasche und reichte ihn Paula.

Als die Frauen gegangen waren, sah Bonita Doris an.

»Können wir sie wirklich einfach so für uns arbeiten lassen?«

»Das wollen sie doch selbst. Das hast du doch gehört?«

»Die vom Frauenhaus werden uns den Kopf waschen, wenn sie hören, dass sich die drei hier abgerackert haben.«

»Körperliche Arbeit hilft gegen Rastlosigkeit, und wir können es den Betreuerinnen vom Frauenhaus erzählen, bevor sie es von anderer Seite erfahren.«

Es wurde dunkel, aber sie blieben im Dämmerlicht sitzen. Zwischendurch schwiegen sie, und wenn sich ihre Blicke trafen, lächelten sie sich an.

»Brauchst du heute Abend noch Hilfe, Bonita?«

»Höchstens, indem du mich ins Bett bringst.« Bonita gähnte und erhob sich.

Doris blieb noch einen Augenblick in der Küche sitzen, nachdem Bonita gegangen war. Ihr Haus war kleiner als die Villa Bonita. Es war nur eingeschossig und nicht unterkellert. Außer der Küche gab es noch ein Wohn- und zwei Schlafzimmer. Doris hatte kaum etwas verändert, seit sie wieder dort eingezogen war – abgesehen vom Computer, dem Bett und ein paar Kleinigkeiten, die sie mitgebracht hatte. Sie erhob sich und schaute aus dem Küchenfenster.

Der Garten war einmal eine richtige Oase gewesen. Ihr Vater war Bahnhofsvorsteher gewesen und ihre Mutter Hausfrau. Sie hatte sehr viel Zeit auf Haushalt und Garten verwendet.

Doris stellte die Kaffeetassen in die Spüle und ließ Wasser einlaufen. Ein Auto, das um die Ecke fuhr, erhellte die Küche einen Augenblick lang mit seinen Scheinwerfern. Als sie die Küche verließ, war nur das leise Zischen der Thermoskanne zu hören, deren Verschluss undicht war.

Am nächsten Tag waren Paula, Siv und Eva bereits früh auf, und das Frühstück stand auf dem Tisch, als Bonita in die Küche kam.

»Heute wird gearbeitet«, meinte Siv. »Faul im Bett liegen bleiben gibt's nicht.«

Bonita freute sich über ihre Begeisterung, war aber selbst noch ziemlich müde. Die Pflege ihrer Mutter strengte sie immer mehr an.

Früher hatte sie nur die Sorge um ihre Mutter gehabt, jetzt musste sie sich auch noch um vieles andere kümmern. Dennoch wünschte sie sich die Zeit, bevor Doris aufgetaucht war, ganz und gar nicht zurück. Manchmal kribbelte es in ihrem Kopf, fast so, als würden ihre Gehirnzellen wieder zum Leben erwachen. Die Veränderung erfüllte sie mit einer gewissen Wehmut, weil sie nicht früher in ihrem Leben stattgefunden hatte, aber das ließ sich nun einmal nicht ändern.

Sie erinnerte sich daran, was ein Hauptmann in der Kaserne einmal gesagt hatte: »Man legt ein Maßband auf den Fußboden und schneidet es bei achtzig Zentimetern ab. Das ist die Zeit, die man voraussichtlich zu leben hat. Dann schneidet man die Jahre ab, die man bereits gelebt hat, und übrig bleiben die Jahre, die noch vor einem liegen.« Damals hatte Bonita nicht weiter darüber nachgedacht, aber vor ein paar Jahren hatte sie das Ganze wirklich einmal in die Tat umgesetzt. Es war erschreckend, wenn auch nicht weiter überraschend gewesen. Von dem langen Maßband waren nur fünfundzwanzig Zentimeter übrig geblieben.

Seitdem war das Alter bei ihr zu einer fixen Idee geworden, und sie dachte ständig in Zentimetern. Doch seit eini-

Die Frauen wirkten interessiert, waren aber dann etwas enttäuscht, als keine Fortsetzung oder weitere Erklärung kam.

»Deswegen würden wir gerne Frauen helfen, die sich prostituieren.«

»Die kommen natürlich auch hierher«, meinte die Frau, die ihnen die Tür geöffnet hatte, eine dunkelhaarige, rundliche kleine Frau mit den munteren Augen eines Eichhörnchens. »Sie werden auch oft misshandelt.«

»Wir haben aus dem Fernsehen erfahren, dass die Mittel häufig nicht ausreichen und dass es für die Frauen gut wäre, aus der Stadt rauszukommen. Wir beide verfügen über große Häuser in Ystad und die Möglichkeit, uns zeitweise um ein paar Frauen zu kümmern. Kostenlos natürlich«, sagte Bonita, die das Gefühl hatte, sich bislang zu wenig an der Unterhaltung beteiligt zu haben und daher etwas sagen zu müssen.

Die Frauen sahen sich zweifelnd an.

»Das klingt zweifellos interessant, aber ...«

»Bei uns gibt es jeglichen Komfort, schöne Zimmer, große Gärten. Bonita hat Erfahrung als Hauswirtschafterin, da gibt es also keine Probleme.« Doris kam sich vor, als müsste sie etwas verkaufen und Werbung für eine Ware machen.

Die kleine dunkelhaarige Frau, die am meisten zu sagen zu haben schien, erwiderte: »Können Sie irgendwelche Referenzen vorweisen? Nicht dass wir Ihre guten Absichten in Zweifel ziehen würden, aber wir müssen trotzdem ...«

»Ich betreue meine alte Mutter«, warf Bonita ein. »Es ist jedoch lange her, dass ich eine feste Arbeit hatte. Ich war Haushälterin beim Regiment in Ystad, aber das gibt es schon lange nicht mehr.« Doris belustigte der Gedanke, Bengt Jarl und Kent Ohlin als Gewährsleute anzugeben. Aber Zuhälter waren in diesem Kontext wohl eher ungeeignet.

beim Frauenhaus telefonisch angemeldet und erzählt, dass sie ihre Hilfe anbieten wollten.

»Wir brauchen ehrenamtliche Leute, besonders am Wochenende, wenn das Personal knapp ist«, war ihr geantwortet worden.

Doris hatte erklärt, dass ihre Vorstellungen in eine etwas andere Richtung gingen, dass sie aber gerne darüber sprechen würde.

Das Frauenhaus (genau genommen handelte es sich dabei nur um eine Wohnung) lag am Stadtrand von Malmö in einem ganz gewöhnlichen Wohnviertel. Eine Frau hieß sie willkommen und führte sie in ein Besprechungszimmer. Dort saßen bereits zwei Frauen, die sie begrüßten. Sie stellten Doris und Bonita je eine große getöpferte Tasse hin und gossen Kaffee ein.

»So sieht es hier also aus«, meinte die eine Frau gut gelaunt, um das Gespräch in Gang zu bringen. Alle drei Frauen waren Anfang vierzig. Sie erzählten kurz vom Frauenhaus. In der Wohnung konnten vier Frauen aufgenommen werden, es handelte sich um sogenannte Akutplätze mit Betreuung rund um die Uhr. Anschließend wurden die Frauen in anderen Wohnungen in der Stadt untergebracht, wo sie Schutz vor ihren Männern fanden. Natürlich gab es für alle Wohnungen einen Bereitschaftsdienst. Die Mietkosten wurden von der Stadt getragen, die auch Therapeuten und Psychologen stellte. Die Frauen in der Hauptwohnung arbeiteten jedoch ehrenamtlich. Sie kümmerten sich um die Untergebrachten und versuchten, deren Selbstbewusstsein zu stärken.

»Viele von uns waren selbst einmal Opfer von Gewalt«, meinte die blonde Frau.

»Wir waren selbst nie betroffen«, meinte Doris, »sind aber zufällig mit der Prostitution in Berührung gekommen.«

Die Reise nach Polen war nicht so verlaufen, wie Kent und Bengt es sich vorgestellt hatten. Die Überfahrt war ein Albtraum gewesen. Die großen Wellen hatten die Fähre hin und her geworfen, und sie hatten sich fast die ganze Zeit übergeben müssen. Eigentlich hatten sie vorgehabt, im Restaurant zu essen und sich dann an den Spielautomaten zu verlustieren.

Kent hatte es versucht, aber es hatte so sehr geschaukelt, dass es ihm nicht gelungen war, Münzen in die Automaten zu stecken. Dann hatte er sich neben den Schwimmwesten einen Platz gesucht. Graugrün im Gesicht hatte er die Zähne zusammengebissen und die Informationstafel mit den Anweisungen, wie man sich bei Katastrophen zu verhalten habe, gemustert. Bei der Ankunft in Swinoujscie am nächsten Morgen hatten sich die beiden wie ausgelaugt gefühlt.

Sie nahmen ein Taxi zu der Adresse, die Bengt von seinem Kumpel Rolle bekommen hatte. Das Haus sah heruntergekommen aus. Göran, ein Schwede, ließ sie herein. Er gab sich als eine Art Beschützer der Frauen aus, lud sie auf ein Bier ein und stellte sie anschließend einigen Damen vor, die gerne nach Schweden wollten. Sie kannten die Bedingungen und wussten, dass sie in Schweden derselben Beschäftigung nachgehen würden wie in Polen.

Es handelte sich um vier Frauen mittleren Alters. Sie waren stark geschminkt, zwei von ihnen hatten starkes Übergewicht. Sie lächelten und schwenkten die Hüften. Ihre Kleidung war freizügig, und Kent verspürte erneut die Übelkeit, die ihm bereits auf der Fähre zu schaffen gemacht hatte. Die Dickste der Frauen ging auf Bengt zu und schmiegte sich an ihn. Stocksteif saß er auf seinem Stuhl, und sie zauste ihm die Haare, während sich eine andere auf Kents Schoß setzte. Die restlichen beiden machten unterdessen miteinander herum und streckten dabei lasziv die Zunge heraus. Ihre

Hüftknochen zeichneten sich deutlich unter den engen Röcken ab.

»Verdammt, schaff diese Weiber raus!«, schrie Bengt. Göran klatschte in die Hände, und die Frauen zogen sich diskret zurück.

»Soll das ein Scherz sein? Meinst du, dass wir diese Scheusale mit nach Schweden nehmen? Glaubst du, dass unsere Kunden dafür zahlen würden? Die einen sind die reinsten Nilpferde und die anderen totale Bohnenstangen.« Er war richtig in Rage.

»Sie verstehen ihr Geschäft. Ihr könnt sie testen, ich zahle. Bei Schummerbeleuchtung und mit ihrem Können, glaube ich ...«

»Da gebe ich mir lieber die Kugel«, meinte Kent. Der Geruch nach Schweiß und billigem Parfüm löste bei ihm erneut Übelkeit aus.

Den verbleibenden Tag irrten sie ziellos durch die Stadt, ohne viele Worte zu wechseln. Gegen Abend nahmen sie dann die Fähre zurück nach Schweden. Die Wellen hatten sich so weit beruhigt, dass sie die Rückreise mehr genießen konnten. Sie aßen gut im Restaurant und tranken ein paar Gläser Bier. Danach schmälerten sie ihre Reisekasse an den Spielautomaten. Sie beschlossen den Abend an der Bar. Bengt musste mit Karte zahlen und sich Bargeld rausgeben lassen, um die Bahnreise zurück nach Göteborg überhaupt bezahlen zu können.

In der Bar dachte Kent an seine Kindheit zurück. Wenn er trank, wurde er sentimental. Seine Trinkgewohnheiten hatte er von zu Hause mitbekommen. Nicht dass man dort gesoffen hätte, aber seine Eltern hatten in Bezug auf Alkohol eine recht liberale Einstellung gehabt. Sein Vater hatte im Brennholzschuppen Schnaps gebrannt, und manchmal hatte es in der ganzen Gegend nach Fusel gestunken. Einmal, als die

Verwandtschaft zum Essen gekommen war, hatte sein Vater verbergen wollen, dass es selbstgebrannten Schnaps zum Essen geben würde, und deshalb Kent und seinem kleinen Bruder die Anweisung gegeben, unter dem Tisch mit den Fingernägeln zu knipsen, wenn er die Flasche öffnete. In diesen Kreisen wusste man schließlich, dass es sich um umgefüllten Hausgebrannten handelte, wenn das Knacken beim Öffnen ausblieb.

Erst in den frühen Morgenstunden krochen Kent und Bengt in ihre Kojen.

»Was für verdammte Luder«, meinte Bengt. »Das war wirklich keine sonderlich gelungene Geschäftsreise.«

»Na ja, immerhin sind wir ein wenig rumgekommen, und das Essen war gut. Die flüssige Nahrung war auch nicht zu verachten«, erwiderte Kent.

»Wir behalten unsere Damen in Göteborg. Verglichen mit diesen Monstern sind sie ja die reinsten Perlen.«

Wenig später füllten ihre Atemzüge die Kabine mit Schnapsschwaden. Vor dem kleinen Bullauge funkelten die Wellen der Ostsee. Die Laternen anderer Schiffe leuchteten in der Dunkelheit, und der Mond unternahm einen tapferen Versuch, durch die kompakte Wolkendecke zu brechen.

Zum Frühstück tranken sie Bier, und als sie sich zu den übrigen Passagieren in die Schlange stellten, um die Fähre zu verlassen, schwankte Kent bereits. Bengt hatte seinen glasigen Blick auf die Gangway gerichtet, über die sie ihre Heimat wieder betreten würden. Schulter an Schulter strebten sie dem Zoll entgegen.

»Etwas zu verzollen?«, fragte der barsche Zöllner.

Bengt klopfte sich auf den Bauch. »Nicht im Gepäck«, erwiderte er grinsend, und der Zöllner sah ihn wütend an.

Kent hatte ein paar Schachteln Zigaretten auf der Fähre

gekauft und zündete sich eine an, sobald sie wieder an Land waren.

»Das schmeckt ja wie Heu.« Er hustete.

»Was machen wir jetzt?« Bengt schaute auf die Uhr. »Der Zug fährt erst in zwei Stunden.«

»Wir können doch mal nachsehen, wo sie wohnt?«

»Wer?«

»Doris Strand natürlich.«

Auch Bengt hatte bereits mit diesem Gedanken gespielt. Er zog sein Adressbuch aus der Tasche und sah nach. Vor dem Bahnhof hing ein Stadtplan von Ystad. Kent deutete auf die Straße.

»Da.«

»Nicht weit weg«, meinte Bengt. »Wir müssen uns ohnehin etwas bewegen, bevor wir wieder in den Zug steigen.«

Bengt übernahm die Führung, und Kent trottete mit seiner grünen Tasche, die in der Morgensonne grell leuchtete, hinter ihm her.

»Sollen wir anklingeln?«

»Bist du verrückt? Wir versuchen nur, einen Blick auf sie zu erhaschen, um festzustellen, ob sie das damals in Göteborg war ...«

»Vielleicht ist es ja ein Mehrfamilienhaus?«

»Dann ist nichts zu machen. Ich bin mir allerdings recht sicher, dass sie erwähnt hat, sie würde das Haus ihrer Eltern übernehmen, als sie uns die neue Adresse mitteilte.«

»Vielleicht besaßen ihre Eltern ja ein Mehrfamilienhaus?«

Bengt sah ihn resigniert an. Nach einer Weile blieb er stehen.

»Hier irgendwo muss es sein, die Straße stimmt schon mal. Die Hausnummer 32 muss ein Stück weiter liegen. Wir gehen einfach gemächlich vorbei, bleiben nicht stehen und schauen auch nicht zu neugierig.«

Kent wurde nervös. Der Spaziergang und die gleißende Morgensonne hatten ihn wieder ernüchtert.

»Das Haus muss es sein«, meinte Bengt nach einer Weile.

»Das?«, fragte Kent ein bisschen zu laut.

»Nicht so laut, Mann!«

Sie verlangsamten ihre Schritte. Die Stimme einer jungen Frau war zu hören. Während sie an Doris' Haus vorbeigingen, kam Paula aus der Villa Bonita und ging auf die Gartenpforte des Nachbarhauses zu. Sie sah jedoch nicht zu ihnen herüber, sondern sprach mit jemandem in Doris' Garten.

Die beiden Männer blieben wie angewurzelt auf der Straße stehen. »Hast du das gesehen? Das war doch die, die mal für uns gearbeitet hat.«

»Paula«, stöhnte Bengt. »Was zum Teufel hat die bei Doris Strand zu suchen?«

»Jetzt stellst du die dummen Fragen.«

Und sie sahen sich ratlos an.

Erst als sie im Zug saßen, kam die erste Reaktion.

»Wenn wir sie nicht beide gesehen hätten, dann ...«

»Sie war es«, erwiderte Kent.

»Das weiß ich, verdammt noch mal. Aber warum, Kent? Warum war sie dort?«

»Das hast du schon einmal gefragt.«

»Wir müssen Doris Strand fragen. Alles Drumherumreden ist sinnlos.«

»Soll sie etwa erfahren, dass wir in Ystad waren und ihr nachspioniert haben?«

»Ach, wir müssen uns halt was Vernünftiges einfallen lassen. Und jetzt muss ich eine Runde schlafen.« Bengt zog seinen grünen Parka, den er an einen Haken gehängt hatte, übers Gesicht. Kent fingerte an seiner Zigarettenschachtel herum und sehnte sich nach Malmö. Dort würde er beim Umsteigen endlich eine Zigarette rauchen können.

Am Dienstag erhielt Doris eine recht konfuse und unbegreifliche E-Mail von ihren Arbeitgebern.

»Hallo, Doris Strand, uns wurde zur Kenntnis gebracht, dass eine ehemalige Angestellte unserer Firma, eine Paula Irgendwas, nach Ystad verzogen sein soll. Könnten Sie vielleicht so freundlich sein und nachsehen, ob sie im Telefonbuch steht, und wenn ja, uns ihre Telefonnummer mailen? Viele Grüße von Bengt Jarl und Kent Ohlin.«

Es hatte sie sehr viel Mühe gekostet, das Schreiben zu verfassen. Sie glaubten nicht wirklich, dass Paula nach Ystad umgezogen war. Irgendetwas war geschehen, und Doris musste damit zu tun haben. Sie hofften, dass sie auf ihre Anfrage reagieren und ihnen irgendeine Erklärung liefern würde. Vielleicht war sie ihnen ja auf die Schliche gekommen und hatte in Ystad ein ähnliches Unternehmen aufgezogen? Doris las den Brief mehrmals durch. Die Gäste waren abgereist, und Bonita und sie hatten beschlossen, sich einen Tag lang um ihre eigenen Belange zu kümmern, die unerledigt geblieben waren.

Nach dem Mittagessen konnte sich Doris jedoch nicht länger beherrschen. Sie druckte den Brief aus und nahm ihn mit zu Bonita. Sie setzten sich an den Küchentisch, um ihr weiteres Vorgehen zu besprechen.

»Ich hatte dir doch neulich gesagt, dass Paula von zwei Männern in Göteborg erzählt hat, für die sie mal als Prostituierte gearbeitet hat«, sagte Bonita.

»Stimmt, Bonita. Die beiden müssen in Ystad gewesen sein. Anders lässt sich diese Anfrage nicht erklären. Stell dir vor, wenn sie hier vor dem Haus gestanden und Paula gesehen haben!«

»Dann hätten sie doch selbst mit ihr reden können.«

»Eigentlich glaube ich nicht, dass sie mit ihr reden wollen. Sie sind aus irgendeinem Grund verunsichert. Und ich will sie noch mehr verunsichern. Ich werde ihnen überhaupt nichts über Paula verraten, sondern so tun, als wüsste ich von nichts. Ich werde genauso diffus zurückschreiben.«

Als Doris wieder zu Hause war, setzte sie sich sofort an den Computer.

»Hallo, ich habe im Telefonbuch nachgesehen. Eine Paula Irgendwas gibt es dort nicht. Sind Sie sich sicher, dass sie wirklich so heißt? Freundliche Grüße! Doris Strand.«

Eifrig öffneten Kent und Bengt die E-Mail von Doris. Sie lasen schweigend. Dann stand Kent abrupt auf.

»Ich habe doch gesagt, dass es seltsam wirkt, wenn wir den Nachnamen nicht nennen. Wie hätte sie sie auch ohne Nachnamen im Telefonbuch finden sollen?«

»Wir wissen doch gar nicht, wie sie mit Nachnamen heißt, oder? Uns ging es nur um ihre Reaktion, um ihre Antwort. Glaubst du, sie macht sich über uns lustig? Sie kann doch wohl kaum so blöd sein, dass sie glaubt, Paula hieße wirklich Irgendwas mit Nachnamen?« Bengt sah nachdenklich aus.

»Keine Ahnung.«

»Du weißt ja nie etwas.«

Kent antwortete nicht. Er setzte sich aufs Sofa und legte seine Füße auf den wackligen Couchtisch. Bengt setzte sich neben ihn.

»Wir haben von nichts eine Ahnung. Und die ganze Sache ist ziemlich seltsam.«

Im März und April hatten Bonita und Doris alle Hände voll zu tun. Das Frauenhaus quartierte regelmäßig Frauen bei ihnen ein. Einmal waren sie in einer kritischen Lage eingesprungen, als eine Frau über ein Wochenende untergebracht werden musste, ehe sie zu einer Familie in Nordschweden kam.

Eine Zeit lang hatten sie fünf Frauen auf einmal aufgenommen. Zwei wohnten bei Doris und drei in der Villa Bonita. Die Frauen hatten ihnen dabei geholfen, den großen ausziehbaren Tisch aus dem Keller zu holen. Es war zwar eng geworden, aber Bonita hatte es genossen, am Herd zu stehen und für so viele Menschen zu kochen.

Man hatte ihnen die Unkosten erstattet, und sie hatten sogar einen Überschuss erwirtschaftet. Einen Lohn hatten sie sich bisher allerdings nicht ausbezahlt, und Doris hatte das Konto, auf dem das Geld von Kent Ohlins und Bengt Jarls Unternehmen einging, auch noch nicht in Anspruch genommen.

Die meisten der bei ihnen Einquartierten waren hilfsbereit, und die Gärten von Doris und Bonita waren jetzt dem Frühling gemäß gepflegt. Der Schuppen war frisch gestrichen, und eine der Besucherinnen hatte Doris dabei geholfen, Vorhänge für die kleinen Fenster zu nähen.

Doris hatte gehört, dass eine Gärtnerei Aushilfskräfte zum Pflanzen von Setzlingen suchte. Da das Frauenhaus Paula langfristig ins normale Arbeitsleben integrieren wollte, hatte Doris sie zur Gärtnerei begleitet, als sie in Ystad gewesen war. Paula war überglücklich gewesen, als sie die vierzehntägige Aushilfsstelle erhalten hatte. Nach einigem Zögern hatte ihr das Frauenhaus nach Absprache mit dem Sozialamt erlaubt, während dieser Tage in Ystad zu wohnen. Paula wurde immer gesprächiger, und ihr Selbstbewusstsein nahm mit jedem Tag zu.

Bonita spannte zwischen den Apfelbäumen Wäscheleinen, auf denen die Bettwäsche im Frühlingswind flatterte. Neugierige Nachbarn fragten sich, was wohl in den beiden Häusern vorging. Es wurde getuschelt und gemutmaßt, aber solange die Nachbarn nicht gestört wurden, hatten diese nichts einzuwenden. Ein Nachbar hatte allerdings angedroht, Unterschriften zu sammeln, um diesen seltsamen Umtrieben ein Ende zu bereiten, denn er befürchtete, dass sie sich negativ auf den Wert der Immobilien auswirken könnten. Keiner der Nachbarn hatte jedoch unterschreiben wollen.

»Sollten wir die Leute in der Nachbarschaft nicht mal abends zum Kaffee einladen und ihnen alles erzählen?«, schlug Bonita vor.

»Ja, warum nicht? Wir könnten bei der Gelegenheit auch fragen, ob jemand im Garten oder bei anderen Tätigkeiten Hilfe gebrauchen könnte. Natürlich gegen ein angemessenes Entgelt.«

»Die Hälfte würde in unsere Kasse gehen, die andere Hälfte wäre Taschengeld für die Frauen.«

Der Gedanke begeisterte sie richtiggehend. Doris ging nach Hause und setzte die Einladung auf. Darin war von eventuellen Arbeitseinsätzen noch nicht die Rede.

Einige Tage später erschienen so gut wie alle Eingeladenen in der Villa Bonita. Da nicht alle an einem Tisch Platz gefunden hätten, hatten Doris und Bonita Kaffee und Tassen auf der Anrichte neben der Spüle aufgebaut, sodass sich jeder selbst bedienen und an einem der Tische Platz nehmen konnte.

Zuerst berichteten Doris und Bonita von ihrer ehrenamtlichen Tätigkeit, dann erzählten Paula und Sara, die derzeit bei ihnen zu Gast waren, von ihrem Leben. Die Nachbarn hörten erstaunt zu. Sie schienen sich gar nicht so sehr dafür zu interessieren, wie sich der Aufenthalt der Frauen in den beiden Häusern gestaltete, sondern mehr für ihre Vergangenheit.

Paula ließ die Platte mit dem selbst gebackenen Kuchen noch einmal herumgehen, und Doris informierte die Nachbarn über die Möglichkeit, sich bei der Gartenarbeit und anderem helfen zu lassen. Man lobte Doris und Bonita für ihr soziales Engagement, und einige der Nachbarn meinten, dass sie etwas Hilfe durchaus gebrauchen könnten. Danach räumten alle gemeinsam ab.

»Wird das Haus jetzt verkauft, Bonita?«, fragte Elvy unglücklich.

»Wie kommst du darauf?«

»Es kamen doch so viele zur Besichtigung. Einer der Männer sah richtig gemein aus. Dann hat er gesagt: ›Was für ein schönes Haus Sie haben.‹«

»Das waren unsere Nachbarn, Mutter.« Plötzlich schämte sich Bonita, weil sie ihre Mutter nicht in ihre Pläne eingeweiht hatten. Es war rücksichtslos gewesen, alles über ihren Kopf hinweg zu entscheiden ... und das in ihren eigenen vier Wänden. Ja, sie schämte sich wirklich.

17. Kapitel

Paula hatte ein Schild gemalt, das sie an Doris' Schuppen nagelten. »Bienenkorb« stand darauf. Doris' und Bonitas Pläne und ihre fleißige Arbeit hatten Früchte getragen. Sie hatten sich bei verschiedenen Unternehmen nach Arbeit erkundigt.

»Ohne dass Ihnen Kosten entstehen, natürlich«, hatten sie gesagt. »Wir verfügen über die nötigen Räumlichkeiten und die Arbeitskräfte.«

Sie wussten, dass es schwer war, von den Unternehmen Löhne zu fordern. Viele der Frauen waren krankgeschrieben oder bekamen eine Frührente. Das Wichtigste war jedoch, dass sie einer vernünftigen Beschäftigung nachgingen, während sie sich in Ystad aufhielten. Dieser Meinung war auch Margit Kjellander vom Sozialamt gewesen. Bonita und Doris war klar, dass sie mehr bieten mussten als nur Unterkunft und Verpflegung, wenn sie auf regelmäßigere Einquartierungen hoffen wollten.

Die meisten Firmen konnten aufgrund ihrer aktuellen Auftragslage jedoch gerade mal ihr eigenes Personal beschäftigen, und bei einem Unternehmen hatte die Gewerkschaft ihr Veto eingelegt. Eine Firma benötigte jedoch gelegentlich Leute, die Werbesendungen mit Adressenaufklebern versahen. Ein anderes Unternehmen brauchte zeitweilig Extrapersonal für die Verpackung von Waren. Das Einzige, was Bonita und Doris verlangten, war, dass die Firmen das Material anlieferten und wieder abholten.

Sie hatten Elons alte Hobelbank wieder in den Schuppen getragen und mit einem schönen Brett abgedeckt. Dann hatten sie auf einer Auktion vier Bürostühle erstanden. Auf den

Namen »Bienenkorb« hatten sie sich eines Abends nach lebhaften Diskussionen geeinigt, weil sie in dem Schuppen fleißig wie die Bienen sein wollten.

Bereits in der folgenden Woche gab es die ersten Aufträge. Vier kleine Schrauben mussten mit einem Blechschildchen und einer Anleitung in eine Plastiktüte gelegt werden, und diese musste zugeschweißt werden.

Am Mittwoch rief Birgitta vom Frauenhaus an und fragte, ob sie mit drei Sozialarbeiterinnen vorbeischauen dürfe. Am folgenden Tag hielt das Auto wie vereinbart vor der Villa Bonita. Es war der erste richtige Frühlingstag, und im Garten hing die Bettwäsche zum Trocknen. Eva jätete Unkraut, und Bonita stand am Herd und kochte ein herrliches Fleischgericht. Als es klopfte, trocknete sie sich die Hände an der Schürze ab und öffnete.

»Willkommen«, sagte sie lächelnd.

Birgitta erwiderte ihren Gruß ebenfalls lächelnd, die drei Sozialarbeiterinnen wirkten jedoch eher skeptisch. Es waren drei energische Damen fortgeschrittenen Alters, von denen zwei Aktenkoffer trugen und die dritte eine Handtasche aus Lackleder.

»Ich möchte nur zeigen, wie die Frauen während ihres Aufenthalts in Ystad untergebracht sind«, sagte Birgitta.

»Natürlich.« Bonita nahm den Topf von der Herdplatte. Sie zeigte ihnen den Weg ins Obergeschoss, und die Gesellschaft begab sich nach oben.

»Hier sind die Schlafräume der Frauen.« Stolz öffnete sie die Türen. »Hier ist ihr Badezimmer.« Sie machte das Licht an, und die drei Damen steckten ihren Kopf in das schöne Badezimmer. »Das ist ihr Aufenthaltsraum mit Billardtisch, Spielen, Büchern und anderen Beschäftigungsmöglichkeiten.« Bonita zog alle Register.

Anschließend begaben sie sich in den Garten. Eva hatte

rote Wangen und lächelte. Sie legte die Schaufel beiseite und umarmte Birgitta.

»Dir scheint es ja gut zu gehen«, meinte Birgitta.

»Hier ist es phantastisch, aber wir müssen hart arbeiten«, antwortete Eva und warf Bonita einen schelmischen Blick zu.

»Das tut euch sicher gut.«

»Zeigst du uns den Bienenkorb, Eva?«, fragte Bonita, und Eva führte die kleine Gruppe stolz in den Nachbargarten.

»Hier können sich die Frauen nützlich machen.« Am Arbeitstisch waren zwei Frauen mit dem Verpacken von Waren beschäftigt. Bonita stellte den Besucherinnen Doris vor. Anschließend warfen sie dann noch einen Blick in Doris' Haus.

»Was Sie für die Frauen tun, ist wirklich imponierend«, meinte Birgitta, als sie schließlich bei Bonita am Küchentisch saßen. Elvy war auch dabei, und Eva half ihr, das Kuchenstück zu halten, und reichte ihr die Tasse.

»Für diese Art der Betreuung benötigt man eine Genehmigung«, sagte eine der drei Damen von der Behörde. »Es gibt Auflagen, was die Qualifikation des Personals, den Feuerschutz und die Arbeitsbedingungen betrifft. Außerdem muss ein Behandlungsprogramm erstellt werden.«

Bonitas Freude und Stolz verflüchtigten sich.

»Die Sache hier lässt sich nicht mit der Unterbringung in Gastfamilien vergleichen, bei der es ja meist um eine, wohlgemerkt nur eine Person geht«, die Frau klopfte mit einem rot lackierten Fingernagel auf den Tisch, und Elvy verfolgte das Schauspiel interessiert, »die unter festgelegten Bedingungen bei einer Familie einquartiert wird. Hier werden kontinuierlich neue Personen aufgenommen, die auf professionelle Hilfe angewiesen sind.«

»Bonita hat in der Kaserne als Köchin gearbeitet«, sagte Elvy stolz, und die anderen betrachteten sie nachdenklich.

»Wir wollen uns nicht von irgendwelchen Psychologen plattreden lassen. Von denen haben wir genug. Hier haben wir, was wir brauchen. Eine Beschäftigung, Gemeinschaft und normale Menschen, die uns verstehen.« Eva erhob sich abrupt und schob unwirsch ihren Stuhl an den Tisch.

»Die Einscheidung liegt nicht bei uns«, meinte eine der Frauen. »Aber Regeln und Gesetze sind dazu da, befolgt zu werden.«

»Aber etwas flexibel kann man doch wohl sein, wenn man sieht, dass etwas funktioniert. Ich hoffe, Sie haben nichts an der Betreuung und Unterbringung der Frauen auszusetzen?«, erwiderte Doris mit leiser Stimme.

»Darum geht es doch gar nicht.«

»Ach nein?«, meinte Bonita. »Worum denn dann?«

Die Frau rutschte nervös auf ihrem Stuhl herum. »Es mag vielleicht seltsam klingen, aber es geht darum, die Gesetze zu befolgen.«

»Das klingt aber komisch«, meinte Elvy, und Bonita schaute sie betreten an.

»Wie sieht es mit den Richtlinien hinsichtlich der Verwahrung und Verwertung von Lebensmitteln aus?«

Bonita und Doris schwiegen. Selbst Birgitta vom Frauenhaus sah verlegen aus.

»Das kriegen wir schon hin«, flüsterte sie Doris und Bonita zu, bevor die Gesellschaft wieder in dem Auto vor dem Gartenzaun Platz nahm.

»Immerhin war es bislang sehr nett«, meinte Doris seufzend.

»Ach was, du hast doch gehört, was sie gesagt haben: ›Die Entscheidung liegt nicht bei uns.‹« Bonita ging zum Herd und rührte in einem Topf. »Richtlinien hinsichtlich der Verwertung von Lebensmitteln. Dass ich nicht lache.« Dann lachten sie beide, wurden aber sehr rasch wieder ernst.

»Die waren mir nicht sympathisch«, sagte Elvy, als Bonita sie zu ihrem Bett schob.

Bonita flüsterte ihrer Mutter ins Ohr: »Mir auch nicht, aber behalt das für dich.« Sie zwinkerte ihrer Mutter zu und lachte.

»Unser kleines Geheimnis, Bonita?«

»Ja, Mutter, unser kleines Geheimnis.«

An den folgenden Tagen sprachen sie nicht mehr von dem Besuch. Ein paar Handwerker bauten die Küchentür um und montierten die Rollstuhlrampe. Im Augenblick war nur Paula zu Besuch. Sie mochte ihre Arbeit, und die Abende verbrachte sie mit Doris und Bonita. Bereits in der folgenden Woche sollten drei neue Frauen kommen, und einige Nachbarn hatten um Hilfe bei der Gartenarbeit gebeten.

Als sie ihren Abendkaffee tranken, erzählte Paula aus ihrem Leben. Dabei stellte sich heraus, dass ihre Arbeitgeber in Göteborg wirklich Bengt Jarl und Kent Ohlin gewesen waren. Doris und Bonita ließen sich nicht anmerken, dass sie über die beiden Bescheid wussten. Paula erzählte, wie man sie ausgenutzt, erniedrigt und gekränkt hatte. Als sie zu Bett gegangen war, blieben Doris und Bonita noch ein Weilchen in der Küche sitzen.

»Mein schlechtes Gewissen verbietet mir, weiterhin die Augen zu verschließen. Ich muss ihnen das Handwerk legen.«

»Und das Geld auf deinem Konto?«

»Damit habe ich etwas vor.«

Der nächste Tag war der erste richtig warme Tag des Jahres. Die Rampe war noch nicht ganz fertig, ließ sich aber bereits benutzen. Bonita und Doris trugen die Gartenmöbel in die Laube.

»Ich will nicht ins Heim«, sagte Elvy energisch, als Bonita ihr den Mantel anzog.

»Wir gehen nicht ins Heim, Mutter. Wir wollen nur in der Laube Kaffee trinken.«

»Dagegen ist nichts einzuwenden.«

Bonita hatte Tränen in den Augen, als sie ihre Mutter über die Rampe in den Garten schob. Wie viel einfacher alles werden würde! Dass sie diese Verbesserung nicht schon früher veranlasst hatte!

Voller Genuss tranken sie ihren Kaffee in der wärmenden Sonne. Dann machte Bonita mit ihrer Mutter einen Spaziergang durch den Garten und zeigte ihr die sprießenden Frühlingsblumen.

»Jetzt zeigen wir meiner Mutter den Bienenkorb«, meinte Bonita fröhlich, und dann machten sie sich auf den Weg zu Doris' Schuppen. Im Augenblick war hier niemand, aber es lagen noch einige Tüten und Schrauben herum. Bonita zeigte ihrer Mutter alles, und es wirkte, als erhellte sich Elvys Blick.

»Wo sind Elon und Olga?«, fragte sie und sah sich um.

»Schau mal, Mutter«, versuchte Bonita sie abzulenken. »Vier Schrauben in eine Tüte. Willst du es auch mal versuchen?«

Wenig später saßen sie zu dritt an der Werkbank und füllten Schrauben in die Tüten. Elvy hatte etwas Mühe mit der Anzahl, gab sich aber redlich Mühe.

»Vielleicht willst du ja auch hier arbeiten?«, scherzte Bonita.

»Lieber nicht. Ich bin schließlich Rentnerin, und da soll man nicht arbeiten. Blühen die Eierkuchen schon?«

»Nein, für die Klematis ist es noch zu früh, aber wenn sie kommen, zeige ich sie dir.«

Elvy schlief fast den ganzen Nachmittag, wirkte aber zufrieden. Bonita fiel auf, dass sie schon lange nicht mehr die

Hände zu Fäusten geballt hatte. Sie nutzte die Gelegenheit, um selbst einen Mittagsschlaf zu halten, und schlief tief, die Hände auf dem Bauch gefaltet.

Eines Tages kam Paula freudestrahlend von der Arbeit nach Hause.

»Sie haben mich fest angestellt. Ich bekomme einen richtigen Lohn. Kann ich mich bei dir einmieten, Bonita? Das können sie doch eigentlich nicht verbieten?«

Bonita umarmte sie und freute sich. Die beiden Freundinnen hatten eingesehen, dass sie ihren Betrieb nicht im selben Umfang wie bisher aufrechterhalten konnten. Sie ärgerten sich über die bürokratischen Hürden, fanden aber auch, dass sie nun um eine Erfahrung reicher waren. Im Lokalblatt Ystads Allehanda hatte das Fremdenverkehrsamt nach geeigneten Gästezimmern gesucht, und sie beschlossen, sich dort zu melden.

Im Frauenhaus war man sehr davon beeindruckt, dass es ihnen gelungen war, Paula eine Arbeit zu vermitteln, und auch erleichtert, dass sie weiterhin bei Bonita wohnen konnte.

»Jetzt müssen wir uns nur noch überlegen, wie wir Bengt Jarl und Kent Ohlin in die Pfanne hauen können«, meinte Doris eines Abends, als Paula übers Wochenende nach Malmö gefahren war, um Freunde zu besuchen. Sie hatten stets vermieden, Alkohol zu trinken, wenn ihre Schützlinge anwesend waren, aber an diesem Abend gönnten sie sich eine Flasche Rotwein.

»Hat fast was von einem Leichenschmaus«, meinte Bonita.

»Die Sache wird schon nicht von heute auf morgen enden.« Doris hob ihr Glas und schnitt sich dann ein Stück Käse ab.

Elvy war in den letzten Tagen müde gewesen und hatte

nur mit schwacher Stimme gesprochen. Sie rief häufiger nach Bonita und war bisweilen recht mürrisch.

»Onitabal, iewal rohfal chial inbal, assdal irwal ierhal usammenzal itzensal.«

»Chial uchaal!« Sie lachten.

»Wenn wir uns unsere Häuser nicht mehr leisten können, dann verkaufen wir eben das eine, ziehen zusammen und teilen uns die Kosten.«

»Ja, das ist eine gute Idee, Doris.« Bonita strahlte.

»Das war doch nur ein Witz.«

»Ach.« Bonita klang enttäuscht.

»Aber warum eigentlich nicht …«

Als die Flasche leer war, hatten sie auf einem Block ein paar Ideen dazu notiert, wie sich Doris aus der Firma zurückziehen könnte. Sie hatten viel Spaß dabei gehabt. Als Doris nach Hause ging, umarmten sie sich innig. Bonita begleitete ihre Freundin nach draußen. Der Mond spiegelte sich funkelnd in der Rollstuhlrampe, und Doris rannte sie lachend herunter. Bonita blieb in der Tür stehen, bis sie sah, wie bei Doris das Licht anging. Dann drehte sie noch eine Runde durch ihren dunklen Garten. Sie beugte sich über die Klematis, die im Schein der Außenbeleuchtung schwach leuchtete.

Ich glaube, dass es auch dieses Jahr wieder Eierkuchen geben wird, dachte sie.

Doris lag lange wach. Ihr ging alles durch den Kopf, was in letzter Zeit vorgefallen war. Wie erfüllt ihr Leben plötzlich war! Sie war überzeugt davon, dass sich alles zum Guten wenden würde. Sie hatte mit Bonita über eine weitere Reise nach Göteborg gesprochen. Dieses Mal wollten sie alles nachholen, was sie beim letzten Besuch versäumt hatten. Bonita wollte das Kunstmuseum besuchen, und Doris hatte Lust auf den Vergnügungspark Liseberg. Plötzlich fühlte sie sich hellwach. Sie ging in die Küche, aß einen Schokokeks und goss sich ein Glas Sherry ein. Dann ging sie ins Wohnzimmer und machte den Computer an.

Bengt und Kent hatten ein billiges Zimmer in einem Fabrikgebäude gefunden, in dem sie ihr Büro unterbringen wollten. Man hatte ihnen die Miete erhöht, und sie waren sich einig gewesen, dass es dumm wäre, die teure Wohnung zu behalten. Sie waren gerade dabei, ihre wenigen Bürogegenstände in einem Pappkarton zu verstauen, als Bengt sah, dass eine E-Mail eingetroffen war.

»Hallo! Ich habe beschlossen, meine Stellung bei Ihnen zu kündigen. Bei der Kontrolle der Kontoauszüge ist mir aufgefallen, dass ein Teil des Gewinns auf mein eigenes Konto geflossen ist. Meine Geschäftspartnerin und ich reisen nächste Woche geschäftlich nach Göteborg. Könnten wir dann nicht gemeinsam entscheiden, was mit diesem Geld geschehen soll? Wie wäre es mit einem Treffen in der Roten Laterne am kommenden Mittwoch um 16 Uhr? Diesen Treffpunkt kennen wir schließlich alle. Ich würde mich über eine Bestätigung freuen. Freundliche Grüße! Doris Strand. Paula lässt grüßen.«

Ihr entrüstetes Keuchen klang wie das Hecheln eines ganzen Hundegespanns, das soeben den Kebnekaise erstürmt hat, und sie hatten das Gefühl, von der Schwerkraft auf den Linoleumfußboden gepresst zu werden.

»Was zum Teufel hat das alles zu bedeuten?« Bengt öffnete den obersten Knopf seines Hemdes.

»Unser Geld auf ihrem Konto? So etwas geschieht doch nicht von selbst?«

»Du bist schlau wie immer, Kent. Nein, Geld bewegt sich nicht von allein von einem Konto auf ein anderes. ›Könnten wir dann nicht gemeinsam entscheiden, was mit diesem Geld geschehen soll?‹ Das ist unser Geld!«

»Wir legen ihr das Handwerk, Bengt.«

»Sie war es also doch! Wie kommt es, dass sie von unserer Wohnung weiß? Und von Paula? Ich sehe da keinen Zusammenhang, überhaupt keinen«, sagte er und ließ sich entkräftet aufs Sofa sinken.

»Paula …«

»Was, Paula?«, fauchte Bengt. »Vielleicht arbeitet sie ja für Doris. Vielleicht betreibt sie ja das gleiche Gewerbe in Ystad und noch dazu unter unserem Namen. Geschäftspartnerin«, meinte er verächtlich. »Das ist sicher diese andere alte Schachtel. Wir sind geliefert, Kent.«

Kent atmete schwer, entgegnete aber nichts. Er hatte fragen wollen, ob sie sich auf ein Treffen in der Roten Laterne einlassen sollten, sah aber ein, dass dies nicht der richtige Augenblick dafür war.

»Wir müssen uns irgendwie rausreden«, fuhr Bengt fort, als seine Atmung wieder normal war.

»Du meinst, wir gehen da wirklich hin?«

»Hast du etwa einen besseren Vorschlag? Sich per E-Mail rauszureden wäre sinnlos.«

»Rausreden geht sowieso nicht. Paula weiß schließlich Bescheid.«

»Was sie wissen, das wissen sie, egal ob wir sie jetzt treffen oder nicht. Unsere Chancen stehen besser, wenn wir sie treffen. Sie hat doch ohnehin gekündigt. Dann machen wir eben ohne Sekretärin weiter. Mehr Geld für die Pferde. Wir werden noch reich, Kent.« Seine Stimme klang plötzlich richtig zuversichtlich. »Außerdem interessiere ich mich sehr für dieses Geld, das sie erwähnt.«

Bonita bereitete Essen für Paula vor, damit sie während ihrer Abwesenheit gut über die Runden käme. Paula fand, dass sie in diesen zwei Tagen gut auswärts essen könnte, aber Bonita blieb eisern. Elvy würde so lange im Altersheim sein. Sie war so müde und entkräftet, dass Bonita mit keinerlei Protesten rechnete. Sie hielt das Treffen mit Bengt Jarl und Kent Ohlin nicht unbedingt für eine gute Idee, aber da sie auch ein wenig in die Sache verwickelt war, hatte sie eingewilligt.

Falls es überhaupt zu dem Treffen käme. Doris wartete immer noch auf die Antwort. Sie war wirklich verrückt. Bonita war entsetzt gewesen, als Doris sich entschlossen hatte, die E-Mail zu schicken, die sie allerdings vorher noch hatte lesen dürfen.

Am Nachmittag kam Doris und warf die Antwort auf den Küchentisch.

»Hallo, liebe Doris Strand! Schade, dass Sie bei uns aufhören wollen. Wir freuen uns schon darauf, Sie zum vorgeschlagenen Zeitpunkt in der Roten Laterne zu treffen. Wir hätten bei dieser Gelegenheit gerne die Vollmacht zurück und auch alle anderen Unterlagen, die die Firma betreffen. Mit freundlichem Gruß! Bengt Jarl und Kent Ohlin.«

»Das klingt ja schon richtig professionell«, meinte Doris. »Ich kann mir allerdings vorstellen, dass ihnen diese paar Zeilen sehr viel Mühe bereitet haben.«

»Vielleicht haben wir ja alles missverstanden. Wenn es sich so verhielte, wie wir vermuten, so würden sie uns doch wohl nicht treffen wollen?«

»Ihnen bleibt nichts anderes übrig, Bonita. Sie wissen nicht, was wir alles wissen, und das verunsichert sie. Außerdem hat die Erwähnung des Geldes sicherlich ihre Neugier geweckt.«

Im Altersheim fand man auch, dass sich Elvys gesundheitlicher Zustand verschlechtert habe. Sie atmete schwer, und eine Krankenschwester maß den Blutdruck und schüttelte dann nur den Kopf. Sie sagte jedoch:

»Kein Problem, fahren Sie nur.«

Bonita hatte kein gutes Gefühl dabei, jetzt, wo es ihrer Mutter schlechter ging, eine Vergnügungsreise anzutreten, obwohl sie teilweise auch geschäftlicher Natur war. Es ging Elvy zwar schon seit Jahren nicht mehr besonders gut, doch jetzt hatten ihre Kräfte sichtbar nachgelassen. Sie hatte sich extra ein Handy angeschafft und darum gebeten, verständigt zu werden, sobald es ihrer Mutter schlechter ginge.

Anfänglich war es die Wiederholung ihrer ersten Reise nach Göteborg: der Zug und dasselbe Hotel, diesmal jedoch ohne Tanzabend, da es mitten in der Woche war. Das Fahrkartenkaufen und Umsteigen war ihr dieses Mal leichtergefallen. Das gelbe Nylonnachthemd hatte sie durch ein neues, bunt gestreiftes aus Baumwolle ersetzt. Ihre Füße waren mittlerweile ganz weich, und sie schwebte wie auf Wolken dahin. Doch der Gedanke an ihre Mutter verfolgte sie wie eine hartnäckige Fliege. Nicht summend, aber lästig und unausweichlich.

Auf dem Weg zur Roten Laterne bereute sie, dass sie sich darauf eingelassen hatte, Doris zu begleiten. Sie konnte sich irgendwie nicht vorstellen, den beiden Männern gegenüberzusitzen und ihnen in die Augen zu schauen. Sie ekelte sich vor ihnen und vor allem auch davor, was sie diesen armen Frauen zumuteten.

Bonita und Doris trafen eine Viertelstunde zu früh ein, und Doris bestellte zwei Bier. Pepe wirkte nervös, und Bonita sah, wie er zum Telefonhörer griff, sobald sie den Tresen verlassen hatten. Sie wählten einen Tisch, der ein wenig abseits stand. Beide schauten auf die Tür und zuckten jedes Mal zusammen, wenn sie geöffnet wurde.

Irgendwann stieß Bonita Doris an. »Jetzt!«

Kent und Bengt stellten sich an den Tresen. Pepe zuckte resigniert mit den Schultern und deutete aufs Telefon. Dann zeigte er auf ihren Tisch. Zögernd kamen die beiden Männer auf sie zu. Doris streckte ihnen ihre Hand hin und nannte ihren Namen. Dann stellte sie Bonita als ihre Geschäftspartnerin vor. Bengt und Kent nahmen abwartend auf ihren Stühlen Platz. Kent trug eine Jacke aus schwarzem Kunstleder. Sie knisterte bei jeder Bewegung, und er konnte darin kaum die Arme bewegen.

»Willkommen in Göteborg«, sagte Bengt munter. »Sind Sie zum ersten Mal hier?« Kent warf ihm einen erstaunten Blick zu.

»Ja«, erwiderte Doris. »Wir waren noch nie in Göteborg. Es wurde also langsam Zeit.«

Kent und Bengt sahen aus, als wären ihnen gerade ihre Eltern abhanden gekommen. Ihre Sicherheit und ihr Selbstbewusstsein waren wie weggeblasen.

»Ich habe Ihnen schriftlich mitgeteilt, dass ich mein Anstellungsverhältnis beenden will, und zwar ab sofort. Im Arbeitsvertrag wird keine Kündigungsfrist erwähnt. Eigentlich steht da ja sowieso nichts drin«, meinte sie freundlich, aber mit einem ironischen Unterton, der die Unsicherheit der Männer noch erhöhte.

»Hier sind Ihre Vollmacht und das restliche Büromaterial.« Sie legte drei Briefumschläge und Papier auf den Tisch.

»Die Umschläge und das Papier hätten Sie ruhig behalten können«, sagte Kent.

»Nicht doch, ehrlich währt am längsten, nicht wahr ...«

Die beiden entgegneten nichts.

»Sie haben in Ihrer E-Mail einen Geldbetrag auf Ihrem Konto erwähnt«, sagte Bengt, um die Sache endlich hinter sich zu bringen.

»Richtig! Ich glaube, die Gesamtsumme beläuft sich auf vierundsiebzigtausend Kronen.« Bengt und Kent rissen die Augen auf. »Es handelt sich dabei um Bearbeitungsgebühren, die eher zufällig auf diesem Konto eingegangen sind«, meinte Doris.

»Bearbeitungsgebühren?« Bengt setzte eine fragende Miene auf, fuhr aber nicht fort.

»Ich dachte, dass Sie sich an der Entscheidung beteiligen könnten, wie sich dieses Geld am besten verwenden ließe.«

Kent beugte sich vor, aber Bengt hielt ihn zurück.

»Ich schlage vor, den halben Betrag einem Projekt zur Wiedereingliederung von Prostituierten in Malmö zukommen zu lassen und die andere Hälfte dem Frauenhaus in Ystad.«

»Aber ...«, fauchte Bengt.

»Es gibt nur diese beiden Alternativen, Sie können es sich aussuchen.« Bonita fürchtete sich fast vor Doris, denn sie wirkte unerbittlich.

Kent war inzwischen so ins Schwitzen geraten, dass seine Jacke jegliche Steifheit verloren hatte. Unbehindert fuchtelte er mit den Armen herum.

»Das ist aber unser Geld!«

»Ach! Wie seltsam. Es befindet sich auf meinem Konto«, meinte Doris freundlich. »Wenn Ihnen jedoch irgendwelche Zweifel kommen sollten, so können wir jederzeit einen Wirtschaftsprüfer bitten, sich die Abrechnungen näher anzuschauen.«

»Nein, nein, bloß nicht.« Bengt dachte so angestrengt nach, dass sich sein Haar elektrisch auflud und seinen Kopf wie ein Heiligenschein umgab.

»Irgendwas fällt doch wohl auch für uns ab?«, sagte er mit jammernder Stimme.

»Immer mit der Ruhe. Meine Frage lautete, wem wir das Geld stiften sollen.«

»Das ist unfair«, bemerkte Kent.

»Manchmal kommt es eben anders als geplant«, meinte

Bonita, obwohl sie versprochen hatte, sich nicht einzumischen.

Bengt sprang auf und schob seinen Stuhl heftig unter den Tisch. Auch Kent erhob sich, allerdings viel bedächtiger.

»Wir lassen von uns hören«, fauchte Bengt.

»Sehr erfreut. Ihre nicht erfolgte Antwort auf die Frage deute ich dahingehend, dass wir mit dem Geld nach Gutdünken verfahren dürfen.«

»Machen Sie doch, was Sie wollen!« Bengt knöpfte sich die Jacke zu.

»Einen Moment noch, bitte«, sagte Doris und öffnete ihre Tasche. »Etwas sollen Sie dann doch abhaben.« Sie öffnete ihre Geldbörse, nahm zwei Hundertkronenscheine heraus und legte sie auf den Tisch. »Für jeden ein Bier.«

Kent zögerte, ob er das Geld annehmen sollte, aber Bengt zog ihn an der Jacke, und sie marschierten auf die Tür zu.

»Und schöne Grüße von Paula«, meinte Doris noch. Die beiden blieben kurz stehen und verschwanden dann rasch im Gedränge der Straße.

Doris öffnete ihre Geldbörse erneut und schob Bonita zwei Tausender rüber.

»Das haben wir uns redlich verdient. Den Rest spenden wir. Und jetzt gehen wir Sommerkleider kaufen.« Bonita zögerte, dann steckte sie das Geld ein, und die beiden verließen das Lokal.

Als sie am Tag darauf auf den Zug nach Ystad warteten, hatten sie mehrere Kleidertüten und Pappschachteln dabei. Bonita trug ein Paar neue Sommerschuhe, und die beiden Freundinnen strahlten mit der Sonne um die Wette.

Kent und Bengt schienen um mehrere Jahre gealtert zu sein. Sie hatten das Gespräch mit den Frauen immer wieder durchgekaut. Ein Resozialisierungsprojekt für Prostituierte hatten sie bezuschusst, das war unglaublich! Sie hatten auf keine ihrer Fragen eine Antwort erhalten und wussten nicht, wie sie mit der Ungewissheit umgehen sollten, die ihnen sicherlich bis ans Ende ihrer Tage zu schaffen machen würde, da waren sie sich einig. Das Einzige, was sie mit Sicherheit wussten, war, dass sie keine weiteren Nachforschungen anstellen wollten. Das Gefühl, betrogen worden zu sein, war bitter. Noch dazu von zwei Frauen.

»Doris Strand aus Ystad und ihre Geschäftspartnerin, Bonita oder wie immer die heißt.« Bengt schnaubte verächtlich. »Das darfst du niemals jemandem erzählen, Kent ...«

»Bonita ... Bonita, hörst du nicht, dass ich nach dir rufe? Frag doch Assar, ob er die Haustür abgeschlossen hat.« Bonita wollte gerade wieder die Hände zu Fäusten ballen, steckte sie dann aber in die Taschen ihrer Schürze.

»Ich komme, Mutter. Doris ist auch bald da. Es gibt Kuchen zum Kaffee.«

Als sie ihren Kaffee getrunken hatten, fragte Doris, ob sie telefonieren dürfe. Sie zog einen Zettel aus der Tasche und wählte eine Nummer.

»Guten Tag. Mein Name ist Doris Strand. Ich würde gerne Anzeige erstatten. Danke.« Einen Augenblick lang wurde es still.

»Guten Tag. Mein Name ist Doris Strand. Ich würde gerne Anzeige erstatten«, sagte sie erneut. »Meine Freundin und ich sind einer Art von Sexhandel in Göteborg auf die Spur gekommen ... ja, in Göteborg. Dürfte ich wohl vorbeikommen und mich mit Ihnen unterhalten? Mir wäre es sehr recht, wenn Sie sich die Zeit nehmen würden. Das passt mir ausgezeichnet. Danke.« Sie legte auf.

»Willst du ihnen auch von der Bearbeitungsgebühr erzählen?«

»Ich glaube, schon. Ich habe ja eigentlich nichts Illegales getan. Ich habe mir meine Dienste nur bezahlen lassen. Wenn darauf eine Strafe steht, dann lässt sich das eben nicht ändern. Ich werde sagen, dass ich dann gerne zur Strafe hier im Frauenhaus von Ystad arbeiten würde«, scherzte sie.

Auf der Heimreise hatten sie sich über das Frauenhaus in Ystad unterhalten und beschlossen, dort ihre Dienste anzubieten, indem sie bei Bedarf einsprangen. Sie hatten auch entschieden, die eine Hälfte des Geldes dem Frauenhaus in Malmö zu geben und die andere dem in Ystad.

In diesem Moment klingelte das Telefon, und Bonita nahm ab.

»Bonita Larsson. Guten Tag. Ja, das stimmt. Natürlich habe ich ein Zimmer frei. Siebzehn Uhr passt sehr gut.«

»Kam der Anruf aus Malmö?«, fragte Doris neugierig.

»Nein. Es war das Fremdenverkehrsamt. Jetzt kommen die Sommergäste in Scharen nach Ystad. Sie rufen sicher auch bei dir an. Es werden nämlich händeringend Gästezimmer gesucht.«

Als Doris nach Hause gegangen war, zog Bonita die Decke ihrer Mutter zurecht und setzte sich neben sie.

»Trink noch einen Schluck, dann tut dir der Hals nicht mehr so weh.« Sie reichte ihr den Becher.

»Eine Schnabeltasse! Was die sich immer einfallen lassen«, sagte ihre Mutter mit röchelnder Stimme.

Als Elvy eingeschlafen war, ging Bonita in die Küche und schaute in den Garten. Eine Klematisranke hatte sich vom Spalier gelöst und strebte auf das Küchenfenster zu.

»Die Eierkuchen blühen«, rief Bonita leise ihrer Mutter zu und strich sich eine Haarsträhne hinters Ohr.

SERIE PIPER

Karin B. Holmqvist

Manneskraft per Postversand

Roman. Aus dem Schwedischen von Annika Krummacher. 224 Seiten. Serie Piper

Die liebenswerten Schwestern Tilda und Elida Svensson führen ein ruhiges Leben im Haus ihrer verstorbenen Eltern. Doch dann zieht der attraktive Alvar ins Nachbarhaus, und der Alltag der beiden ändert sich über Nacht. Sie leisten sich den Luxus neuer Sonntagskleider und lernen bei Alvar den Komfort eines Badezimmers kennen. Doch für die Renovierung des eigenen Hauses fehlt ihnen das Geld. Als sie beobachten, wie der Nachbarkater nach dem Genuß von Blumenerde aus Alvars Petunientopf ganz ungeahnte Potenz entwickelt, kommt ihnen eine glänzende Geschäftsidee …

»Ein richtiges Wohlfühlbuch, geschrieben mit Wärme und Humor. Eine kleine Perle.«
Folkbladet

05/2164/01/L

Jennifer Donnelly

Das Licht des Nordens

Roman. Aus dem Amerikanischen von Angelika Felenda. 416 Seiten. Serie Piper

Der 12. Juli 1906 ist ein schöner, sonniger Tag. Bis man die ertrunkene Grace Brown auf die Veranda des vornehmen Glenmore Hotels legt. Für die junge Mattie, die die Briefe der Toten an ihren Geliebten aufbewahrt, ändert sich mit diesem tragischen Ereignis das ganze Leben … Jennifer Donnelly erzählt die ergreifende Geschichte eines jungen Mädchens, das der ländlichen Enge ihrer Heimat zu entfliehen versucht – fesselnder Entwicklungsroman, Kriminalgeschichte und tragischer Liebesroman zugleich.

»Das Buch hat das Zeug, wieder zu einem Bestseller zu werden. Verdient hätte es dieser hochspannende und sensibel erzählte Roman allemal.«
amazon.de

05/2041/01/R

SERIE PIPER

Anna Jansson

Tod im Jungfernturm

Kriminalroman. Aus dem Schwedischen von Susanne Dahmann. 288 Seiten. Serie Piper

Kriminalinspektorin Maria Wern spekuliert eigentlich auf erholsame Wochen, als sie eine Urlaubsvertretung auf der beliebten Ferieninsel Gotland übernimmt. Doch schon wartet der erste Fall: ein Toter in einem eisenzeitlichen Häuptlingsgrab – zu seinen Füßen ein zertretener Schlangenkopf. Bei ihren Ermittlungen stößt Maria Wern auf dunkle Familiengeheimnisse. Doch es bleibt nicht bei dem einen Toten … Vor der stimmungsvollen Kulisse Visbys entfaltet sich eine atemberaubende Spannung, deren Motive bis weit in die Vergangenheit zurückreichen.

»Anna Jansson läßt eine rätselhafte Stimmung entstehen, die zur reichen historischen Vergangenheit und dem Volksglauben der Insel Gotland paßt. Zweifellos hat sie mit diesem Roman einen großen Sprung gemacht.«

Nerikes Allehanda

05/2134/01/L

Anna Jansson

Das Geheimnis der toten Vögel

Kriminalroman. Aus dem Schwedischen von Susanne Dahmann. 288 Seiten. Serie Piper

Kriminalinspektorin Maria Wern hat alle Hände voll zu tun: Auf Gotland ist eine tödliche Epidemie ausgebrochen, und als sich herausstellt, daß nicht genug Medizin zur Verfügung steht, bricht Panik aus. Warum gibt es noch keinen Impfstoff? Weshalb zeigen die Medikamente bei den Kranken offenbar keine Wirkung? Und wer profitiert womöglich von der fatalen Viruserkrankung? Packend und erschreckend realitätsnah erzählt Anna Jansson von Menschen, die bereit sind, für ihren persönlichen Gewinn alle ethischen Prinzipien zu brechen.

»Kundig zeichnet Anna Jansson ein erschütterndes Szenario – ein Spannungsroman der Spitzenklasse.«

Nerikes Allehanda

05/2168/01/R

Katarina Mazetti

Der Kerl vom Land

Eine Liebesgeschichte. Aus dem Schwedischen von Annika Krummacher. 202 Seiten. Serie Piper

Zwischen Desirée und Benny funkt es, und zwar ausgerechnet auf dem Friedhof. Nach einigen Wochen voller Leidenschaft schiebt sich der Alltag störend dazwischen – und die gegenseitigen Erwartungen: die Bibliothekarin und der Landwirt leben in zwei völlig unterschiedlichen Welten. Benny braucht eine handfeste Frau, die ihm auf dem Hof zur Seite steht, und Desirée interessiert sich vor allem für Literatur und Theater. Voller Situationskomik erzählt Katarina Mazetti von einer ganz und gar ungewöhnlichen Liebe.

»Eine sehr komische und gleichzeitig sehr tragische Geschichte, mit viel Humor und Feingefühl erzählt. Ein Buch, das Mut zum Außergewöhnlichen macht.«
Westdeutscher Rundfunk

05/1432/02/L

Katarina Mazetti

Mein Kerl vom Land und ich

Eine Liebesgeschichte geht weiter. Aus dem Schwedischen von Annika Krummacher. 224 Seiten. Serie Piper

Kann das gutgehen: ein Landwirt und eine Bibliothekarin aus der Stadt? Benny und Desirée wissen, daß es nicht einfach wird, aber Desirées biologische Uhr tickt, und sie geben dem Schicksal eine letzte Chance. Und siehe da: Desirée wird schwanger und zieht zu Benny auf den Hof. Doch das Leben auf dem Land ist mehr als gewöhnungsbedürftig …
Warmherzig und witzig erzählt Katarina Mazetti, wie sich die beiden trotz aller Gegensätze zusammenraufen.

05/2031/01/R

SERIE PIPER

Elsi Rydsjö

Der Flug der Schwäne

Roman. Aus dem Schwedischen von Angelika Kutsch. 286 Seiten. Serie Piper

Südschweden, 1871: Ein kleines, stilles Dorf, von Wäldern gesäumt. Hier verbringt Susanna Lindman, gottesfürchtige Pfarrerstochter, eine glückliche Jugend. Und jetzt, wo sie Einar Stjernström heiraten wird, scheint der Segen perfekt. Aber es kommt ganz anders: Einar verguckt sich in die reiche Amalia und nimmt sie zur Frau. Susanna ist am Boden zerstört. Als sei der Schmerz nicht genug, kommt auch noch das Gerede der Dorfbewohner hinzu. Für Susanna gibt es nur eine Lösung: fortgehen. Sie verläßt ihre Eltern, um auf einem Landgut als Gouvernante zu arbeiten. Doch das Leben ist nicht leicht, die Besitzer sind kühl und habsüchtig. Nur ein Mensch scheint sich für ihr Leben zu interessieren: der reiche Adrian Henderson. Elsi Rydsjö, eine der beliebtesten Autorinnen Schwedens, löste in ihrer Heimat mit diesem stimmungsreichen Roman über die Irrungen der Liebe große Begeisterung bei Kritik und Publikum aus.

05/1529/01/L

Jonas Hassen Khemiri

Das Kamel ohne Höcker

Roman. Aus dem Schwedischen von Susanne Dahmann. 272 Seiten. Serie Piper

Ein kleines rotes Notizbuch hat er von seiner Freundin Dalanda geschenkt bekommen. Und jetzt führt Halim, ein arabischer Schwede, ein schwedischer Araber, Tagebuch in seiner eigenen, rebellisch kreativen Sprache – hinreißend, witzig, melancholisch.
»Das Kamel ohne Höcker«, Entwicklungsroman und Überraschungsbestseller aus Schweden, wurde zum Kultbuch einer ganzen Generation.

»Halim zeigt uns ein Leben zwischen den Kulturen. Ohne Betroffenheitsgefasel. Ein autobiographischer Multikulti-Roman: Lässig läßt er uns ins Herz eines Heimatlosen blicken.«
Woman

05/2107/01/R

Elche am Fjord

Die schönsten norwegischen Wintergeschichten. Herausgegeben von Holger Wolandt. Aus dem Norwegischen von Gabriele Haefs, Christel Hildebrandt, Annika Krummacher, Lotta Rüegger und Holger Wolandt. 272 Seiten. Serie Piper

Schneemänner und winterliche Skiausflüge, unvermutete Begegnungen und ein völlig überraschender Silvesteranruf – all das finden Sie in dieser Zusammenstellung der schönsten und hintergründigsten Wintergeschichten aus Norwegen. Viele bekannte Namen sind enthalten: von Karin Fossum und Jo Nesbø über Jan Kjærstad und Morten Harry Olsen bis zu Klassikern wie Knut Hamsun und Jonas Lie. Sie alle entführen den Leser in die geheimnisvollste Zeit des Jahres im hohen Norden.

05/2166/01/L

Schwedische Appetithappen

Die schönsten kulinarischen Geschichten. Herausgegeben von Holger Wolandt. Aus dem Schwedischen von Hedwig M. Binder, Susanne Dahmann, Annika Krummacher, Lotta Rüegger und anderen. 272 Seiten, mit Rezepten. Serie Piper

Vom sommerlichen Smörgåsbord bis zum traditionellen Weihnachtsessen spannt sich der kulinarische Bogen in dieser einzigartigen Sammlung. Holger Wolandt hat die schönsten Geschichten rund ums Essen zusammengestellt – von schwedischen Klassikern wie Carl Michael Bellman, August Strindberg oder Hjalmar Söderberg bis zu den großen Autorinnen und Autoren der Gegenwart: Henning Mankell, Astrid Lindgren, Per Olov Enquist und Kerstin Ekman. Im Anhang finden sich die leckersten Rezepte zum Nachkochen. Und bei eingelegtem Hering, Janssons Versuchung und dem obligatorischen Schnaps kann man nur noch wünschen: »Skål och smaklig måltid!«

05/2167/01/R